KB045636

초한지 8

밝아 오는 한漢의 동녘

楚漢志

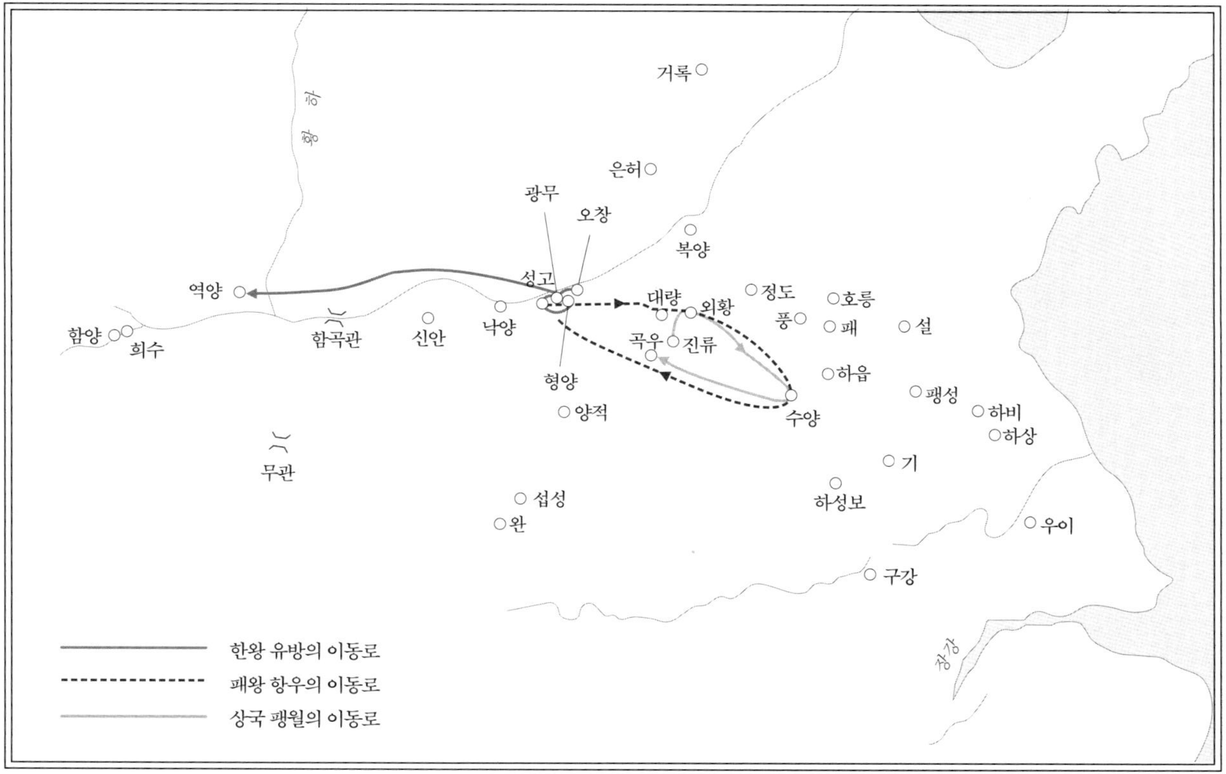

거록
황하
은허
광무
오창
복양
성고
역양
대량
외황
정도
호릉
풍
패
설
함양
희수
함곡관
신안
낙양
곡우
진류
형양
하읍
팽성
수양
하비
양적
하상
무관
기
하성보
섭성
완
우이
구강
장강
한왕 유방의 이동로
패왕 항우의 이동로
상국 팽월의 이동로

초한전쟁도

차례

8

밝아 오는 한漢의 동녘

楚漢志

한신, 제나라로

역이기가 제나라를 달래 항복을 받아 내는 바람에 갑자기 군사를 쓸 곳이 없어진 한신은 평원성 북쪽 나루에서 며칠을 망연히 보냈다. 일껏 거기까지 몰고 온 대군을 아무것도 얻은 바 없이 되돌리기가 여간 난감하지 않았다. 그러다가 마침내 군사를 서남쪽으로 돌려 한단으로 돌아가려는데, 한신을 따르던 변사(辯士) 괴철이 나서서 말렸다.

"대장군께서는 다시 한번 깊이 헤아려 주십시오. 여기서 물러나서서는 결코 아니 됩니다. 일찍이 대장군께서는 한왕의 조칙을 받들어 제나라를 치러 먼 길을 오셨습니다. 그런데 어찌 여기서 돌아간단 말씀입니까?"

"한왕께서 역 선생을 보내 조칙을 바꾸지 않았소?"

"장수가 부월을 받고 싸움터로 나오면 왕명조차 함부로 바꾸지 못하는 일이 있습니다. 한왕께서는 이미 조칙으로 장군께 제나라를 치게 하시고, 다시 홀로 가만히 사신을 보내[獨發間使] 제나라를 항복시켰습니다. 장군께서 들은 것은 역이기가 제나라로 가는 길에 전해 준 말뿐, 제나라 치는 일을 그만두라는 조칙을 장군께 내린 적은 없습니다. 그런데 어찌 군사를 내지 않을 수 있겠습니까?"

괴철은 이름이 한무제(漢武帝)의 이름[유철(劉徹)]과 같다 하여 『사기』에서는 기휘(忌諱)로 괴통(蒯通)이라 기록된 사람이다. 범양에서 나고 자랐는데, 진승의 장수 무신이 스스로 무신군(武信君)이라 일컬으며 조나라를 평정할 때 뛰어난 변설로 세상에 이름을 드러냈다. 곧 범양 현령 서공(徐公)과 무신 사이를 오가며 양쪽을 달래 무신에게 싸움 없이 범양을 얻게 해 주었을 뿐만 아니라, 서른 개가 넘는 다른 성들까지도 항복하게 만들어 무신이 조나라의 왕이 되는 데 큰 공을 세웠다.

조왕이 된 무신은 장이를 승상으로, 진여를 대장군으로 삼고 괴철은 책사로 곁에 두었다. 그러나 조나라 장수였던 이량(李良)이 반역하여 한단을 급습하고 조왕을 죽이자, 괴철은 장이와 진여를 따라 이량과 맞섰다. 오래잖아 장이와 진여는 이량을 내쫓고 옛 조나라 왕손 헐(歇)을 조왕으로 세웠는데, 그때도 괴철의 공이 적지 않았다.

거록의 싸움 때 괴철은 장이와 더불어 거록성 안에 있었다. 그러나 항우가 거록을 구한 뒤 장이와 진여 사이가 벌어져 싸움이

났을 때는 진여 곁에 남게 되었다. 그러다가 장이와 한신이 군사를 이끌고 정형(井陘)으로 들어와 진여의 대군을 쳐부수자, 광무군 이좌거와 더불어 한군에게 사로잡혀 한신의 막하에 들게 되었다.

"하지만 제나라가 이미 항복하였다는데 무엇 때문에 다시 병마(兵馬)를 움직여야 한다는 것이오?"

괴철의 말을 듣고 있던 한신이 무거운 목소리로 그렇게 되물었다. 괴철이 무언가를 일깨워 주듯 차분히 말했다.

"아닙니다. 그렇기 때문에 오히려 장군께서는 반드시 제나라로 군사를 내셔야 합니다. 생각해 보십시오. 역이기는 한낱 변사로서 수레 앞채에 기대 세 치 혀만으로 일흔 개가 넘는 제나라의 성을 항복시켰습니다. 그런데 장군께서는 몇 만의 군사를 거느리고서도 한 해가 넘도록 겨우 조나라의 쉰여 개 성을 항복받았을 뿐입니다. 대장군으로서 동쪽을 맡아 한왕을 떠난 지 여러 해 되었는데, 그 공은 한낱 세객보다 못하니 이 어찌 된 일입니까? 거기다가 제왕이 우리 한나라에 항복한 것은 반드시 역이기의 변설에 넘어가서만은 아닙니다. 한단에서 제나라를 노려보고 있는 장군의 대군이 두려워 역하에 20만이나 되는 대군을 보낸 그들이 아닙니까? 그리해 놓고도 장군과의 피투성이 싸움이 두려워 항복한 것이니, 역이기는 오히려 세 치 혀를 놀려 장군의 승리를 훔친 것이라 할 수도 있습니다."

"그렇지만 이제 와서 우리가 제나라를 치면 임치에 있는 역 선생은 어찌 되는 것이오?"

"천 리 적지에 홀로 들어갔으니 빠져나올 방도도 마련해 두었겠지요. 정히 목숨이 위태로워지면 장군께 군사를 멈추라는 요청이라도 보내올 것입니다. 그때 군사를 멈추면 원래 장군께 돌아가야 할 공적을 반이나마 되찾게 되지 않겠습니까?"

듣고 보니 한신도 괴철의 말이 옳게 여겨졌다. 곧 조참과 관영을 불러들인 뒤 괴철에게 들은 말을 전하고 어찌할까를 물어보았다. 조참과 관영도 같은 무장이라 그런지, 역이기가 자신들의 공을 가로챘다는 괴철의 부추김에 바로 넘어갔다.

"제나라 사람들은 반복이 많고 속임수를 좋아한다고 들었소. 제 입으로 한 말을 언제 뒤집을지 모르니 그 말만 믿고 여기서 군사를 되돌릴 수는 없소."

조참이 그렇게 말했고, 관영은 한술 더 떴다.

"차라리 잘됐소. 물 건너 평원성뿐만 아니라, 역하에 있다는 20만 제군(齊軍)도 저희 임금이 우리에게 항복하기로 했다는 말을 듣고 방비가 허술해졌을 것이오. 오늘 밤 조용히 하수를 건너 평원성을 떨어뜨린 뒤, 밤낮 없이 군사를 휘몰아 역하로 달려갑시다. 우리 군사가 쳐들어왔다는 소문보다 먼저 역하에 이르러 거기 있다는 제나라 군사 20만을 불시에 쳐 흩어 버릴 수 있다면, 임치는 우리 손에 들어온 것이나 다름없소. 제왕 전광과 재상 전횡만 사로잡으면 동쪽의 근심은 사라지는 것이오."

그러면서 앞장서 하수를 건너자고 우겨 댔다. 이에 한신도 마음 놓고 괴철의 말을 따랐다. 그날로 전군에게 명을 내려 하수를 건널 채비를 갖추게 했다.

때는 한(漢) 4년에 접어드는 겨울 10월 하순이었다. 한나절도 안 돼 떠날 채비가 갖춰지자 한신은 그날 밤으로 군사를 움직였다. 으스름 달빛 아래 하무를 물린 장졸들을 하수 가에 모은 한신은 얕은 여울이 굳게 얼어붙는 새벽을 기다려 가만히 하수를 건넜다. 자신이 조나라에서 새로 기른 군사와 조참 관영의 군사를 합쳐 5만 남짓이었으나, 밖으로는 10만을 일컫는 대군이었다.

하수를 건넌 한신의 군사들은 곧바로 제나라의 평원성을 덮쳤다. 원래 평원성은 하수 남쪽 나루에 세워진 군사적 요충으로, 북쪽에서 하수를 건너 쳐들어오는 적을 막는 첫 번째 방어벽이기도 했다. 그 얼마 전까지만 해도 성안에는 1만 명이 넘는 제나라 군사들이 성안 백성들까지 성벽 위로 끌어내 시퍼렇게 치켜뜬 눈으로 북쪽을 노려보며 지키고 있었다. 그런데 며칠 전 역하에서 놀라운 전갈이 왔다.

"우리 제나라는 한왕을 받들고 항우와 싸우기로 하였다. 이제 한신이 이끄는 한나라 군사는 이리로 쳐들어오지 않을 것이니, 백성들을 모두 성벽 위에서 내려보내고 군사들도 번갈아 파수나 서도록 하라."

하지만 한신이 오지 않는다면 더는 북쪽에서 하수를 건너 내려올 적이 없었다. 이에 성안 장졸들은 그날로 모든 싸움이 끝난 것처럼 오랜 긴장을 벗어던지고 흥청거리며 쉬었다. 특히 한군이 하수를 건넌 그날은 성안의 제나라 군사들 거의 모두가 파수조차 제대로 세우지 않고 깊은 아침잠에 빠져 있었다.

한군이 갑작스러운 함성과 함께 성을 에워싸자 성안의 제나라 군사들은 무엇에 홀린 기분이었다. 놀란 눈을 비비며 성벽 위로 올라가 살펴보니 그사이 사방이 온통 한군의 붉은 깃발로 뒤덮여 있었다.

"성을 지키는 장수가 누구냐? 평원성의 수장은 어서 문루로 나와 내 말을 들어라!"

성문 앞 공터에 말을 세운 장수가 큰 소리로 그같이 외쳤다. 키가 크고 얼굴이 허여멀쑥한 것이 이름 없는 장수 같지 않았다. 그제야 겨우 갑옷투구를 꿰고 온 평원성의 수장이 문루로 나가 기죽지 않으려고 애쓰며 큰 소리로 맞받았다.

"내가 평원성을 지키는 전욱(田昱)이다. 적장은 누구며 왜 나를 찾느냐?"

"나는 한나라의 대장군이요, 조나라의 상국 한신이다. 한왕의 명을 받들어 너희 제나라를 거두러 왔다."

한신의 그와 같은 말에 전욱이 어리둥절해 받았다.

"듣기로 우리 제나라는 한나라에 항복하고, 우리 대왕은 한왕 밑에 들어 함께 서초 패왕 항우에게 맞서기로 한다고 하였소. 그런데 새삼 군사를 내어 우리 성을 에워싼 까닭이 무엇이오?"

"제왕이 한나라에 항복한 것을 이미 알고 있다면 무엇이 더 궁금하단 말이냐? 어서 성문을 열어 우리를 맞고 너희는 우리를 따라 항우와 싸우러 남쪽으로 내려가자."

한신이 시치미를 떼고 그렇게 소리쳤다. 그제야 전욱도 짚이는 게 있는지 갑자기 얼굴색이 변했다. 그러나 아직도 알아볼 게 더 있어 터지려는 분통을 억누르며 다시 물었다.

"우리 대왕께서 한왕께 항복하신 까닭은 제나라의 땅과 백성을 보전하기 위해서였을 것이오. 그런데 이제 한군이 와서 우리 성을 차지하고 우리 군사들을 끌고 간다면 항우가 와서 제나라를 치는 것과 무엇이 다르겠소? 정녕 한왕께서 이 일을 알고나 계신 것이오?"

"하늘에 두 해가 있을 수 없고 땅에 두 임금이 있을 수 없다. 제왕이 이미 우리 한왕께 항복했다면 그것은 바로 신하가 되어 우리 한왕을 받들겠다는 뜻이나 다를 바 없다. 너희 임금의 뜻이 그러하거늘 너희가 어찌 한왕의 명에 맞서려 하느냐?"

한신의 말에 기가 막혀서인지 평원성을 지키던 제나라 장수 전욱은 한동안이나 대꾸를 하지 못했다. 격한 감정을 못 이겨 거친 숨만 몰아쉬다가 이를 갈며 받았다.

"아무래도 우리 대왕과 상국이 교활한 한왕의 꾀에 넘어간 듯하구나. 하지만 어림없다. 나는 이 성을 너희에게 넘겨주라는 우리 대왕의 명이 있기 전에는 결코 성문을 열어 줄 수 없다!"

그러고는 곁에 있는 장졸들을 재촉해 싸울 채비를 갖추게 했다. 제나라의 종성(宗姓)다운 기개와 성품이었다.

전욱의 재촉을 받은 제나라 군사들은 아직 잠들어 있는 동료들을 깨우고 성안 백성들을 성벽 위로 끌어내기 위해 서둘러 움직였다. 하지만 한군은 그들에게 싸울 채비를 할 틈을 주지 않았다. 갑자기 동문과 서문 쪽에서 요란한 함성이 일며 조참과 관영의 군사들이 성벽을 기어올랐다.

한신의 부름에 북문 쪽으로 쏠려 있던 제나라 군사들은 급히 동서로 달려갔으나 이미 때는 늦어 있었다. 조참과 관영이 서로 다투듯 앞장서 성벽을 기어올라 비어 있다시피 한 평원성의 동문과 서문을 한꺼번에 열어젖혔다. 그래도 제나라 군사들은 한동안 거칠게 맞섰으나 장수들이 모두 죽거나 항복하자 한꺼번에 창칼을 내던졌다.

"성문을 닫아걸어라. 아무도 성을 빠져나가지 못하게 하라!"

평원성을 차지한 한신은 그렇게 엄명을 내려 성이 한군에게 떨어진 일이 바깥으로 전해지지 못하게 했다. 그런 다음 성 안팎의 장졸들에게 가만히 명을 내렸다.

"여기서 밥을 지어 먹고 한나절을 쉰 뒤에 역하로 간다. 밤낮을 가리지 않고 닫기를 배로 하여 평원성이 우리에게 떨어졌다는 소문보다 우리가 먼저 역하에 당도하여야 한다. 그러지 못하면 제나라 장수 전해와 화무상이 이끈 20만 대군과 힘든 싸움을 치르게 될 것이다."

이에 평원성에서 한나절을 쉰 한군은 해가 저물 무렵 가만히 성을 나와 역하로 달려갔다. 역성은 제수 남쪽에 세워진 성으로, 제나라로 보아서는 북쪽에서 내려오는 적을 막는 두 번째의 방벽과도 같았다. 하수를 건넌 적에게 평원성을 잃으면, 제수를 낀 역성에 기대 다시 한번 적을 막아 볼 수 있었기 때문이다.

그때 역성 안팎에는 아직도 제나라의 20만 군사가 머물러 있었다. 성 밖에 진을 친 화무상이 10만 군사를 이끌었으며, 성안의 전해가 이끄는 군민도 10만을 일컬었다. 그러나 한군이 오지 않으리란 소식 때문에 지키는 것은 시늉에 가까웠다.

때는 이미 동짓달로 접어든 겨울이라 밤이 긴 데다, 한신이 단기를 재촉해 한나라 군사들은 다음 날 해 질 무렵 하여서는 벌써 제수 북쪽 나루에서 30리쯤 되는 황토 골짜기에 이를 수 있었다. 한신은 거기서 다시 군사를 멈추고 소리 소문 없이 쉬게 한 뒤 밤이 어두워서야 움직이기 시작했다. 삼경이 지나 제수 가에 이른 한군은 강물이 굳게 얼어붙기를 기다려 동틀 무렵 제수를 건넜다.

오래잖아 새벽 어스름 속에 저만치 역성이 보였다. 그 한쪽 벌판에 화무상이 이끈 제나라군 진채가 아직도 깊은 새벽잠에 빠져 있었다. 잠시 군사를 멈추게 하고 화무상의 진채를 살피던 한신이 먼저 관영을 불러 말했다.

"평원성에서 여기까지 2백 리 길을 달려오는 동안 장군이 이끈 기마대가 가장 덜 지쳤을 것이니, 이곳 역하에서의 첫 싸움은 장군께서 앞서 주셔야겠소이다. 장군은 낭중기병을 이끌고 우리 대군의 선봉이 되어 성 밖에 진 치고 있는 제나라 거기장군 화무상의 군사를 들이치시오. 먼저 그 기마대와 싸움 수레를 찾아 흩어 버린 뒤에 중군을 짓밟고 군막을 불태워 적군의 얼을 빼 놓아야 하오."

이어 한신은 조참을 불러 일렀다.

"나는 본대를 이끌고 기장 관영의 뒤를 받쳐 주며 화무상의 진채를 휩쓸어 버릴 것이오. 장군은 날랜 보갑(步甲)을 이끌고 먼저 가서 적의 뒤를 끊어 주시오. 적병이 성안으로 쫓겨 가 전해의 농성을 돕거나 임치로 달아나 제왕에게 힘을 보태게 해서는 결코 아니 되오."

그러고는 조참을 재촉해 먼저 보낸 뒤에 한참을 기다렸다가 전군을 움직였다. 한신이 관영의 기마대를 앞세워 역성 밖에 진을 치고 있던 제군을 벼락같이 들이치자, 평원성과 마찬가지로 파수도 제대로 세우지 않고 깊은 새벽잠에 빠져 있던 화무상의 진채는 크게 어지러워졌다. 갑옷투구를 걸치기는커녕 창칼조차 제대로 찾아 쥐지 못하고 허둥댔다. 먼저 뛰어든 게 관영의 기마대라 그 속도와 타격의 맹렬함이 더욱 제나라 군사들을 놀라고 겁먹게 한지도 모를 일이었다.

관영의 군사들은 무인지경 가듯 화무상의 진채를 휩쓸다가, 중군인 듯싶은 곳을 되풀이해 오가며 짓밟아 제나라 군사들의 얼을 빼 놓았다. 그러더니 마장(馬場)을 찾아 제나라 군사들의 싸움 말을 사방으로 흩어 버리고 군막 여기저기에 불을 질렀다. 일이 그리되자 제나라 군사들의 진채는 더욱 걷잡을 수 없는 아수라장이 되어 갔다.

하지만 화무상은 그래도 명색 거기장군(車騎將軍)이었다. 그 황망한 중에도 싸움 수레 여남은 채와 1백여 마리 싸움 말을 거두어 기마대를 이루고 관영을 막아 보려 했다. 그때 다시 한신이 이끄는 한군 본대가 요란한 함성과 함께 제나라 군의 진채를 덮쳐 왔다. 놀라 잠에서 깨난 제나라 군사들에게는 그저 헤아릴 수도 없는 사람의 홍수로만 보였다.

"모두 항복하라. 항복하면 해치지 않는다."

"너희 임금과 재상이 모두 한왕께 항복했으니, 너희도 창칼을 내려놓고 우리를 맞으라."

한신이 군사들을 시켜 그렇게 외치게 했다. 그러지 않아도 겁먹고 놀라 허둥대던 제나라 군사들은 그 소리에 더욱 머릿속이 헷갈려 어찌할 줄을 몰랐다. 멍하니 밀려오는 한군을 바라보고 있다가 느닷없이 뒤돌아서서 냅다 뛰거나, 창칼을 내던지고 털썩털썩 땅에 퍼질러 앉았다.

기마대를 모아 어떻게든 전세를 되돌려 보려던 화무상도 그와 같은 제나라 군사들의 꼴을 보자 맥이 빠졌다. 관영의 군사들과 맞서 볼 마음을 버리고 말머리를 돌려 달아나기 시작했다. 기세가 오른 관영이 그런 화무상을 곱게 보내 줄 리 없었다. 뒤따르는 한나라 기마대를 돌아보며 소리쳤다.

"달아나는 적의 기마를 모두 사로잡아라! 한 기도 놓아 보내서는 안 된다!"

그러고는 자신이 앞장서 화무상을 뒤쫓으며 매섭게 외쳤다.

"적장은 어디로 달아나느냐? 어서 항복하지 못하겠느냐?"

온몸이 투지로 뭉친 것 같은 관영이 기마대를 휘몰아 뒤쫓아오자 화무상은 더욱 급해졌다. 뒤돌아볼 것도 없이 한편인 전해가 지키는 역성 쪽으로 말머리를 돌리고 정신없이 박차를 더했다. 하지만 오래 달아날 팔자는 못 되었다. 갑자기 눈앞에 수풀처럼 깃발이 솟아오르는 것 같더니 한 갈래 인마가 길을 막았다.

"한나라 우승상 조참이 여기서 너희를 기다린 지 오래다. 적장은 어서 말에서 내려 항복하지 못하겠느냐?"

앞선 장수가 큰 칼을 뽑아 들고 그렇게 소리쳤다. 놀란 화무상은 얼결에 말머리를 돌려 맞은편으로 달아났다. 그러나 몇 번 말 배를 차다가 퍼뜩 정신을 차려 앞을 보니 어느새 관영의 기마대가 앞을 막고 있었다.

나아갈 수도 물러날 수도 없게 된 화무상은 굴러 떨어지듯 말에서 내려 관영에게 항복했다. 화무상을 따르던 장수와 이졸들도 모두 관영의 기마대에 사로잡혔다. 무기를 거두고 헤아려 보니 화무상을 빼고 사로잡힌 제나라 장리(將吏)만도 합쳐 마흔여섯 명이나 되었다.

바깥에서 그 난리를 치는 동안에도 깊이 잠들어 있던 역성이 깨난 것은 화무상이 사로잡히고 그 진채가 한군에게 온전히 쑥밭이 된 뒤였다. 문루 위에서 졸며 파수를 서던 제나라 도위가 먼저 성 밖의 소란을 알아차렸다. 한 갈래 군사를 이끌고 성문을 나와 가만히 살펴보다가, 화무상의 군사들이 기습당해 이미 가망이 없음을 알아차리고 놀라 성안으로 되쫓겨 들어갔다.

"장군, 장군. 큰일 났습니다!"

그 도위가 한달음에 전해를 찾아보고 숨넘어가는 소리로 그렇게 말했다. 그러잖아도 성 밖의 수런거림이 왠지 심상치 않아 문루 위로 나가 보려던 전해가 놀라 일어나며 물었다.

"무슨 일이냐? 무슨 일로 아침부터 이같이 요란을 떠느냐?"

"적군이 쳐들어왔습니다. 성 밖에서 기각지세로 진채를 펼치고 계시던 화무상 장군이 적의 기습에 당한 듯합니다."

"적이라니? 어디서 온 적이 이 새벽에 화(華) 장군의 진채를 덮쳤다는 것이냐?"

"한나라 군사 같습니다. 사방이 온통 붉은 깃발로 뒤덮여 있습니다."

그러자 전해가 어이없다는 표정으로 되물었다.

"혹시 무엇을 잘못 본 것은 아니냐? 한군이 왜 서쪽으로 가서 항우와 싸우지 않고 이리로 쳐들어왔단 말이냐? 우리 대왕께서는 한왕과 함께 항우를 치기로 하지 않았느냐?"

"저도 그걸 통 알 수 없습니다. 그러나 화무상 장군의 진채를 급습한 것은 틀림없이 한군입니다. '한나라 우승상 조참'이란 기호(旗號)까지 이 두 눈으로 똑똑히 보았습니다."

그때 다시 이졸 하나가 뛰어들어 전해에게 알렸다.

"동문 문루 아래서 조나라 상국 한신이라는 장수가 대장군을 찾고 있습니다."

그제야 전해도 얼굴빛이 어두워졌다.

"한신이라고? 한신이라면 한나라 대장군 한신이란 말인가? 그렇다면 정말로 한군이 우리 제나라로 쳐들어왔다는 것인가?"

그렇게 중얼거리면서 동문 문루로 나가 보았다.

전해가 문루 위에서 내려다보니 성 밖은 어느새 한군의 창검과 깃발로 두텁게 에워싸여 있었다. 도성인 임치로 가는 동문 쪽이 그 모양이라면 다른 성문은 가 보지 않아도 알 만했다. 전해가 당해도 너무 어이없이 당한 데 망연해하고 있는데 문루 아래에서 자신을 찾는 외침이 들렸다.

“전해는 어디 있느냐? 어서 나와 내 말을 들어라!”

“내가 제나라 대장군 전해다. 무슨 일로 나를 찾느냐?”

“나는 한나라 대장군으로서 지금은 잠시 조나라 상국을 맡고 있는 한신이다. 우리 대왕의 명을 받들어 너희 제나라를 거두러 왔다. 어서 성문을 열고 우리를 맞아들여라.”

앞서 외친 한나라 장수가 그렇게 전해의 말을 받았다. 전해는 그때 이미 일이 어떻게 되었는지 짐작이 갔으나 그 또한 화무상처럼 믿을 수가 없어 되물었다.

“내가 듣기로 우리 군왕께서는 한왕과 손을 잡고 함께 항우를 치기로 하셨다. 그런데 이제 한나라가 무엇 때문에 이렇게 군사를 내어 우리 진채를 몰래 들이치고 성을 빼앗으려 드느냐? 그럼 임치에 와 있다는 한왕의 사자는 미끼에 지나지 않고, 그가 한 말은 간교한 속임수에 지나지 않았단 말이냐?”

“제왕이 우리 대왕께 항복한 일을 네가 이미 알고 있다면 무얼 더 따지고 뻗대는 것이냐? 마땅히 성과 군사를 우리에게 바쳐 너희 군왕의 뜻을 받들어야 하거늘 어찌 이리 미련을 떠느냐? 너도 여기 이 화무상 장군처럼 항복하여 우리와 말머리를 나란히 하고 천하 평정의 공업을 이루어 보지 않겠느냐?”

한신이 이번에는 목소리를 부드럽게 하여 전해를 달랬다. 그러나 전해는 화무상과 달랐다. 그래도 제나라 왕가의 종성인 전씨(田氏)라고 한신이 바라는 대로 고분고분 항복하지 않았다. 전해가 먼저 화무상을 크게 꾸짖은 뒤에 다시 이를 갈며 한신에게 소리쳤다.

"우리 대왕이 어리석어 너희 임금 유방의 속임수에 걸려든 것 같다만, 너희들의 시커먼 속셈을 안 이상 결코 성과 백성들을 내놓을 수 없다. 성벽을 베개 삼고 죽을지언정 너희같이 간교한 무리에게 어찌 항복하겠느냐? 이제라도 고이 군사를 돌린다면 나도 뒤쫓기를 그만두고 사람을 임치로 보내 우리 대왕께 항복한 참뜻을 물어볼 것이다. 그러나 힘으로 성을 빼앗고자 한다면 성안의 10만 군민과 더불어 죽기로 싸워 지난번 성양에서 항우에게 보여 준 매운맛을 너희에게도 보여 주겠다."

그러자 한신이 그 말을 기다렸다는 듯 잘라 말했다.

"너희가 정녕 권하는 술을 마시지 않고 벌주로 바꾸어 마실 작정이구나. 성이 깨어지는 날 내 솜씨가 독하다고 원망하지는 마라!"

그러고는 한바탕 불같은 공격을 퍼부은 뒤에 군사를 성벽에서 물려 세웠다.

그날 밤 관영과 조참이 한신을 찾아보고 걱정했다.

"역성의 성벽이 높고 두터운 데다 전해 또한 만만치 않은 장수라 실로 걱정입니다. 오늘 아침의 공격만 해도 우리가 얻은 것보다는 잃은 것이 훨씬 많습니다."

그러나 한신은 별로 걱정하는 눈치가 아니었다. 두 사람을 번갈아 바라보다가 빙긋이 웃으며 말했다.

"하지만 평원성이 떨어지고 화무상이 사로잡힌 터라 적은 속으로 적잖이 겁을 먹고 있을 것이오. 그렇게 겁먹어 다급해진 적의 속마음을 이용하면 우리 군사를 크게 상하지 않고 역성을 얻을 수가 있을 것이외다."

그런 한신의 말을 관영이 아무래도 걱정스럽다는 얼굴로 받았다.

"그사이 임치에 우리가 오고 있다는 소식이 들어가면 어쩌시겠습니까? 제왕 전광과 상국 전횡이 방비를 굳게 하면 남은 싸움이 정말로 어려워질 것입니다."

한신이 마침 잘 물어 주었다는 듯 정색을 하고 관영을 보며 말했다.

"그러잖아도 장군에게 그 일을 부탁하려던 참이었소. 장군께서는 이제부터 날랜 기마를 동남쪽에 풀어 임치로 가는 길목을 모두 막으시오. 성안의 적군이 제풀에 다급해져 임치로 구원을 청하는 날이 바로 이 역성이 떨어지는 날이 될 것이오. 장군께서 그 사자만 잡아 오신다면 다음 계책은 절로 이루어지게 되어 있소."

무얼 믿고 하는 소린지 그렇게 말하는 한신의 얼굴에는 자신이 가득했다. 조참과 관영도 그런 한신을 보니 조금 마음이 놓였다. 각기 진채로 돌아가 한신의 명을 따랐다.

그날부터 한신은 연일 역성을 에워싸고 들이쳤으나, 요란한 것은 소리와 시늉뿐이었다. 멀리서 활이나 쏘아 대거나 방패를 앞세운 군사들을 시켜 성문을 불사르려 하는 척하며 성안의 적군에게 겁만 주었다. 하지만 성안에 갇혀 있는 제나라 군사들은 날이 갈수록 기가 죽고 어지러워졌다.

굳게 지키고는 있어도 마음이 흔들리기는 전해도 마찬가지였다. 며칠 잘 버텨 내는가 싶더니 끝내 견디지 못해 부장들을 불러 모아 놓고 말했다.

"아무래도 임치에 이 소식을 알리고 구원을 청해야겠다. 누가 에움을 뚫고 나가 이 소식을 임치에 전하겠느냐?"

그러자 젊은 부장 가운데 하나가 나서 말했다.

"제가 한번 가 보겠습니다. 오늘 밤 삼경 무렵 빠른 말 여남은 기로 북문을 가만히 빠져나가 얼어붙은 제수를 끼고 달리면 사흘도 안 돼 임치에 이를 수 있습니다. 반드시 대왕께 이곳의 위급을 전하고 원병을 얻어 돌아오겠습니다."

"좋다. 나는 오늘 밤 삼경 동문으로 한 갈래 군사를 내어 적의 진지를 야습할 터이니 너는 그 틈을 타 북문으로 나가거라. 역성이 임치의 구원을 입어 이 위급에서 벗어난다면 그것은 모두 너의 공이다."

전해가 제법 머리를 써서 그런 계책을 내놓았다.

하지만 실은 공연히 다급해 서둔 그 계책이 오히려 화근이 되었다. 그날 밤 삼경 전해는 군사 3천을 내어 동문 쪽에 있는 한나라 진채를 야습했으나, 한나라 진채가 워낙 성문에서 멀리 떨어진 곳에 펼쳐져 있어 뜻과 같지 못했다. 한군 진채에 닿기도 전에 벌써 그 움직임이 들켜 하마터면 3천 군사를 모두 잃을 뻔하였다.

"그래도 임치로 가는 사자가 북문으로 빠져나가는 데는 도움이 되었을 것이다. 이제 며칠만 기다리면 원병이 온다."

전해가 그렇게 스스로 위로를 삼았으나 실은 그마저도 뜻대로 되지 않았다.

역성 동문 쪽이 소란한 틈을 타 임치로 가는 사자를 에워싼 제나라 기마대 여남은 기가 북문을 빠져나올 때만 해도 전해의 계책은 잘 풀리는 듯했다. 가로막는 적군이 없는 북쪽 길을 20여 리 달렸다가 동쪽으로 길을 바꾸었을 때도 마찬가지였다. 다시 날이 새도록 달려도 앞을 막는 한군은 없었다.

"됐다. 여기서 잠시 숨을 돌린 뒤에 임치로 달려가자."

저만치 얼어붙은 제수를 끼고 동쪽으로 달려가던 젊은 부장이 말고삐를 당기며 그렇게 말했다. 그런데 미처 그 말이 끝나기도 전이었다. 강변의 야트막한 구릉 사이에서 말 울음소리가 길게 나더니 갑자기 한 떼의 기마가 땅속에서 솟아오른 듯 길을 막았다. 바로 관영의 기마대였다. 한신의 명을 받고 진작부터 거기 나와 지키고 있던 3백여 기가 제나라 기마대의 말발굽 소리에 깨어 달려 나와 길을 막았다.

"누구냐? 어디서 온 기마대냐?"

저희 편일지도 모른다는 은근한 기대로 제나라 젊은 부장이 다가가며 물었다. 그때 마주 달려오던 기마대의 앞장을 선 장수가 기세 좋게 대꾸했다.

"우리는 관영 장군의 명을 받고 온 한나라의 낭중기병들이다. 여기서 너희를 기다린 지 오래니 순순히 말에서 내려 항복하라."

그러면서도 두 손은 벌써 한 길이 넘는 장창을 움켜쥐고 있었다. 제나라의 젊은 부장이 결코 겁 많은 사람이 아니었으나, 적이 쳐 둔 덫에 걸려들었다는 느낌에 여지없이 기세가 꺾였다. 겉으로는 씩씩하게 철극(鐵戟)을 뽑아 들어도 그 움직임은 그때 이미 알아보게 허둥대고 있었다.

그렇게 되니 승패는 처음부터 정해져 있었던 것이나 다름없었다.

"어딜!"

사자로 나선 젊은 제나라 장수가 허둥대며 휘두르는 철극을 그런 외침으로 피한 한나라 장수가 나지막한 기합 소리와 함께 자신의 장창을 내질렀다. 그걸 피하지 못한 제나라 장수가 무거운 신음과 함께 말 위에서 떨어지자, 호위하던 기병들이 놀라 달아나다가 모두 한군에게 사로잡히거나 죽었다.

한나라 장수는 죽은 사자의 몸을 뒤져 찾아낸 편지와 사로잡은 기병들을 모두 관영에게로 보냈다. 관영이 다시 그것들을 한신에게 보내자 한신은 매우 기뻐했다.

"앞으로 사흘 뒤면 역성은 우리 손에 들어온다. 이제 남은 것은 임치로 가는 길이다."

곁에 있던 괴철이 물었다.

"겨우 원병을 청하는 서신 한 장을 손에 넣고, 사자를 호위하던 기사 몇을 잡았을 뿐인데, 어찌 그리 말씀하십니까?"

한신이 가만히 웃으며 말했다.

"떨어지는 오동잎 한 잎으로 천하에 가을이 온 것을 알 수 있듯이 작은 변화의 기미 하나로도 큰 싸움의 승패를 가늠할 수 있는 법이오. 전해는 이제껏 내 헤아림을 벗어나지 못했으니 앞으로도 내 헤아림에서 벗어날 수 없을 것이외다."

그러고는 전날과 다름없이 역성을 에워싸고 공격하는 시늉만 되풀이했다. 다음 날도 마찬가지였다. 한신은 아무 일도 없다는 듯 그날도 전과 똑같이 하루를 보냈다.

한신이 장수들을 모두 자신의 군막으로 모아들인 것은 임치로 구원을 요청하러 가는 역성의 사자 일행을 죽이거나 사로잡은 날부터 사흘이 지난 날 밤이었다. 한신은 먼저 기장 관영을 불러 말하였다.

"장군은 기마대를 이끌고 가만히 북쪽으로 돌아 역성 북문 쪽 제수 가로 가시오. 말에는 재갈을 물리고 발굽은 헝겊으로 싸 적에게 들키지 않도록 해야 하오. 그러다가 삼경이 되거든 크게 횃불을 밝히고 북문 쪽으로 다가가시오. 임치에서 온 원병이 그렇게 하면 역성 쪽에서도 마중을 나가 그들을 성안으로 맞아들이겠다고 저들의 사자가 지닌 서신에 씌어 있었소. 그리하여 성안의 적이 마중을 나오거든 장군은 가차 없이 그들을 들이치시오. 나도 한 갈래 군사를 보내 길을 끊어 그들이 성으로 돌아갈 수 없게 만들겠소. 그렇게만 되면 원병은커녕 성안의 군사만 적지 아니 줄어 적의 사기가 크게 떨어지게 될 것이오."

그런 다음 다시 조참을 불러 말하였다.

"장군은 휘하 장졸들을 데리고 남문으로 들어가시오. 삼경 무렵 북문에 이어 동문 쪽이 시끄럽거든 한꺼번에 대군을 밀어붙여 남문을 치면 되오. 아마도 적군은 북문을 나갔다가 앞뒤로 치이고, 동문에서 우리에게 속아 어지러워져 남문 쪽에는 그리 많은 군민을 보낼 수 없을 것이오. 장군은 되도록 빨리 남문을 열어젖혀 성안을 휘저어 놓으시오."

그리고 자신은 그대로 동문에 눌러앉아 또 다른 계책을 펼쳤다. 곧 항복한 화무상의 군대에게서 얻은 기치와 복색으로 한 갈래 제나라 군사를 꾸민 일이 그랬다. 한신은 먼저 그들을 동쪽으로 보낸 뒤 삼경 무렵 임치에서 온 제나라 구원병인 양 한신의 진채를 뒤에서 급습하는 시늉을 내게 했다. 그리고 한신의 군사들이 기습에 못 견딘 척하며 길을 열어 주면, 그들은 곧장 동문 아래로 달려가 성안의 제나라 군사를 속여 성문을 열게 만들도록 했다.

그날 밤 삼경이 되었다. 전해는 사자에게 주어 보낸 서신이 한신의 손에 들어간 줄도 모르고 눈 빠지게 원병을 기다리다가 북쪽 제수 가의 밤하늘이 훤할 만큼 횃불이 타오르는 걸 보고 몹시 기뻐했다.

"드디어 임치에서 원병이 오는 모양이다. 적이 가로막을지 모르니 어서 마중 나가 저들을 성안으로 데려오라."

전해가 그런 말과 함께 군사 1만 명을 떼어 북문으로 내보냈다. 그런데 한 식경도 지나지 않아 뜻밖의 급보가 날아들었다.

"속았습니다. 제수 가에서 다가온 것은 임치에서 온 우리 원병이 아니었습니다. 성을 나갔던 우리 군사는 적의 속임수에 빠져 하나도 이곳을 벗어나지 못한 것 같습니다."

그때 다시 동문 쪽이 소란하더니 군사 하나가 달려와 알렸다.

"동문 쪽에서 병장기 부딪는 소리와 군사들의 함성이 들리는 게 아무래도 크게 싸움이 벌어진 것 같습니다. 그러나 누가 누구와 싸우는지는 알 수가 없습니다."

북문 쪽의 일로 멍해져 있던 전해는 그 말을 듣고 동문 쪽으로 달려가 보았다. 문루 위에서 내려다보니 정말로 어둠 속에서 창칼이 부딪고 사람의 외마디 소리가 섞여 들려왔다. 그러나 아무리 어둠 속을 살펴보아도 한쪽은 성을 에워싸고 있던 한나라 군사들일 것이란 추측뿐, 다른 한쪽은 어디 군사인지 영 알 길이 없었다.

한참 뒤에 갑자기 동문 근처의 한군 진채가 무너지는 것 같더니 곧 횃불을 밝혀 든 군사 한 갈래가 문루 아래에서 다급하게 소리쳤다.

"어서 성문을 열어라! 임치에서 온 원군이다."

전해가 그 소리를 듣고 눈길을 모아 문루 아래를 내려다보니 횃불 사이로 어른거리는 기치와 복색이 모두 제나라 군사들의 것이었다. 그러나 북문 쪽에서 한 번 속임수에 당한 뒤라 얼른 성문을 열어 줄 수 없었다.

"이놈들, 누구를 또 속이려 드느냐? 누구든 제나라 기치와 복색만 걸치면 모두가 제나라 군사라더냐? 바위 우박과 화살 비를 맞기 전에 어서 물러가라!"

전해가 어림짐작으로 그렇게 몰아세워 보았다. 그때 어디서 본 듯한 기호 아래서 귀에 익은 목소리가 들렸다.

"대장군, 저를 몰라보시겠습니까? 화(華) 거기(車騎)를 따르던 중연(中椽) 서창입니다. 어서 성문을 열어 주십시오."

전해가 들으니 알 만한 이름이었으나 그래도 아직 믿을 수가 없었다.

"이놈, 화무상의 군사는 모두 적에게 항복했다. 너도 화무상을 따라 한나라의 개가 되었으면서 무슨 수작을 부리자는 것이냐?"

다짜고짜로 그렇게 꾸짖기부터 했다. 서창이 억울하다는 듯 목소리를 높였다.

"화 거기가 항복했다고 해서 모든 장졸이 한나라에 항복한 것은 아닙니다. 태반이 임치로 달아났다가 이제 원병을 얻어 이렇게 돌아오는 길인데 어찌 저희를 이리도 박절하게 대하십니까?"

그러자 어둠 속에서 몇몇 귀에 익은 목소리가 더 들려왔다.

"저는 낭장(郎將) 공상입니다. 서(徐) 중연과 함께 임치로 피했다가 이제 이렇게 원병을 안내해 돌아오는 길입니다."

"저는 대장군의 싸움 수레를 몬 적도 있는 구장(廐將) 이특입니다. 저를 알아보지 못하시겠습니까? 대장군, 어서 성문을 열어 주십시오. 적이 언제 전열을 정비하여 다시 몰려들지 모릅니다."

그때였다. 정말로 그들 후미로 다시 횃불이 모여들며 대군의 함성이 들려왔다. 그러자 문루 아래서의 외침은 더욱 간곡하고 애절해졌다.

"장군, 적이 다시 몰려옵니다. 어서 성문을 열어 주십시오."

"여기서 개죽음을 당할 수는 없습니다. 장군, 우리를 성안에서 함께 싸우다 죽을 수 있게 해 주십시오."

어찌할 줄 몰라 문루 위를 오락가락하던 전해가 마침내 마음을 정했다.

"성문을 열어 주어라!"

전해가 그렇게 소리치자 무거운 성문이 열리고 문루 아래 몰려들었던 수천 명의 군사들이 성안으로 쏟아져 들어왔다. 처음에는 낯익은 얼굴이 많고 화급하게 쫓겨 들어오는 게 원병으로 온 제나라 군사들 같았다. 그런데 성문을 지키던 군사들이 바짝 뒤따라오는 한군을 들이지 않기 위해 성문을 닫으려 할 때 갑자기 변괴가 일어났다.

산동의 억양을 쓰기는 하지만 낯선 얼굴들이 여기저기서 뛰쳐나와 다시 성문을 닫아걸려는 제나라 군사들을 베어 넘겼다. 임치로 달아났다가 되돌아왔다고 우기던 화무상의 장졸들도 태도가 돌변했다. 그 수상쩍은 원병들을 도와 성문을 열고 한군이 뒤따라 성안으로 쏟아져 들어오는 것을 도왔다.

"모두 성벽을 내려가 성문을 지켜라. 저것들을 내쫓고 성문을 닫아걸어라!"

놀란 전해가 그렇게 소리쳤지만 이미 때는 늦은 뒤였다. 역성을 지키던 군민들이 동쪽 문루 부근의 성벽을 모두 비우다시피 하며 달려 내려갔으나 동문을 되찾고 닫아걸기는 틀린 일로 보였다. 그사이 뛰어든 적이 벌써 천 명이 넘어, 넓지 않은 동문 안 공터에서 수천 명이 우글거리며 밀고 밀리는 피투성이 혼전이 되고 말았다.

전해가 발을 구르며 그곳 싸움을 독려하고 있는데, 다시 남문에서 급한 기별이 와서 조참이 거느린 한나라 군사들의 부대가 남쪽 성벽을 기어오르기 시작했음을 알렸다. 전해가 되는 대로 군사를 갈라 남문 쪽으로 보내려는데 이번에는 북문 쪽에서 사람이 달려왔다.

"적의 두 갈래 군사가 힘을 합쳐 북문을 깨고 있습니다. 머지않아 성문이 깨어질 듯하니 어서 군사를 보내 주십시오."

그 말에 전해는 갑자기 힘이 쭉 빠졌다. 이제는 더 보낼 군사도 없는데, 북문이 깨진다면 성을 지키기는 벌써 글러 버린 일이었다. 그때 갑자기 크게 함성이 일며 전해가 발 디디고 서 있는 성벽 위로 한신의 본대가 한꺼번에 기어오르기 시작했다. 전해가 망연히 성벽 아래를 내려다보니 언제 마련한 것인지 한군의 구름사다리가 오뉴월의 무성한 호박 넝쿨처럼 성벽을 뒤덮고 있었다.

'오늘이 내가 죽는 날이로구나…….'

전해가 꼭 남의 말 하듯 그렇게 중얼거리며 칼을 빼 들었다. 전해가 성벽 가득 기어오른 한군 사이에 둘러싸여 마지막 한칼을 휘두른 뒤에 스스로 목을 찔러 죽은 것은 그로부터 한 식경도 지나지 않아서였다.

전해가 죽고 세 성문이 열리자 역성 안에서는 한군에게 맞서는 군사가 더는 없었다. 한신이 항복하는 군민은 아무도 죽이지 못하게 하니, 날이 밝기 전에 역성은 품에 안기듯 한군의 손에 떨어졌다.

그런데 여기서 참으로 알 수 없는 일은 역하의 싸움에 대한 『사기』의 기록이다. 여러 가지로 미루어 역하의 싸움은 한신에게 결코 정형의 싸움보다 쉽지 않았을 것이다. 아무리 방심하고 있었다고는 하지만 역하를 지키고 있었던 것은 제나라의 주력이라고 할 수도 있는 20만 대군이었다. 거기다가 역성은 북으로 제수를 두르고도 또한 높고 든든한 성벽을 자랑하는 군사적 요충이었다.

그 역성에 기대 지키는 20만의 제나라 대군을 5만도 안 되는 군사로 쳐부순다는 것은 아무리 병법에 뛰어난 한신이라도 적지 아니 힘들고 어려웠을 것이다. 하지만 엄정하기로 이름난 『사기』는 어찌 된 셈인지 이 부분에서 그저 이겼다는 말뿐 기록이 소략하기 그지없다. 어쩌면 제나라 정벌 뒤에 있었던 한왕 유방과의 불화와, 그 때문에 끝내 목숨까지 잃게 된 모반의 혐의가 태사공(太史公)의 붓대마저 인색하게 만든 것이나 아닌지 모르겠다.

될 수 있는 대로 군사의 움직임을 빨리하고, 도성 임치로 가는 길은 사방으로 끊는다고 끊었지만, 역하의 싸움에서 대여섯 날을 더 쓰고 나니 제왕 전광의 귀에도 한신의 대군이 쳐들어오고 있다는 소문이 들어가지 않을 수가 없었다. 전날도 역이기와 늦도록 술잔을 나눠 아직 얼얼한 머리로 늦은 아침상을 받고 있던 전광은 한신이 평원성에 이어 역성까지 떨어뜨렸다는 소문을 듣자 불같이 화를 냈다. 들고 있던 수저를 내던지며 객관에 머물고 있는 역이기를 끌고 오게 했다.

"늙은 것이 잘도 과인을 속였구나. 죽을 각오는 되었느냐?"

전광이 그렇게 소리치자 역이기가 영문을 모르겠다는 듯 전광을 올려다보며 물었다.

"왕께서는 말씀이 지나치십니다. 이 늙은 것이 무엇을 속였다는 것입니까?"

"한신이 대군을 이끌고 하수를 건넜다. 평원성을 급습해 떨어뜨린 뒤 다시 역하로 쳐들어와 전해와 화무상의 군사를 쳐부수고 역성까지 차지했다고 한다. 역하에 있던 우리 군사 20만은 제나라의 주력이고, 그들을 이끌던 전해와 화무상은 산동이 알아주는 맹장들이었다. 그런데도 한신에게 그렇게 어이없이 지고 만 것은 바로 네놈 때문이다. 유방이 화평을 바란다는 네놈의 말만 믿고 방심하였다가 갑자기 등 뒤를 찔린 셈이니, 이래도 네놈이 과인을 속이지 않았느냐?"

그제야 역이기도 일이 어떻게 된 것인지를 알아차렸다. 너무 뜻밖이라 잠시 눈앞이 아뜩하였으나 이내 정신을 가다듬고 곰곰이 앞뒤를 헤아려 보았다. 냉정하게 살피니 왜 그런 일이 생겼는지 알 듯도 했고, 그걸 미리 헤아리지 못한 것이 섬뜩한 후회로 다가들기도 했다.

"변사가 남을 달래기 위해 못할 말이 없지만, 제 목숨까지 내던져 남을 속였다는 말은 듣지 못했소이다. 만약 내가 제왕을 속이러 왔다면, 뜻을 이룬 그날로 제나라를 빠져나가 멀리 달아났을 것이오. 무엇 때문에 여기 이리 미련하게 남아 내 몸을 인질로 내주고 있었겠소?"

겨우 목소리를 가다듬어 그렇게 받았으나 가슴속은 머지않아 다가올 참혹한 고통과 죽음의 예감으로 벌써 처참하게 무너져 내리고 있었다. 역이기의 그와 같은 대답에 제왕이 잠시 멈칫했으나 이내 이를 갈듯 하며 소리쳤다.

"그렇다면 하수와 제수를 건너 천 리를 쳐들어온 한신의 대군은 어찌 된 것이냐? 태산이나 동해로 놀이라도 나온 것이라더냐? 좋다. 네가 정히 나를 속이지 않았다면 지금이라도 한나라 군대를 멈추게 하여라. 네가 능히 그걸 해낸다면 너를 살려 주겠지만, 그렇지 않으면 과인은 너를 가마솥에 삶아 죽이겠다."

그 말을 듣자 역이기는 자신에게 다가드는 죽음의 구체적인 모습을 감지했다. 떠나올 때 그런 경우를 전혀 예상하지 못한 것은 아니지만 막상 닥치고 보니 뼛속까지 파고드는 찬 기운이 느껴졌다. 나이 일흔이 넘은 몸을 덮어쓰고 꼴사납게 떠는 모습을 보이지 않으려고 가만히 이를 사리무는데, 제왕이 다시 좌우를 돌아보며 소리쳤다.

"무엇들 하느냐? 저 늙은 것에게 필묵과 깁을 가져다주어라. 어떻게 한신을 달래 돌려보내는지 보자!"

역이기는 그런 전광의 말에 그래도 죽음을 피할 수 있는 한 가닥 길이 있다는 게 일순 반가웠다. 그러나 이내 변사로서의 냉철한 인식이 그게 불가능함을 일깨워 주었다.

'한신이 대군을 이끌고 하수를 건넜을 때, 나는 이미 죽어야만 내 뜻한 바를 이룰 수 있는 선비[死士]로 정해졌다. 아니 한왕의 진중을 떠나올 때 나는 이미 심중에서 그 각오를 다졌는지도 모른다. 여기까지 와서 죽음을 마다하는 것은 구차할뿐더러 부질없는 짓이기도 하다. 이제는 한신조차도 자신의 대군을 거두어들일

수 없을 것이다.'

그런 깨달음에 아뜩하게 무너져 내리는 몸과 마음을 억지로 다잡으며 역이기가 목소리를 가다듬어 말했다.

"나라가 군사를 움직이는 것은 위로 하늘을 일컫는 자도 아래로 못[淵]에 이르는 자도 함부로 멈출 수 없는 큰일이오. 한나라 군사가 제나라로 쳐들어온 것이 우리 대왕께서 뜻을 바꾸신 까닭인지 대장군 한신이 멋대로 움직였는지는 알 길이 없으나, 한낱 늙은 세객이 멈출 수 있는 일은 못 되는 것 같소."

그렇게 말하고 보니, 자신의 죽음이 처음부터 정해진 일이 되면서 오히려 역이기의 가슴속이 차츰 가라앉기 시작했다.

그와 같은 역이기의 대답에 듣고 있던 제왕 전광의 얼굴이 한층 무섭게 일그러졌다. 불길이 뚝뚝 듣는 듯한 눈길로 역이기를 내려다보며 목청을 높였다.

"그것 보아라. 결국 네놈이 과인을 속인 게 아니고 무엇이냐? 너는 한왕 유방과 짜고 화평을 내세워 과인과 제나라 군사들을 방심하게 만든 뒤에 갑자기 한신의 대군을 끌어들였다. 그래 놓고도 구구하게 발뺌을 하려 드느냐?"

역이기가 그런 제왕을 한 번 더 충동질해 죽음을 재촉했다. 한바탕 껄껄 웃어 스스로 삶에 대한 미련을 털어 버리고는 아이 달래듯 제왕에게 말했다.

"큰일을 하는 사람은 자질구레한 일에 얽매이지 않으며, 덕이 높은 사람은 다른 사람의 나무람이나 비웃음을 귀에 담지 않는다. 네가 이미 나를 그렇게 보고 있다면 내게 남은 것은 죽음밖에 없겠구나. 내 너를 위해 다시 무엇을 말하겠느냐?"

그러자 제왕도 더는 참지 못했다. 시뻘게진 얼굴로 좌우를 돌아보며 소리쳤다.

"여봐라, 무엇들 하느냐? 어서 저 유방의 늙은 개를 삶아 죽여라!"

그러자 시위들이 세 발 달린 큰 솥을 궁궐 뜰 안으로 옮겨 와 솥 안에 물을 가득 채우고 역이기를 집어넣었다. 솥 아래 장작불을 지핀 지 한 식경이 되자 솥 안의 물이 뜨겁게 데워지기 시작했다. 그로부터 다시 한 식경 역이기는 끓는 물에 삶겨 가며 죽었으나, 끝내 신음 소리 한번 내지 않았다.

역이기를 삶아 죽인 제왕 전광(田廣)과 재상 전횡(田横)은 그래도 다 풀지 못한 분노를 억누르며 한신과 맞설 의논을 했다. 싸움에 익숙한 전횡이 급한 대로 계책을 내놓았다.

"임치는 오래된 땅이라 사는 사람은 많아도 기대어 싸우기에는 좋은 성이 못 됩니다. 성벽이 낡고 헐었을 뿐만 아니라, 지켜야 할 전선이 길어 적의 집중된 공격을 받으면 이내 토막 나고 말 것입니다. 하지만 또한 임치는 도성이라 함부로 적에게 내줄 수도 없습니다. 믿을 만한 사람을 골라 재상으로 세운 뒤에 한 갈래 군사를 주어 죽기로 지키게 하십시오."

전횡은 그렇게 말하고 족제인 전광(田光)을 재상에 가임하고, 5천 군사와 더불어 임치를 지키도록 하라고 권했다. 제왕이 그 말을 받아들이자 전횡이 다시 이었다.

"대왕께서는 동쪽 고밀로 물러나 계십시오. 고밀성은 동쪽에 치우쳐 있지만 성벽이 높고 두터워 많지 않은 군사로도 버텨 내기 좋은 곳입니다. 또 장군 전기(田旣)는 1만 군사로 교동에 진을 치게 하고, 신은 남은 전군을 들어 영(嬴) 땅과 박(博) 땅 사이에서 한신의 대군을 맞아 보겠습니다."

"만약 한신이 과인을 노리고 먼저 고밀로 대군을 몰아오면 어찌하겠소?"

제왕이 문득 걱정되는 듯 물었다. 전횡이 심하게 일그러진 얼굴로 받았다.

"전해와 화무상의 대군이 깨져 아무래도 우리 힘만으로는 한군을 이기기 어렵게 되었습니다. 고약하지만 초나라에 원군(援軍)을 요청하는 수밖에 없습니다. 패왕은 유방이 미워서라도 반드시 원군을 보낼 것이니 그들을 고밀로 불러들이면, 설령 한신이 조나라의 백성들을 모두 그리로 내몬다 해도 대왕께서 크게 걱정하실 일은 없습니다."

어쩔 수 없는 일이기는 하나, 얼마 전까지만 해도 죽기 살기로 맞서 싸우던 패왕 항우에게 굽히고 들어야 하는 것이 천하의 맹장 전횡에게는 결코 기꺼울 리 없었다.

다시 주인이 바뀐 성고

사수는 사수현 동남 30리 되는 곳에 있는 방산(方山)에서 발원하여 서북으로 하수에 합쳐지는 강물이다. 하수로 들어가기 전에 잠시 성고 동쪽을 흐르는데, 그때는 제법 물이 깊고 넓었다.

한(漢) 4년 10월 중순, 한동안 오창의 곡식으로 배불리 먹고 편히 쉰 한나라 군사들은 갑자기 사수를 건너 성고성을 에워쌌다. 한왕 유방이 몸소 앞장을 선 5만 대군이었다. 그러나 한왕이 아무리 싸움을 걸어도 성고성을 지키는 서초의 대사마 조구는 성문을 굳게 닫아걸고 지킬 뿐 성을 나와 싸우려 들지 않았다. 한왕이 전서(戰書)를 띄우기도 하고 군사들을 시켜 모진 욕을 퍼붓게도 해 보았으나 아무 소용이 없었다.

며칠이 지나도 초나라 군사들이 성을 나올 기미를 보이지 않자 한왕은 마침내 전군을 들어 성고성을 들이쳤다. 이래저래 사기가 올라 있던 한나라 군사들이라 성벽을 기어오르는 기세가 자못 사나웠으나 조구와 사마흔, 동예는 성안 군민들을 이끌고 흔들림 없이 잘 막아 냈다. 다시 닷새가 지나도 적지 않은 한나라 군사만 잃었을 뿐 성고성은 끄떡도 않았다.

"저것들이 어찌 된 일이냐? 군사도 많지 않아 보이고 항왕도 없는데 어찌 이렇듯 거세게 뻗대느냐?"

싸움을 지켜보던 한왕이 탄식처럼 그렇게 중얼거렸다. 곁에 있던 장량이 걱정스러운 눈길로 성벽 위를 바라보며 받았다.

"항왕이 떠나면서 조구에게 함부로 싸우지 말고 굳게 지키기만 하라고 단단히 당부한 것 같습니다. 거기다가 조구와 함께 성을 지키는 사마흔과 동예는 바로 새왕(塞王)과 적왕(翟王)으로 모두 대왕께 한 번 항복했던 자들 아닙니까? 다시 사로잡혔다가는 용서받기 어려우리란 것을 알고 죽기로 조구를 돕고 있는 것입니다."

그때 함께 있던 진평이 빙긋 웃으며 덧붙였다.

"성안에 목숨 바쳐 지켜야 할 것도 많겠지요. 잃으면 장졸을 가리지 않고 목숨을 부지하기 어려울 만큼 귀하고 값나가는 것들이."

"그건 또 무슨 소리인가?"

한왕이 진평의 말을 얼른 알아듣지 못하고 그렇게 물었다. 진평이 여전히 대수롭지 않다는 듯 지나가는 말처럼 대꾸했다.

"듣기로 항왕은 지난번 대왕께 도읍인 팽성을 잃어 본 뒤로 왕궁을 군막에 담아 다닌다고 합니다. 그동안 얻은 금은보화는 말할 것도 없고 피붙이와 미녀까지도 패왕의 군막과 함께 움직이다가 싸움터와 가장 가까운 성으로 옮겨 가장 믿을 만한 장수에게 지키게 한다는 것입니다. 지금은 성고성과 조구가 바로 그 성과 장수인 셈이지요."

"그럼 이번에는 왜 항왕을 따라 양 땅으로 옮겨 가지 않았는가?"

"항왕이 그만큼 팽월을 가볍게 본 탓이겠지요. 성안에서 흘러나온 말을 들어 보니 항왕은 조구에게 보름을 기한하고 떠났다고 합니다. 곧 보름 안으로 자신이 돌아올 것이니 그때까지만 버티라고 당부했다는 것입니다."

그 말을 들은 한왕이 고개를 절레절레 흔들며 탄식했다.

"보름이면 수양까지 대군을 이끌고 달려갔다 오기에도 그리 넉넉하지 못한 날수이다. 그런데도 바람같이 나타나 치고 빠지는 팽월을 잡고 돌아오겠다니 도대체 저 사람은 자신을 누구로 여긴다는 것이냐?"

"그 자부심이 오늘날의 패왕을 만들었지만, 앞날의 패망이 또한 거기서 비롯되겠지요."

한왕의 탄식을 부러움에서 나온 걸로 보았는지 진평이 그렇게 빈정거리듯 받았다. 한왕이 갑자기 그런 진평에게 매달리듯 물었다.

"그렇다면 호군(護軍)에게는 성고성을 떨어뜨려 자만에 찬 항왕을 낭패시킬 좋은 계책이 있는가?"

"성고성을 떨어뜨리는 일은 멀리 있는 항왕이 아니라, 성안에 있는 조구나 사마흔을 살펴 계책을 세워야 할 것입니다."

진평의 그와 같은 대답에 한왕이 다시 한번 매달리듯 말했다.

"그런 계책이 있다면 어서 말하라. 조구를 성 밖으로 끌어내 사로잡을 수만 있다면 과인은 무슨 말이든 따르겠다."

그러자 한동안 뜸을 들이던 진평이 조심스레 말했다.

"조구나 사마흔처럼 하찮은 벼슬에서 몸을 일으킨 자들에게는 두 가지 같은 병통이 있습니다. 하나는 세상의 평판에 얽매여 남의 이목을 두렵게 여기는 것이요, 다른 하나는 자질구레하지만 거듭된 성공으로 자라난 오기입니다. 특히 조구와 사마흔은 두 사람 모두 시골의 옥리에서 몸을 일으켜 왕후의 줄에까지 끼어서게 되었으니 그 병통은 남보다 훨씬 더할 것입니다. 대왕께서 그들의 그와 같은 병통을 도지게 하시면 성고성을 얻기는 어렵지 않을 것입니다."

"어떻게 하면 그들의 병통을 도지게 할 수 있는가?"

"우선은 병졸들을 시켜 그들을 욕하게 하시되, 이전과는 달리 그들이 신의나 명분에 기대 쌓아 올린 평판을 깎아내리고 도저한 오기를 건드는 말을 골라야 합니다. 그래도 안 되면 에움을 풀고 물러나시면서 군사들로 하여금 깃발을 질질 끌고 항오(行伍)를 흩게 하여, 저들이 그동안에 얻은 병가로서의 평판과 오기를 건드려 보십시오. 저들은 반드시 성문을 열고 나와 싸우게 될 것입니다."

그 말에 한왕이 잠시 무언가를 생각하다가 석연찮은 표정으로 말했다.

“과인도 사상의 정장에서 몸을 일으켰으니 그 벼슬의 하찮음이 포의나 다름없다. 그러나 장부가 큰 뜻을 펴려 하면 한때의 욕된 평판을 겁내거나 되잖은 오기로 시세와 맞서서는 아니 된다 믿고, 또 그리해 왔다. 그런데 저들이라고 그걸 모르겠느냐?”

그때 한왕과 진평이 주고받는 말을 한동안 듣고만 있던 장량이 가만히 끼어들었다.

“그것은 또 대왕께서 대왕이 되신 까닭이요, 장차 천하를 얻을 밑천이 될 것입니다. 사람마다 따라 할 수 있는 일이 아닙니다. 하물며 조구 따위겠습니까.”

그 말에 한왕의 낯빛이 치켜세워진 아이처럼 환해졌다. 그쯤은 처음부터 알고 있었다는 듯 크게 고개를 끄덕이며 말했다.

“좋소. 당장부터라도 그렇게 해 봅시다.”

한왕의 허락이 떨어지자 그날부터 성고성 안은 두텁게 성을 에워싼 한나라 군사들이 소리소리 질러 대는 욕설로 시끄러웠다. 모두 장량과 진평이 머리를 짜내 고른 욕설들이었다.

“해춘후(海春侯)는 뭐고 대사마는 또 뭐냐? 아무리 허울 좋은 벼슬을 씌워 놔도 낮고 하찮은 근본은 못 속인다. 기현 옥지기 조구는 나오너라.”

“주인 없는 집 지키는 개 새끼가 따로 없구나. 항우도 없는 성에 그 재물과 계집을 지키고 앉았으니 조구 네놈이 바로 그 개 새끼다.”

“호걸이네, 임협(任俠)이네, 잘도 세상을 속였구나. 싸움이 두려워 성안에 숨어 있는 게 호걸이냐? 성안 군민이 다 굶어 죽어도 제 한목숨 부지하며 모르는 척하는 게 임협이냐?"

"힘든 싸움은 항우에게 맡기고 그 꽁무니에 숨어 항우가 떨어뜨린 부스러기나 주워 먹으니 그리 달더냐? 너도 명색 장수라면 장수답게 나와 싸우자!"

"항우의 청지기 노릇이 젊은 날 네놈이 꾸었다던 그 푸른 꿈이요, 입만 떼면 내세우던 큰 뜻이더냐? 이미 제후에 올랐다면 성을 나와 제후의 위엄을 보여라!"

조구뿐만 아니라 사마흔과 동예에게도 뼈아픈 욕설들이 퍼부어졌다.

"너희가 이끄는 대로 항복했던 진나라 이졸 20만을 모두 산 채 땅에 묻고 너희만 살아나니 그리도 즐겁더냐?"

"장함은 그래도 부끄러움이 남아 자결할 줄이라도 알았다. 여기저기 무릎 꿇어 구차한 목숨을 이어 가니 너희는 부끄러움도 모르느냐?"

"이미 우리 대왕께 한 번 꿇었던 무릎이거늘 두 번 꿇지 못할 건 또 무엇이냐? 이번에도 어서 항복해 구차한 목숨을 빌어라!"

하지만 성안의 조구와 사마흔, 동예는 잘 참아 냈다. 귀에 솜이라도 막았는지 새로 욕을 퍼붓기 시작한 지 사흘이 지나도 군사를 이끌고 성을 나올 기미가 없었다. 이에 한왕은 다시 계책을 바꾸었다. 그날로 에움을 풀고 군사를 물릴 채비를 하게 했다.

다음 날 취한 한군들이 흐느적거리며 진채를 거두더니, 깃발을 비뚜름하게 잡고 창칼을 끌며 동쪽으로 물러났다. 앞뒤도 없고 위아래도 없어 보이는 게 까마귀 떼가 따로 없었다. 그러면서도 입으로는 터무니없는 큰소리로 성안 초나라 군사들의 부아를 돋우었다.

"우리는 이만 떠날 테니, 너희는 시골 옥리 놈들 말이나 잘 듣고 기다려라. 먼저 항우부터 잡고 너희를 잡으러 오마."

그러자 성벽 위에서 내려다보고 있던 젊은 초나라 장수들이 더 참지 못하고 울근불근했다. 하지만 그때까지도 조구는 잘 참아 냈다. 젊은 장수들을 엄하게 다그쳐 성문을 나가는 것을 막았다.

"모두가 적의 속임수다. 한때의 혈기에 치우쳐 큰일을 그르치지 말라. 성문을 나서는 그때로 너희는 적이 쳐 둔 덫에 걸려들고 말 것이다!"

하지만 그런 조구나 사마흔을 낯없게 하는 일이 곧 벌어졌다. 성 밖이 조용해지고도 한참이나 있다가 살펴보러 나갔던 군사 하나가 돌아와 말했다.

"한군이 사수를 건넜습니다. 정말 동쪽으로 가 버린 듯합니다."

이어 멀리까지 살피러 나갔다 돌아온 군사들이 알아 온 것은 더욱 조구와 사마흔을 난감하게 만들었다.

"한군은 식량이 다해 급히 돌아간 듯합니다. 사수를 건너기 전 몇몇 마을을 덮쳐 씨앗으로 묻을 곡식까지 빼앗아 먹고 갔다고 합니다."

"우리 패왕께서 보내신 한 갈래 군사가 오창을 들이쳤다는 말도 있습니다. 그 때문에 한군은 앞뒤로 적을 맡게 될까 두려워 급히 돌아간 것입니다."

"패왕께서 벌써 팽월을 잡고 성고로 돌아오시는 중이라는 풍문도 있습니다. 사수 건너편에서 온 백성이 양 땅을 오가는 장사꾼에게서 들었다고 합니다."

말할 것도 없이 그것들은 모두 장량과 진평이 성고성에서 물러나면서 지어 퍼뜨린 헛소문이었다. 그러나 듣는 초나라 군사들에게는 한결같이 분통 터지는 소리였다. 그렇게 몰려 쫓겨 가는 한나라 군사들에게 화살 한 대 날리지 못하고 성안에 처박혀 떨고 있었다는 게 부끄럽다 못해 속상하기까지 했다.

그 모든 일이 대사마 조구와 사마흔, 동예 같은 나이 든 장수들이 겁이 많아 그리되었다 여긴 젊은 장수들과 이졸들이 저희끼리 둘러앉아 불평으로 웅성거렸다. 그 소문이 참인지 거짓인지 알 길이 없는 조구도 답답했다. 소문이 정말이라면 겁쟁이에 졸장부란 소리를 듣게 생겼고, 적이 지어 퍼뜨린 헛소문이라 해도 당장은 그걸 밝힐 길이 없어 성안 군민의 비웃음과 빈정거림을 고스란히 받아 내야 했다.

그런데 다음 날 아침 일찍 한왕 유방의 사자가 달려와 난데없는 전서 한 통을 성안으로 던져 놓고 갔다. 조구가 받아 읽어 보니 내용은 대략 이랬다.

> 서초(西楚) 해춘후 대사마 조구는 들으라.
>
> 지난날 듣기로, 기현에는 누워 있는 용[臥龍] 같고 엎드린 범[伏虎] 같은 호걸이 있어, 몸은 비록 옥리로서 낮게 있어도 그 뜻과 기상은 구름 위를 넘실거린다고 하였다. 그 뒤 난세의 풍

운을 만나 천하를 휘젓고 다닌다고 들었는데 뉘 알았으랴. 그 용과 범은 이제 남의 집이나 지키는 개가 되고 말았구나. 허울은 좋아 왕이니 제후니 떠드나 실상은 주인 없는 성에 남아 그 재물과 가솔을 지키고 있으니 집 지키는 개와 다름이 무엇이랴. 대사마로서 허다한 병마를 거느리고서도 마침내 지키지 못할까 두려워 성안에 틀어박힌 꼴이 더욱 주인의 엄명을 받아 집을 지키는 데만 급급한 개와 닮았구나.

과인은 지난번 성고성에서 여러 날 너의 옛 뜻과 기상의 자취나마 엿보려고 애썼으나, 사람이 그 몸 두었던 바탕을 벗어나기는 정녕 이리 어려운가. 너는 스스로 시골 옥리의 금도(襟度)에 갇혀 천하의 이목을 돌아보지 않으니 실로 보기조차 딱하구나. 군사를 시켜 대엿새나 욕설로 격동케 해 보아도 너는 성안에 틀어박혀 오직 항왕의 명을 충실하게 지키는 데만 골몰하였다. 이에 과인은 군사를 물려 돌아가다가 그래도 세상의 평판이 너를 비웃는 게 애석해 다시 한번 기회를 주려 한다. 과인이 바라는 것은 성이 아니니, 우리 차라리 성고성에서 멀리 떨어진 곳에 한바탕 병진(兵陣)을 펼쳐 봄이 어떠냐? 사수 동쪽 벌판이라면 설령 싸움에 져도 네 주인이 지키라고 엄명한 성은 잃지 않을 것이다. 네가 진정으로 제후다운 제후요, 이름만인 대사마가 아니라면 사수 벌판에서 당당하게 대군을 펼쳐 과인의 장졸과 자웅을 겨뤄 보도록 하라.

누가 써 준 글인지 모르나 한마디 한마디가 모두 그러지 않아도 뒤틀릴 대로 뒤틀린 조구의 심사를 돋우고 오기를 건드렸다.

"이 패현 저잣거리의 장돌뱅이 놈이 사람을 너무도 작게 보는구나!"

조구가 그렇게 씨근거리며 전서를 사마흔과 동예에게 내보였다. 사마흔과 동예도 그 며칠은 잘 참아 냈으나 그때에 이르러서는 더 참지 못했다. 조구가 성을 나가는 것을 말리기는커녕 저희 스스로 그를 따라나섰다.

조구는 함께 성고를 지키던 항양(項襄)을 불러 군사 3천을 남겨 주며 말했다.

"장군은 성안에 남아 뜻밖의 변고에 대처해 주시오. 무슨 일이 있더라도 패왕의 재보(財寶)와 가솔만은 잘 지켜 내야 하오."

그 말에 항양이 걱정스레 조구를 보며 말렸다.

"대왕께서 떠나시면서 다만 굳게 지키라고만 하지 않으셨습니까? 이제껏 잘 참아 놓고 어찌 글 몇 줄에 격동되어 큰일을 그르치려 하십니까?"

"패왕께서 말씀하신 보름이 멀지 않았소. 들리기로는 패왕께서 돌아오고 계시다 하니, 지금이 바로 성을 나가 유방을 사로잡을 때요. 패왕께서 유방의 뒤를 끊고 있는 형국이라 우리가 갑자기 치고 나가면 한군은 금세 무너지고 말 것이오."

"하지만 대사마께서는 이 성고성을 지키기만 하시면 됩니다. 만약 일이 잘못되는 날이면 어찌하시겠습니까?"

지난번 팽성에서 낭패를 당해 본 적이 있는 항양이라 그런지 아무래도 마음이 놓이지 않는 눈치였다. 그런 말로 거듭 조구를 말렸다. 조구가 결기 서린 목소리로 항양의 말을 받았다.

"만약 성고성에 무슨 일이 생긴다면 이 늙은 목을 바쳐 패왕께 사죄하겠소!"

그러고는 남은 군사를 모조리 긁어모아 3만 대군을 일컬으며 성고성을 나갔다.

성난 조구가 군사를 휘몰아 동쪽으로 달려가니 오래잖아 얼어붙은 사수가 저만치 보였다. 침착한 부장 하나가 그대로 군사를 내몰려는 조구를 말리며 말했다.

"강물 동쪽 언덕 위로 살기가 뻗쳐 있고, 얼음의 두께도 기마가 건너기에는 넉넉지 못합니다. 잠시 군사를 멈추고 주변을 살핀 뒤에 사수를 건너는 것이 좋겠습니다."

하지만 조구는 무엇엔가 홀린 사람처럼 물 건너는 일을 서둘렀다.

"세상의 평판과 남의 이목을 말하는 자가 비열한 암습을 하지는 않을 것이다. 사수 동쪽 벌판에서 당당하게 병진을 펼쳐 보자 해 놓고 다른 짓이야 하겠느냐? 또 말 타고 건널 만큼 얼음이 두껍지 못하다면 먼저 보졸부터 건너가게 하면 된다. 기마대는 말에서 내려 고삐를 잡고 걸어서 보졸을 뒤따르게 하면 전군이 사수를 건너기는 어렵지 않을 것이다."

그러면서 먼저 보졸부터 얼어붙은 사수 위로 내몰았다. 이미 동짓달에 들어서인지 보졸들이 대오를 갖춰 강물 한가운데에 이르러도 얼음은 깨지지 않았다. 그걸 보고 조구는 다시 기마대를 뒤따르게 했다. 말고삐를 잡고 가만가만 걸어서 뒤따르게 하자 이번에도 얼음은 잘 버텨 주었다.

그렇게 하여 기마대가 사수 한가운데쯤 왔을 때였다. 갑자기 요란한 함성이 일며 동쪽 언덕 뒤에서 몇 갈래의 한나라 기마대가 철갑을 번쩍이며 나타나 이제 막 사수를 다 건너가는 초나라 보졸들을 덮쳐 왔다. 그 뒤를 다시 창칼로 숲을 이룬 한나라 보졸들이 거센 파도처럼 밀려오고 있었다.

앞장선 보졸들 가운데로 적의 철기(鐵騎)가 뛰어들면 전군의 혼란은 피할 수가 없다. 그 혼란을 끝내는 길은 이편의 철기가 나가 적의 철기를 꺾어 주는 길뿐이다. 뒷날 대기병(對騎兵) 전술이 정교하게 발전될 때까지 보졸들만으로는 철갑으로 몸을 감싼 기마대를 당해 낼 수 없었다.

기마대에 섞여 사수를 건너던 조구는 앞장선 초나라 보졸들이 한나라 기마대에게 쫓겨 어지럽게 흩어지는 것을 보자 마음이 다급해졌다. 발밑의 얼음 두께를 따질 겨를도 없이 자신이 먼저 말 등 위로 뛰어오르며 소리쳤다.

"모두 말 위에 올라라! 어서 가서 적의 기마대를 맞자."

그러자 다른 장졸들도 분분히 말에 올라 박차를 찼다. 처음 한동안은 그래도 얼음이 견뎌 내는 듯했다. 하지만 수백 필의 기마가 속도까지 얻자 동짓달 얼음으로는 그 무게를 견뎌 내지 못했다. 초나라 기마대가 사수를 다 건너기도 전에 여기저기서 얼음이 깨어지고 말과 사람이 아울러 얼음장처럼 차가운 강물 속에 잠겼다.

다행히도 앞장서 있던 조구는 사마흔, 동예와 더불어 강물 속에 처박히지 않고 사수 동쪽에 내려설 수 있었다. 몇몇 기병들도 무사히 그들 뒤를 따랐으나 그 수는 그리 많지 못했다. 기마대 태반은 아직도 차가운 강물 속에서 허우적거리고 있었다.

얼음 깨지는 소리와 말과 사람이 아울러 지른 비명이 그러잖아도 한나라 기마대에게 몰리고 있는 초나라 보졸들을 더욱 겁먹고 어지럽게 만들었다. 그대로 두었다가는 제대로 싸워 보지도 못하고 무너질 판이었다. 조구가 물속에 빠진 기마대를 기다릴 틈도 없이 칼을 빼 들고 소리쳤다.

"모두 앞으로! 적의 기마부터 막아라."

그리고 앞장서 내닫더니 저희 보졸 사이에 뛰어든 한나라 기사 하나를 베어 넘기며 소리쳤다.

"모두 겁내지 마라. 내가 왔다. 죽기로 싸우면 절로 살길이 열릴 것이다!"

그런 조구에게는 보잘것없는 곳으로부터 몸을 일으켰으되 스스로 갈고 다듬어 이룩한 맹사(猛士)의 기개와 풍모가 있었다. 그러나 싸움이 기개와 풍모만으로 될 수 있는 일은 아니었다. 이미 한번 꺾인 기세인 데다 군사의 머릿수까지 턱없이 모자랐다. 오래잖아 얼음물 속에서 간신히 기어 나온 초나라 기마대까지 보졸과 힘을 합쳤지만 이미 기운 전세를 바로잡을 수는 없었다.

거기다가 한신이 조나라와의 싸움에서 위력을 보여 준 배수진의 원리와는 달리, 조구가 이끈 초나라 군사들에게는 물을 등진 것이 전혀 도움이 되지 못했다. 오히려 달아날 길조차 없다는 것이 아득한 절망감이 되어 전의를 꺾어 놓았다. 따라서 제대로 싸워 보지도 않고 살길을 찾아 달아나는 군사가 생기자 초군은 그대로 뭉그러지기 시작했다.

안간힘을 다해 무너지는 전열을 가다듬던 조구도 마침내는 일이 글러 버린 것을 깨달았다. 사마흔과 동예를 불러 남은 전력을 원진으로 뭉치게 한 뒤 사수를 따라가며 싸웠다. 물이 얕고 얼음이 두꺼운 곳을 찾아 물러날 길을 얻기 위함이었다.

그러나 한군이 그럴 틈을 주지 않았다. 더욱 세차게 휘몰아쳐 물러날 길을 찾는 초나라 군사들의 삼면을 두텁게 에워싸기 시작했다.

"내 오늘 이곳을 빠져나가기 어렵겠구나. 패왕께서 맡기신 재화와 사람만이라도 지켜 낼 방도를 찾아야겠다."

마침내 체념한 조구가 그렇게 탄식하며 그때까지도 외롭고 힘든 싸움을 하고 있던 기마 몇 기를 가까이 불렀다. 그들이 다가오자 조구가 말했다.

"이제 내가 가진 힘을 다해 서쪽으로 가는 길을 열어 볼 터이니 너희들은 그 틈을 치고 나가 성고성으로 돌아가거라. 가서 항양에게 패왕께서 맡기신 사람과 금옥(金玉), 화뢰(貨賂)를 보전하여 형양성의 종리매 장군에게 의지하라 이르라. 내가 여기서 죽기로 싸워 한군을 붙잡아 두면 너희가 형양성으로 물러날 틈이 있을 것이다."

그리고 다시 군사를 풀어 사마흔과 동예를 찾아오게 했다.

"두 분 장군께서는 여기서 중군을 지탱하고 계시오. 내 한 갈래 군사를 이끌고 서쪽을 뚫어, 성고의 항양에게로 가는 사자에게 길을 열어 주고 오겠소. 오래 걸리지 않을 것이니 내가 돌아올 때까지만 버텨 주시오."

조구는 사마흔과 동예에게 그렇게 당부한 뒤 몸소 한 갈래 군사를 거느리고 서쪽으로 치고 나갔다. 그 기세가 어찌나 매서운지 일시 한군의 에움이 뚫리며 한 줄기 길이 열렸다.

"가거라. 반드시 성고성으로 돌아가 항양에게 내 뜻을 전해야 한다."

조구가 그렇게 소리쳐 사자로 뽑은 기마를 서쪽으로 내몬 뒤에 다시 기세를 회복해 몰려오는 한군과 맞섰다. 그사이 조구의 명을 받은 기마 몇 기가 에움을 뚫고 성고성으로 달아났다. 그들이 무사히 사수를 건너 서쪽으로 사라지는 걸 본 조구는 미련 없이 군사를 돌려 사마흔과 동예가 맡고 있는 중군 쪽으로 달려갔다.

사마흔과 동예는 아직 중군을 지키고 있었으나 이미 전세는 돌이킬 수 없게 기울어 있었다. 몇 천 남지 않은 초나라 군사들이 두텁게 에워싼 한군의 파도 속에 작은 섬처럼 남아 있었다.

"모두 힘을 내라. 내가 돌아왔다. 이제 우리 사자가 성고성으로 갔으니 머지않아 원병이 이를 것이다. 그때까지만 버티면 된다!"

조구가 그런 말로 군사들의 사기를 북돋워 보려고 애썼다. 하지만 이미 대세는 기울어져 아무 소용이 없었다. 몇몇 장졸이 조구의 외침에 마음을 다잡고 창칼을 고쳐 잡았지만, 에워싸고 밀려드는 한군이 워낙 대군이었다. 모닥불에 떨어지는 눈송이처럼 초군은 적진에 뛰어드는 족족 자취 없이 사라져 갔다.

조구는 그래도 그 뒤 한 시진을 버텼으나 마침내는 마지막이 찾아왔다. 겨우 수백 명 남은 군사들과 얼음 깨진 사수 가 한 모퉁이에 몰려 곧 한군에게 사로잡힐 처지에 놓이고 말았다. 조구가 문득 하늘을 우러러보며 처절하게 외쳤다.

"기현의 조구, 참으로 멀리도 왔구나. 옥리에서 몸을 일으켜 제후에 오르고, 대사마로 천군만마를 호령해 보았으니 무슨 여한이 있으리!"

그러고는 들고 있던 칼로 목을 찔러 죽었다. 새왕 사마흔도 조구의 뒤를 따랐다.

"나도 그러하이. 시골 옥지기에서 일어나 왕 노릇까지 해 보았으니 여한은 없네."

그러면서 조구 곁에서 스스로 목을 찔러 죽었다. 그들보다 오래 살아남아 빠져나갈 길을 찾던 적왕 동예도 끝내는 그들의 뒤를 따랐다.

"진나라의 도위로서 장함을 따라 함곡관을 나왔던 이 동예, 일찍이 신안에서 20만 항졸과 함께 땅에 묻혔어도 억울할 것 없었다. 구차하게 살아남은 부끄러움이 있으나, 또한 그리해서 왕후의 영화까지 누려 보았으니 생판 밑진 장사는 아니었다. 무엇을 뉘우치고 무엇을 한탄하리!"

동예가 제 칼로 제 목을 찌르기 전에 한 말은 그랬다.

한왕 유방이 사수 가에 이른 것은 조구와 사마흔, 동예 세 사람이 차례로 목숨을 끊고, 나머지 살아남은 초나라 장졸들은 모두 항복한 뒤였다. 세 사람의 주검을 돌아본 한왕이 처연한 얼굴로 말했다.

"그래도 염치를 아는 자들이었다. 모두 정중하게 묻어 주어라."

그때 진평이 한왕 곁으로 다가가 가만히 깨우쳐 주었다.

"그들 세 사람은 모두가 우리 한나라의 근거지인 관중에 연고를 가지고 있습니다. 특히 사마흔과 동예는 새왕과 적왕으로 삼진(三秦, 진나라를 셋으로 쪼개 만든 나라)의 왕을 지낸 자들입니다. 그 죽음이 그럴듯했다 해서 살아생전의 행적까지 관중 사람들이 본받게 해서는 아니 될 것입니다. 그들의 무덤을 크게 지어 주더라도, 그 머리는 따로 갈무리했다가 뒷날 관중으로 돌아갔을 때 저잣거리 높이 내걸 수 있게 해야 합니다."

그래 놓고는 자신이 이졸들을 불러 일을 그리 처리하게 함으로써 한왕의 너그러움을 다치지 않게 하였다. 다시 장량이 와서 급하게 한왕을 찾아보고 권했다.

"들으니 적의 기마 몇 기가 우리의 에움을 뚫고 성고성으로 돌아갔다고 합니다. 얼른 뒤쫓게 하시어 성안의 적들에게 우리를 맞아 싸울 채비를 갖출 겨를이 없도록 하십시오."

"성고의 주력은 조구를 따라와 여기서 무너졌으니, 성안에는 그리 큰 병력이 남아 있지 않을 것이오. 서둘 것 없소."

한왕이 무엇 때문인지 이번에도 그렇게 느긋하게 대꾸했다. 그때 진평이 이졸들을 보내고 돌아와 장량을 거들었다.

"그럴수록 서둘러 성고성을 쳐야 합니다. 겁먹은 적이 사람과 재보를 챙겨 형양성으로 달아나기라도 하는 날이면 항왕에게서 우리 볼모를 되찾을 모처럼의 기회를 잃게 됩니다."

"그건 또 무슨 말씀이오?"

"대왕께서는 태공(太公) 내외분과 왕후께서 항왕의 군막에 볼모로 계신 것을 잊으셨습니까? 그런데 성고성 안에는 항왕이 천하에서 긁어모은 재보와 함께 그 가솔과 총애하는 미인들까지 모두 있다고 합니다. 급히 성고성을 에워싸 그들만 사로잡을 수 있다면 우리도 그들을 볼모로 삼아 태공 내외분과 왕후를 구해 낼 수 있을 것입니다."

그 말을 듣고서야 눈앞의 싸움에 정신이 뺏겨 항왕에게 볼모로 잡혀 있는 태공 내외와 여후(呂后)를 깜박 잊고 있던 한왕도 갑자기 마음이 급해졌다. 장졸들에게 숨 돌릴 틈조차 주지 않고 사수를 건너게 한 뒤 회오리바람처럼 전군을 휘몰아 성고로 달려갔다.

한왕이 성고에 이르니 성벽 위에는 지키는 군사가 없고 성문은 사방으로 활짝 열려 있었다. 한왕은 급한 마음에도 적군의 속임수가 있을까 걱정이 돼 군사를 멈추고 탐마를 보내 성안을 살펴보게 했다. 한참이나 지나서야 탐마가 돌아와 알렸다.

"적은 이미 사람과 재보를 챙겨 달아나고 없습니다. 남문으로 나갔다는 것으로 보아 형양성으로 달아난 듯합니다."

"적이 달아난 지 얼마나 되었다더냐?"

한왕이 그렇게 묻자 살피러 갔다 돌아온 군사가 들은 대로 말했다.

"우리 대군이 이르기 반 시진 전쯤이라고 합니다."

그러자 함께 있던 장량이 나서서 말했다.

"적군은 많은 재보와 아녀자를 보호해 가는 길이라 움직임이 더딜 것입니다. 거기다가 형양까지는 50리가 넘는 길이니 서두르면 얼마든지 따라잡을 수 있습니다."

"알겠소. 먼저 기마대를 내어 적을 급히 쫓게 하겠소."

한왕이 고개를 끄덕이며 그렇게 말하고 먼저 천여 기마대를 내어 형양으로 가는 지름길로 달려가게 했다. 이어 3천의 날랜 보졸이 기마대의 뒤를 받치고, 다시 한왕이 이끄는 본대가 내닫듯 그 뒤를 따랐다.

그때 항양은 조구의 당부에 따라 거느리고 있던 3천 군사로 성고성에 있던 사람과 재보를 보호하며 형양성으로 달아나고 있었다. 패왕의 가솔이라 하지만 아녀자가 태반이라 사람이 탄 수레가 여남은 채요, 패왕이 그동안 천하에서 긁어모은 금은과 보화가 다시 수십 수레였다. 어느 것 하나 버릴 수 없는 그 수레들을 소중하게 지키며 가야 하니, 마음만 바쁠 뿐 길은 더디기 짝이 없었다.

"빨리 가자. 적이 언제 뒤쫓아 올지 모른다."

한 시진 넘게 몰아쳐도 채 30리를 가지 못하자 다급해진 항양이 행렬 앞뒤로 말을 달리며 인마를 재촉해 댔다. 그런데 그때 갑자기 한 사졸이 행렬 뒤쪽을 가리키며 소리쳤다.

"적이 가까이 오고 있습니다. 저기 저 자우룩한 먼지는 적의 기마가 일으키는 것임에 틀림없습니다."

항양이 보니 정말로 멀리 북쪽 하늘로 부옇게 먼지가 일고 있었다. 그와 함께 적지 않은 기마대의 말발굽 소리와 은은한 함성도 들려오는 듯했다. 한왕이 기마대를 내어 급하게 추격하기 시작한 것임에 분명했다.

"놀라지 말라. 적은 얼마 되지 않는다. 교활한 유방이 기마 몇 기를 보내 우리를 겁주려는 수작이다."

항양이 그렇게 군사들을 진정시키며 젊은 부장 하나를 불러 명했다.

"너는 군사 천 명을 이끌고 이 길모퉁이에 매복하고 있다가 적이 오면 들이쳐 그 기세를 꺾어 놓아라."

그 부장이 군사 천 명과 남아 길모퉁이에 매복하자 놀란 수런거림이 가라앉았다. 이어 항양은 추격에 대비해 행렬을 다시 배치했다.

"패왕께서 아끼는 사람들이 탄 수레를 맨 앞으로 세우고 재물을 실은 수레를 그 뒤로 하라. 군량과 마초가 그다음이고 마지막은 군사들이 따르며 뒤를 끊는다."

그리고 날랜 말을 모는 군사 하나를 먼저 형양으로 달려가게 했다.

"너는 종리매 장군에게 가서 알려라. 패왕께서 대사마 조구에게 맡기신 사람과 재보가 모두 한군에게 쫓기고 있으니 어서 날랜 군사를 내어 맞아들여 달라고."

그리고 한층 급하게 인마를 몰아댔다. 한군의 추격이 가까워서인지 성고성에서 빠져나온 행렬의 움직임이 한결 빨라졌다. 하지만 그리 멀리 달아날 수는 없었다. 복병으로 남겨진 초나라 군사들과 뒤쫓는 한나라 기마대가 부딪는 함성을 아련히 들으며 달린 지 한 식경도 안 돼 다시 한나라 기마대가 따라붙었다.

항양이 행렬 맨 끝에 붙어 따라오던 군사들에게로 말을 달려가 소리쳤다.

"5백 명은 나를 따라 수레를 지키고 나머지는 여기 남아 뒤를 끊어라. 곧 형양성에서 구원이 올 것이다."

그러고는 허겁지겁 수레를 형양성으로 몰았다. 아직도 남은 길은 20리나 되었다. 쫓기는 군사들에게는 멀다 못해 아득하게 느껴지는 길이었다.

항양이 남은 5백 명과 더불어 수십 채의 수레를 보호해 10리쯤 가는데 다시 한나라 군사들이 따라붙었다. 뒤쫓는 쪽도 노리는 바가 있어서인지 악착스러운 데가 있었다.

"할 수 없다. 천하에서 거둔 금옥과 제후들이 바친 재보[貨賂]를 실은 수레를 버려라. 적이 재물에 눈이 어두워 어지러운 틈을 타 패왕께서 맡기신 사람이나 보존하자."

항양이 그렇게 명을 내려 재물을 실은 수레를 버리게 했다. 한 젊은 부장이 알 수 없다는 듯 물었다.

"대왕의 가솔이랬자 겨우 당내(堂內)에나 들 정도로 먼 종성(宗姓)들뿐입니다. 거기다가 별것 아닌 시중들과 시녀들이 있을 뿐인데, 그들을 구하려고 저 많은 재보를 흩어 버리기에는 너무 아깝지 않습니까?"

"대왕께서는 눈비를 맞으며 함께 싸운 맹장들보다도 우리 항씨(項氏) 종친들을 더 믿고 아끼신다. 거기다가 저기 저 두 번째 수레에 탄 사람이 누군지 아느냐? 미인(美人)으로 봉해진 우희(虞姬)가 저 수레에 타고 있다. 우 미인을 도읍 팽성에 두는 것도 못 미더워 군막과 함께 옮겨 다니게 하는데, 그녀를 한왕에게 뺏기고 무슨 수로 대왕께 용서를 구하겠느냐?"

항양이 나무라듯 그 젊은 부장의 말을 받았다. 젊은 부장도 수레에 탄 사람 가운데 우 미인이 있다는 말을 듣자 더는 군소리 없이 항양이 시키는 대로 했다. 군사들로 하여금 재물 실은 수레 수십 대를 버려 뒤쫓는 기마대의 길을 막는데, 일부러 수레를 뒤집거나 보화가 담긴 궤짝을 열어젖혀 보는 사람에게 절로 물욕이 일도록 했다.

머지않아 그곳에 이른 한나라 기마대는 금은보화를 가득 실은 수레 수십 채가 길가에 나뒹굴고 있는 걸 보자 눈이 뒤집혔다. 항양을 뒤쫓는 것도 잊고 저마다 말에서 내려 닥치는 대로 금은보화를 거두었다. 이어 그들의 뒤를 받치는 한나라 보졸들이 이르렀으나 그들도 마찬가지였다. 보졸과 기마대가 뒤엉켜 수레와 함께 버려져 있는 재화를 다투었다.

한왕이 이끈 중군이 그곳에 이른 것은 재물에 눈이 먼 한나라 장졸들이 저희끼리 치고받으며 아수라장을 이루고 있을 때였다. 한왕은 그런 장졸들을 꾸짖어 다시 전열을 가다듬은 뒤 형양성으로 달려갔지만 때는 이미 늦어 있었다. 그새 항양이 이끈 인마와 수레는 종리매가 끌고 나온 대군의 호위를 받으며 형양성 안으로 들어가 버리고 없었다.

한왕은 대군을 풀어 형양성을 에워싸게 하고 낮에 군사들이 나눠 가진 패왕의 금은보화를 모두 거두어들이게 했다. 군사들이 감춘다고 감추었으나 그래도 거둬 놓고 보니 엄청난 재화였다. 그걸 보며 한왕이 탄식하듯 말했다.

"과연 말로만 듣던 패왕의 재보답구나. 군막에 싣고 다니는 금은보화가 이 정도이니 그가 천하에서 거둔 것을 다 합치면 도대체 얼마나 된다는 것이냐."

그리고 지나가는 말투로 물었다.

"내 듣기로 항왕은 아직 격식을 갖춰 혼인한 적이 없다 하였다. 그런데 무에 그리 소중한 가솔이 있어 항양이 저 많은 재보를 흩뿌리면서까지 그들을 구해 냈다는 것이냐?"

그때 곁에 있던 장량이 가만히 웃으며 받았다.

"대왕께서는 옛날 함양 궁궐에서 만났던 우씨(虞氏) 성 쓰는 소녀를 기억하시겠습니까?"

그와 같은 장량의 물음에 한왕은 까닭 모르게 가슴이 서늘해졌다.

한왕이 무관(武關)을 넘어 진나라를 항복받고 그 도읍 함양을 차지한 것은 벌써 4년이나 지난 일이었다. 호기롭게 왕궁으로 들어갔다가 후궁이 되기 위해 끌려와 있던 소녀들 중에서 우씨 성을 쓰는 소녀[虞姬]에게 잠깐 동안 눈길이 끌린 적이 있었다. 그리고 이태 뒤 잠시 팽성을 차지했을 때 다시 한번 언뜻 그녀를 떠올린 적이 있으나, 그 뒤 두어 해 창칼이 부딪고 화살과 돌이나는 싸움터를 내달리는 동안 까맣게 잊고 지냈다. 그런데 희한하게도 장량의 물음을 받자마자 한왕은 이내 그녀가 누군지 알아들을 수 있었을 뿐만 아니라 그 모습까지 떠올릴 수 있었다. 그만큼 그녀의 청초한 아름다움은 한왕의 머릿속에 깊은 인상으로 새겨져 있었다.

함양 왕궁의 재보와 미녀에게 손대는 것을 번쾌와 장량이 그토록 엄중하게 말리지 않았다면, 한왕 유방은 어김없이 우희를 그날 밤의 잠자리에 불러들였을 것이다. 나중에 항우가 왕궁의 재보와 미녀를 모두 거두어 팽성으로 갔다는 말을 들었을 때, 한왕이 가장 먼저 떠올린 것은 너무 아름다워 쓸쓸하고 슬퍼 보이던 우희의 모습이었다. 이듬해 제후들과 함께 팽성을 함락했을 때도 그와 비슷한 느낌을 받은 적이 있었다. 한왕은 그녀가 항양의 보호를 받아 팽성을 빠져나간 것 같다는 말을 듣자 까닭 모르게 가슴에 서늘한 바람이 이는 듯하였다. 그 뒤 석(石) 미인을 얻고 또 눈에 넣어도 아프지 않을 만큼 사랑하는 척희(戚姬)를 거둬들이고 나서도 깨끗이 지워지지 않는 야릇한 미련이었다.

"기억할 듯도 싶소. 그런데 자방은 왜 갑자기 그 일을 물으시는 거요?"

한왕이 애써 마음을 드러내지 않으려 하며 그렇게 받았다. 장량이 희미한 웃음을 거두지 않은 채 말했다.

"항왕은 우희를 거두어 미인으로 봉하고 총애하였습니다. 그러다가 지난번 팽성에서 낭패를 본 뒤로는 재보와 미녀들을 거두어 자신의 군중에 데리고 다니게 되었다고 합니다. 항왕은 싸움이 없을 때는 그들을 본진에 가까운 성읍에 두고 지키게 하였는데, 바로 그 우 미인이 성고성에 있었습니다. 도성과 맞바꾸어도 아까워하지 않을 만큼 항왕이 총애하는 우 미인인데, 그까짓 재보를 아껴 남에게 뺏길 수 있겠습니까?"

그 말에 퍼뜩 정신이 들었는지 한왕이 갑자기 안타까워하는 목소리로 말을 바꾸었다.

"장졸들의 물욕이 실로 큰일을 그르쳤구나. 만약 우 미인을 사로잡을 수 있었다면 아버님, 어머님을 항왕에게서 구해 낼 수 있었을 것을."

그러고는 이내 엄숙한 군왕의 얼굴로 돌아가 좌우를 돌아보며 소리쳤다.

"어서 장수들을 과인의 군막으로 불러 모아라! 항왕이 양(梁) 땅에서 돌아오기 전에 형양성을 함락하고 과인의 부모님을 항왕에게서 구해 낼 방도를 찾아야 한다."

그렇게 바로 본모습을 드러냈다. 호탕하고 풍류도 알았지만, 결코 감상에 빠져 큰일을 그르치지는 않는 한왕이었다.

한왕이 앞서 싸움을 돋우자 다음 날부터 치열한 공성전이 벌어졌다. 한군 10만이 형양성을 에워싸고 밤낮 없이 들이쳤으나, 성안에 있는 종리매도 만만한 장수가 아니었다. 군민 5만을 이끌고 높고 든든한 성곽에 의지해 굳게 지키니 한왕이 아무리 장졸들을 다그쳐도 형양성은 쉽게 떨어지지 않았다.

"안 되겠다. 광무산을 지키는 번쾌를 부르고 한신에게도 사람을 보내 관영과 주발만이라도 이리로 보내라고 하여라. 이번에는 반드시 형양을 되찾아 성고, 오창과 더불어 관동의 근거지로 삼아야 한다. 아울러 성안에 있는 항왕의 가솔들을 사로잡아 항왕이 부모님을 볼모로 삼고 과인의 손발을 묶는 일이 없도록 해야 한다."

한왕이 그러면서 번쾌와 한신에게까지 사람을 보내려 하였으나 그보다 먼저 이른 것은 패왕이 벌써 돌아오고 있다는 놀라운 소문이었다.

바뀌는 전선

하남(河南)이라고는 해도 동짓달로 접어들자 외황(外黃)의 추위는 만만치 않았다. 성고를 떠날 때 나름대로 채비를 한다고 해왔지만 성을 에워싸고 있는 초나라 장졸들은 벌써부터 추위에 시달리고 있었다. 전포에 갑주를 걸치고 오추마(烏騅馬)에 올라 외황성 성벽을 노려보고 있는 패왕 항우도 마찬가지였다. 말과 사람이 아울러 허연 입김을 뿜어내고 있었다.

그때 성 밖 멀리 농가들이 모여 있는 마을 쪽에서 요란한 말발굽 소리와 함께 대여섯 기의 기마가 달려왔다. 패왕의 명을 받고 정탐을 나갔던 군사들이었다.

"그래, 알아보았느냐?"

패왕이 다가오는 그들을 알아보고 손짓해 불러 바로 물었다.

그중의 하나가 시퍼렇게 언 얼굴로 대답했다.

"팽월은 성안에 없습니다. 마을 노인들에 따르면 팽월은 벌써 엿새 전에 이곳을 지나갔다고 합니다."

"여우 같은 놈. 어디로 갔다고 하더냐?"

"그게 좀 이상합니다. 어떤 이는 하수를 건너 제나라로 갔다고도 하고, 어떤 이는 수양으로 달아났다고도 합니다. 다시 진류 쪽으로 가는 걸 보았다고 우기는 노인도 있었습니다."

"본시 간교한 토끼는 굴을 팔 때 달아날 길을 아홉 갈래로 내는 법이다."

패왕은 그렇게 대답하며 양 땅으로 달려와 맨 처음 떨어뜨린 진류성을 떠올렸다. '항왕이 왔다[項王來].'는 외침 한마디로 성문을 열고 무릎을 꿇던 진류성의 군민들이었다. '쉽게 훔쳐 간 것은 쉽게 되찾을 수 있구나.' 싶었다. 옹구와 고양도 비슷했다. 옹구는 진류처럼 팽월의 군사가 이미 달아나고 없는 빈 성이었고, 고양에는 팽월의 군사가 있어 겨우 하루 낮, 하룻밤을 버티는 시늉을 했다. 하지만 그것도 새벽을 틈타 달아나기 위한 속임수에 지나지 않았다.

그 바람에 패왕의 대군이 성고에서 외황까지 오는 데는 닷새밖에 걸리지 않았다. 그대로 간다면 수양까지 되찾고도 대사마 조구와 약속한 보름 안에 성고로 돌아갈 수 있을 듯싶었다. 그런데 외황에서 그만 발목이 잡히고 말았다. 군민이 합심해 얼마나 굳게 버티는지 초나라 군사들이 사흘이나 힘을 다해 들이쳤지만 누구 한 사람 성벽 위에 한번 제대로 올라가 보지 못했다.

그러자 패왕은 다급해졌다. 양 땅에 오래 붙들려 있다가 성고에서 무슨 낭패를 당할지 몰라 더욱 급하게 군사들을 몰아댔다. 그러나 다시 이틀이 더 지나도 외황성은 여전히 끄떡하지 않았다. 거기다가 묘한 일은 상하와 군민이 한 덩어리가 되어 지킨다는 것뿐, 누가 우두머리 되는 장수인지를 알 수 없다는 점이었다.

그 때문에 패왕은 그날 다시 외황성을 들이치기 전에 정탐하는 군사를 풀어 성을 지키는 적장부터 알아보게 했는데 방금 돌아온 기마가 바로 그들이었다.

"그럼 성을 지키는 장수가 누군지 알아냈는가?"

패왕이 마침내 궁금한 것을 물었다. 정탐을 나갔던 군사가 갑자기 머뭇거리며 대답했다.

"몇 사람의 젊은 장수들이란 말은 들었으나 그 이름은 알 수가 없었습니다."

"이름이 없다면 하찮은 졸개일 터, 많지도 않은 군사를 이끌고 과인에 맞서 닷새나 버틸 수는 없는 일이다. 아마도 그 농투성이들이 너희들을 속였을 것이다."

"그렇지는 않은 듯합니다. 그들은 '거야택(巨野澤)의 1백 소년' 가운데 몇 명이라 했습니다."

"거야택의 1백 소년이라고? 그게 무슨 소리냐?"

패왕 항우가 알 수 없다는 듯 탐마를 나갔다 온 군사에게 물었다. 그때 곁에 있던 계포가 그 군사를 대신해 패왕의 물음을 받았다.

"팽월이 거야택에서 도둑질하며 살다가 처음 몸을 일으킬 때

따라나선 인근 마을 소년들을 가리킵니다. 처음 진승(陳勝)이 일어났을 때 그들이 먼저 팽월을 찾아가 기의를 부추겼을 만큼 기백 있는 젊은이들이었습니다. 거기다가 '팽월의 일참(一斬)'으로 단련된 그들이 이제 장수가 되어 이 성을 지키고 있다면, 그 이름이 알려지지 않았다 하여 결코 얕보아서는 아니 됩니다."

"팽월의 일참이란 또 무슨 소리요?"

"모질기로 이름난 팽월의 군율입니다. 처음 그들 소년 백여 명이 찾아와 우두머리가 되어 주기를 청했을 때, 팽월은 몇 번이나 사양하다가 겨우 허락하였다고 합니다. 그리고 다음 날 해가 돋을 때 모여 거병하기로 하였는데, 그때 팽월은 그 소년들에게서 모이는 시각을 어기면 참수를 당해도 원망하지 않겠다는 약조를 받아 두었습니다.

하지만 그 용력을 우러르기는 해도 그저 이웃 마을 어른으로만 여겨 온 팽월이라 소년들은 그 약조를 무섭게 여기지 않았습니다. 다음 날 여남은 명이나 늦었는데, 그중에서도 가장 늦은 소년은 해가 중천에 떴을 무렵에야 정한 곳에 이르렀습니다.

이에 팽월은, '처음 거병을 의논할 때 내가 나이 들어 그대들과 함께하기를 사양했으나, 그대들이 억지로 졸라 나를 우두머리로 세웠다. 그리고 오늘 해가 돋을 때 모이기를 군령 삼아 약조했는데, 이렇게 지키지 않으니 결코 그냥 넘어갈 수 없다. 늦게 온 사람이 많아 다 죽일 수 없으면 가장 늦게 온 사람이라도 목을 베어 군율을 세워야겠다.'라고 말하고는 소년들 중에서 대장을 뽑은 뒤 가장 늦게 온 소년을 목 베 죽이게 하였습니다. 그러자 소년들이 모두 웃으면서 말했습니다. '차마 그럴 것까지야 있겠습니까? 다음부터는 감히 군율을 어기는 일이 없을 것이니 이번 한 번만은 그냥 넘어가시지요.'

그러나 팽월은 기어이 그 소년을 끌어내 목을 베고, 제단을 차려 그 목을 올리면서 군율의 엄함을 보여 주었습니다. 그런 다음 그들에게 명을 내리니, 모두 놀라고 두려워 감히 얼굴을 들고 팽월을 마주 바라보지 못하였다고 합니다. 그 뒤 팽월의 무리가 나아감과 물러남에 저토록 재빠르면서도 빈틈이 없는 것은 바로 그와 같이 모진 군율에서 비롯되었다는 말도 있습니다."

그 말을 듣자 패왕은 팽월의 사람 부리는 재주에 은근히 감탄하면서도 다른 한편으로는 슬며시 호승심이 일었다.

"그 늙은 도적놈에게 제 졸개를 다루는 데 그런 모진 꾀가 있다면, 과인에게는 겁 없이 맞서는 적을 다스리는 엄한 법이 있다. 내 반드시 저놈들에게 어느 쪽이 더 무서운지를 보여 주어야겠다."

그러고는 먼저 외황성을 지키는 팽월의 장수들을 성벽 위로 불러내 다시 항복하기를 권해 보았다.

"끝까지 과인에게 맞서다가 성이 떨어지는 날이면 너희들은 모두 산 채로 땅에 묻히게 될 것이다. 그리되면 팽월에게 다시 죽을 목숨이 남아 있지 않을 터, 무엇이 걱정되어 항복하지 못하느냐? 팽월 그 늙은 도적은 과인이 반드시 잡아 죽일 것이니 너희는 두려워 말고 어서 항복하라."

그러나 대답 대신 날아온 것은 활과 쇠뇌의 살이었다. 이에 성이 치민 패왕은 그날로 다시 전군을 들어 무섭게 외황성을 들이쳤다.

그날 초나라 군사들은 날이 저물도록 공격을 퍼부었으나 외황성은 여전히 끄떡도 하지 않았다. 날이 저물자 패왕은 징을 쳐 군사를 거두어들이게 했다. 헤아려 보니 앞서의 어느 날보다 많은 군사가 죽거나 다쳐 장졸들의 사기까지 말이 아니었다.

"팽월은 주로 흩어진 위나라 군사들을 거두어들여 군세를 불렸을 뿐만 아니라, 한왕에게 항복하기 전에도 외황을 근거지로 삼고 있었습니다. 그 뒤에 다시 한왕이 팽월을 위나라 상국으로 삼아 양 땅과 연고가 더욱 두터워지니, 이 땅의 백성들조차 그를 따르는 것 같습니다."

용저가 성을 떨어뜨리지 못한 것을 변명하듯 그렇게 말했다. 이를 지그시 사리물고 듣던 패왕이 혼잣말처럼 받았다.

"늙은 도적을 따르는 것이 아니라 겁내는 거겠지. 그렇다면 성안 백성들에게 팽월보다 더 무서운 과인이 있음을 알려 주어야겠다."

그러고는 도필리들이 있는 쪽을 돌아보며 말했다.

"너희들은 오늘 밤 안으로 수백 통의 글을 써서 성안으로 쏘아 보내라. 만일 과인에게 항복하지 않고 버티다가 성이 떨어지는 날이면 성안에서 열다섯 살이 넘은 남자는 아무도 살아날 수 없을 것이라고. 모두 성 밖으로 끌어내 산 채 땅에 묻을 것이라고. 그리고 또 덧붙여라. 하루를 더 기다려 줄 테니, 성안 백성들은 힘을 합쳐 팽월의 졸개들을 쫓아내고 스스로 성문을 열어 과인에게 목숨을 빌라고."

그런 패왕의 명에 따라 그날 밤 외황성에는 화살에 매달린 흰 비단천이 눈송이처럼 휘날리며 날아들었다. 이튿날 패왕은 정말로 군사를 내지 않고 하루를 기다렸다. 그러나 성안에서는 여전히 항복하려는 기색이 보이지 않았다. 날이 저물자 패왕은 한 번 더 문루 앞으로 나가 성안 군민들을 겁주었다.

"너희들이 아무래도 권하는 술을 마시지 않고 벌주를 받으려고 하는구나. 과인이 마음만 먹으면 이따위 성은 한 싸움으로 질그릇 부수듯 할 수 있다. 한번 그렇게 되고 나면 양성과 신안의 일이 남의 얘기가 아닐 것이니라."

양성과 신안은 모두 패왕 항우가 싸움에 이기고 사로잡은 적병을 모조리 생매장한 곳이다. 특히 신안에서 20만 항졸을 산 채 묻은 일은 울던 아이도 '항왕이 온다.'고 하면 그칠 정도로 천하 만민이 패왕을 두려워하게 만들었다. 그날 패왕은 우레 같은 소리로 거듭 그렇게 성안을 향해 외쳤을 뿐만 아니라, 다음 날 정말로 전군을 들어 성을 우려뺄 마지막 공격을 준비하였다.

초나라 군사들은 바깥에서 에워싸고 있는 쪽이라 물자가 넉넉한 데다 머릿수도 원래부터 성안에서 지키는 군민의 몇 배가 되었다. 하루 사이에 구름사다리가 수풀처럼 세워지고, 성문을 부술 충차(衝車)와 쇠뇌를 건 바퀴 달린 누각도 성 밖 여기저기 모습을 드러냈다. 그래도 외황성은 아무런 흔들림 없이 또 하루를 더 버텨 냈다.

"어쩔 수 없다. 내일 새벽 날이 밝는 대로 성을 친다. 이번에는 전군을 몰아 반드시 성을 떨어뜨려야 한다."

더 참지 못한 패왕이 마침내 그런 명을 내렸다. 그런데 미처 그 밤이 새기 전이었다. 새벽 여명 속에 갑자기 외황성의 동문이 열리며 한 갈래의 군사가 치고 나왔다. 동문 쪽을 에워싸고 있던 초나라 군사들이 급히 창칼을 집어 들고 맞섰으나 적병이 워낙 갑작스레 치고 나온 터라 잘 막아 내지 못했다. 죽기 살기로 덤비는 적병의 날카로운 기세에 밀려 길을 내주고 말았다.

그때 패왕은 성벽 다른 쪽의 군막에서 새벽잠에 빠져 있었다. 성안에서 적병들이 뛰쳐나왔다는 말을 듣고 동문 쪽으로 달려갔을 때는 이미 적병이 길을 앗아 달아난 뒤였다.

"적이 얼마나 되었느냐?"

"많아야 3천을 넘지 못했습니다."

그 말에 잠깐 이마를 찌푸리며 생각에 잠겼던 패왕이 으르렁거리듯 말했다.

"모두 깨워라. 어서 성문을 깨뜨리고 성벽을 넘어라. 적의 주력은 이미 달아났다."

그때 갑자기 성벽 안이 수런거리며 성문이 절로 열렸다. 초나라 군사들이 창칼을 다잡으며 바라보니 이번에 성문을 나오는 것은 늙은이와 아녀자들을 앞세운 성안 백성들과 몇몇 현리들이었다.

"외황 현령 장(張) 아무개가 성문을 열고 대왕을 맞아들입니다. 죄 없는 창맹(蒼氓)들을 가엾게 여겨 너그럽게 거두어 주옵소서."

현리들 가운데 앞서 오던 늙은이가 패왕의 발아래 엎드리며 떨리는 목소리로 빌었다. 머리칼이 허연 노인이 찬 땅바닥에 이마를 짓찧으며 항복을 비는 모습이 자못 애절했으나 패왕에게서 터져 나온 것은 벽력같은 호통이었다.

"이놈들, 어디서 과인을 속이려 드느냐? 네놈들은 어제까지 팽월의 졸개들을 도와 과인에게 맞서다가, 이 새벽 그것들이 모두 성을 빠져나가 더 버틸 수 없게 되자 성문을 열고 항복했다. 그래 놓고 간사한 낯짝과 애절한 눈물로 빈다고 너희 죄를 씻을 수 있다고 믿느냐?"

그러고는 좌우를 돌아보며 더욱 목소리를 높였다.

"여봐라, 이것들을 모두 끌고 가 한곳에 몰아 두고, 성안으로 들어가서 열다섯 살이 넘은 남자는 모조리 끌어내라. 오늘 이것들을 모두 산 채로 땅에 묻어 과인의 군령이 엄함을 천하에 보여 주리라!"

날 밝기 전의 칠흑 같은 어둠 속에서 갑작스레 성을 뛰쳐나오는 바람에, 많지 않은 적병에게 달아날 길을 앗기고 만 초나라 장졸들도 심사가 뒤틀려 있기는 마찬가지였다. 두말없이 성안으로 뛰어들어 열다섯 살이 넘은 남자는 모조리 잡아들이기 시작했다.

그렇게 되자 이제 막 밝아 오는 외황성 안은 아수라장이 되었다. 성안으로 뛰어든 초나라 군사들은 남자 꼴을 하고 있으면 코흘리개 어린아이를 빼고는 모조리 창칼로 마소 몰듯 몰아 동문 밖으로 끌어냈다. 무섭게 덮쳐 오는 초나라 군사들을 보고 얼결에 맞서거나 달아나다 죽고 다친 백성들도 많았다.

해 뜰 무렵이 되자 2만이 넘는 외황성의 남자들이 모두 동문 밖으로 끌려나와 두려움과 추위에 떨며 죽음을 기다리게 되었다.

"이것들에게 구덩이를 파게 하라!"

패왕이 그들을 버러지 떼 보듯 하며 다시 장졸들에게 놋그릇 깨지는 소리로 외쳤다. 초나라 군사들이 그들에게 괭이와 삽 따위를 던져 주며 무자비한 매질로 구덩이를 파게 했다.

초나라 군사들의 모진 매질과 자신들이 떨어진 처지가 기막혀 괴로운 외침과 구성진 울음을 쏟아 내는 것은 구덩이를 파고 있는 남자들만이 아니었다. 초나라 군사에게 끌려간 아버지나 남편을 뒤따라온 여인네들과 아버지나 형을 따라온 아이들도 멀리서 자신이 묻힐 구덩이를 파고 있는 그들을 바라보며 함께 비명을 지르고 울었다.

"저것들을 모두 쫓아 버려라!"

패왕이 듣기에 성가신 듯 그런 아녀자들을 가리키며 소리쳤다. 군사들이 그리로 우르르 달려가 창대로 그들을 몰아냈다. 그때 그들 중에서 한 소년이 패왕 앞으로 달려와 소리쳤다.

"대왕, 제가 한마디 여쭤 볼 것이 있습니다. 대답해 주시겠습니까?"

패왕이 돌아보니 이제 겨우 코흘리개를 면한 어린아이였다. 그러나 그 목소리가 워낙 당찬 데다 눈빛도 아이 같지 않게 번쩍이는 것이 묘하게 사람의 마음을 끄는 데가 있었다. 창대로 소년을 몰아내려는 군사를 손짓으로 말리고 물었다.

"너는 누구며 어찌하여 여기 있느냐?"

"저희 아버님은 외황 현령의 문객(門客)으로 지금 저기서 구덩이를 파고 계십니다. 저는 이제 열세 살이라 이렇게 산 채로 묻히는 일은 면했습니다만, 그게 반드시 제가 원하는 바는 아닙니다."

말하는 품이 열세 살 난 아이 같지 않게 맹랑한 데가 있었다. 그러나 패왕은 짐짓 험한 표정으로 받았다.

"좋다. 네가 과인에게 물어볼 것이 무엇이냐? 네 나이 열셋이라 하나 허튼수작을 부리다가는 네 아비와 함께 땅에 묻히게 될 것이다."

그러나 소년은 조금도 겁먹은 눈길이 아니었다. 한결 또렷해진 목소리로 물었다.

"대왕께서는 싸우면 반드시 이기는 장수로 전장을 떠돌면서 한세상을 마치고자 하십니까? 아니면 널리 민심을 거두어 천하를 얻고 가여운 백성들을 위해 새로운 세상을 열 군왕이 되고자 하십니까?"

"어린놈이 그건 왜 묻느냐?"

"만약 대왕께서 민심을 거두어 천하를 얻고 가여운 백성들을 위해 새로운 세상을 열고자 하신다면 이렇게 해서는 결코 아니 되십니다."

"그럼 너는 늙은 도적놈에게 빌붙어 감히 과인에게 맞서 온 저 벌레 같은 것들을 그냥 살려 두란 말이냐?"

"대왕, 그것은 그렇지 않습니다. 팽월이 군사를 이끌고 와서 힘으로 억누르니 외황 사람들은 두려워서 짐짓 항복한 체하면서도 속으로는 간절하게 대왕을 기다려 왔습니다. 그러다가 이 새벽 팽월의 졸개들이 모두 달아나자 바로 성문을 열고 대왕께 항복한 것인데, 이렇게 모두 산 채 땅에 묻으려 하시니, 만약 이 일이 널리 알려지면 앞으로 어느 백성이 대왕을 믿고 의지하려 들겠습니까? 대왕께서 기어이 저들을 죽이신다면 천하는커녕 여기서부터 동쪽으로 팽월이 차지하고 있던 양 땅의 성 열 개도 다 얻지 못할 것입니다. 항복해 봤자 산 채 땅에 묻힐 것이니 그게 두려워서라도 누가 대왕께 항복하려 들겠습니까?"

전에도 들어 보지 못한 말은 아니었다. 그런데 알 수 없게도 그날따라 그 소년의 목소리가 전에 없이 섬뜩하게 패왕의 가슴에 와 닿았다. 어쩌면 싸움이 길어지고 정치적이 되면서 패왕도 어렴풋이 깨닫기 시작한 어떤 이치를 그 소년이 뚜렷하게 만들어 준 것인지도 모를 일이었다.

"과인은 지난날 양성에서도 2만 명을 묻은 적이 있고 신안에서는 20만 명을 묻었다. 작년 제나라에서 산 채 묻힌 전영의 졸개들도 양성에서보다 적지는 않을 것이다. 모두 과인에게 빨리 항복하지 않고 끝내 맞서다가 그리되었으니, 그게 과인을 거스르는 자들을 다스리는 법이다. 이제 와서 무엇 때문에 그 법을 바꾼단 말이냐?"

패왕 항우가 자신도 모르게 풀리는 목소리를 짐짓 다잡으며 거칠게 되물었다. 소년이 어린 나이답지 않게 한숨을 내쉬며 말했다.

"그렇다면 저도 저리로 보내 아버지와 함께 묻어 주십시오. 대왕을 기다려 새로운 세상을 기약할 수 없다면 차라리 그렇게라도 일찍 죽는 게 나을 것입니다."

그리고 선 채로 가만히 눈을 감는 품이 마치 한세상을 다 산 늙은이 같았다. 전란의 시대가 길러 낸 그 애절한 조숙(早熟)에 감동한 것일까, 순간 패왕의 철석같은 심사가 슬며시 움직였다. 그러나 그 목소리는 아직도 엄하기 짝이 없었다.

"좋다. 네가 그렇게 말하니 이번 한 번은 그 말을 믿어 보겠다. 하지만 오늘 너희를 묻지 않는다고 해서 아직 너희를 온전히 용서한 것은 아니다. 만약 여기서 수양에 이르기까지 단 하나의 성이라도 다시 과인에게 맞서는 성이 있으면, 반드시 돌아와 너희들까지 산 채 땅에 묻겠다!"

그러면서 땅에 묻으려던 외황의 남자들을 모두 놓아 보내게 하였다.

다음 날 패왕은 다시 동쪽으로 군사를 냈다. 그사이 소문이 퍼졌던지 첫날 저녁나절 초나라 군사들이 이른 성은 한번 싸워 보지도 않고 성문을 열어 패왕에게 항복했다. 그리고 그로부터 다시 사흘, 패왕이 동쪽 수양성에 이를 때까지도 항복하지 않고 뻗대는 성은 하나도 없었다.

수양성까지 싸움 없이 항복해 오자 패왕은 한편으로는 놀라우면서도 다른 한편으로는 허망한 기분까지 들었다. 팽월이 전에도 오래 머물렀을 뿐만 아니라, 이번에도 그리로 달아났을지 모른다는 말을 들은 터라, 수양성이 싸움 없이 항복해 온 것이 패왕에게 더욱 기이하게 느껴졌는지도 모를 일이었다.

'참으로 알 수 없는 일이다. 싸우는 자가 이제 싸워 이기려는 적에게 너그러워야 한다니 이 무슨 괴상한 이치냐. 많이 죽여야 자랑이고 영광이 되는 게 이 세상의 싸움이 아니냐. 거기다가 알 수 없는 일은 더 있다. 싸울 채비를 하고 기다리다가 싸워 보지도 않고 항복하다니, 그것은 또 얼마나 어이없는 노릇이냐. 적의 투지를 녹일 너그러움이 정말로 있다는 것이냐, 아니면 비겁한 적의 두려움이 구실을 얻은 것뿐이냐.'

패왕처럼 타고난 전사로서는 아무래도 이해하기 어려운 일이었다. 그러다가 옛날 숙부 항량에게 병법을 배울 때 흘려들은 구절을 퍼뜩 떠올리고 중얼거렸다.

'이게 바로 싸우지 않고 이긴다는 것인가. 병가들이 걸핏하면 우겨 대듯, 이렇게 이기는 것이 가장 잘 이기는 것이라면, 군사를 부려 싸운다는 게 얼마나 까다롭고 성가신 일이 되겠는가. 앞으로 나를 기다리는 싸움이 이런 것이라면 참으로 암담하구나.'

어쩌면 그때 패왕은 중요한 깨달음을 얻은 것일 수도 있었다. 하지만 그 깨달음은 너무 늦었고, 그가 빠져 있는 처지도 그 깨달음을 실전에 적용할 수 있는 여유를 주지 않았다. 오래잖아 날아든 놀라운 소식이 모처럼 온화하게 가라앉고 있던 패왕의 심기를 바닥부터 휘저어 놓았다.

"성고성이 한왕 유방의 손에 떨어졌다고 합니다."

"성고가 떨어지다니? 대사마 조구는 어찌 되었느냐? 과인이 떠나올 때 적지 않은 군사를 남겨 주고 사마흔과 동예까지 붙여 주었거늘."

전갈을 가지고 달려온 군사에게 패왕이 믿기지 않는다는 듯 되물었다. 형양의 종리매에게로 몸을 피한 항양이 보낸 그 군사가 구성진 목소리로 대답했다.

"대사마께서는 목을 찔러 자결하셨습니다. 새왕 사마흔과 적왕 동예도 스스로 목숨을 끊어 대사마를 뒤따랐습니다."

"과인이 떠나올 때 조구에게 성안에서 굳게 지키기만 하라고 당부했다. 그런데도 그런 꼴을 당했다는 것이냐?"

들을수록 기막히고 분통이 터지는지 패왕이 버럭 목소리를 높였다.

"한왕이 군사들을 시켜 대사마께 며칠이나 계속 욕을 퍼붓게 하다가, 갑자기 사수 가로 물러나 글로 다시 대사마를 꾀어냈습니다."

"아무래도 걱정스럽던 대사마나 사마흔의 서생 기질이 끝내 일을 그르쳤구나. 어서 군사를 성고로 돌려라! 내 이번에는 반드시 이 엉큼하고 흉악한 장돌뱅이 놈을 사로잡아 그 머리와 몸통을 갈라놓아야겠다."

패왕이 더 참지 못해 칼을 짚고 일어서며 소리쳤다. 그러다가 잊고 있었던 것을 문득 기억해 낸 듯 물었다.

"그렇다면 성고성 안에 있던 사람과 물자는 어찌 되었느냐?"

하지만 그런 패왕의 목소리에는 진작부터 궁금히 여겨 온 것을 억눌러 온 침중함이 느껴졌다. 그 군사도 패왕이 정작 무엇을 궁금해하는가를 알고 있는 듯했다.

"대사마께서는 사수 가의 싸움터에서 돌아가시기 전에 성안에 있던 항양 장군에게 전갈을 보내셨습니다. 성고의 사람과 재물을 모두 형양성으로 옮겨 한군에게 빼앗기지 않게 하라는 당부였습니다. 지금 대왕의 가솔과 행궁의 사람들은 무사히 형양성에 들어 종리매 장군의 보호를 받고 있습니다. 그러나……."

그 군사가 그래 놓고 잠시 머뭇거렸다. 그러다가 패왕의 얼굴이 알아보게 펴지는 것을 보고 다시 조심스레 이었다.

"추격이 워낙 다급하여 천하에서 거둔 금은과 제후들이 바친 재보가 실린 수레는 모두 한나라 군사들에게 빼앗기고 말았습니다."

그 말에 다시 벌컥 화를 내며 그 군사를 노려보던 패왕이 무슨 생각을 했는지 문득 목소리를 풀었다.

"재보야 다시 찾아오면 된다. 내 당장 달려가 그 흉물스러운 장돌뱅이를 죽이고 빼앗긴 재보를 되찾으리라."

그러고는 장졸들을 군막으로 불러 모아 돌아갈 채비를 서두르게 했다.

다음 날 패왕을 따라 팽월을 잡으러 왔던 초나라 군사들은 일껏 차지한 열일곱 개의 성에 얼마간의 군사만 흩뿌려 놓고 다시 성고로 돌아갔다. 그것도 되도록 빨리 가기 위해 짐 될 만한 것은 모두 버리니, 대군이 먹을 곡식도 닷새치가 넘지 못했다. 곡우에 이르기도 전에 종리매가 보낸 사자가 달려와 다시 급한 소식을 알렸다.

"성을 에워싼 한군의 기세가 여간 사납지 않습니다. 대왕께서 이르시기 전에 성이 깨지는 낭패를 당할까 두렵습니다."

그때 한왕 유방은 형양성을 에워싸고 마지막으로 불같은 공격을 퍼붓고 있었다. 패왕이 돌아온다는 소문이 있어 그 전에 형양성을 떨어뜨리기 위함이었다. 하지만 종리매도 무얼 믿고 그러는지 많지 않은 병력으로 흔들림 없이 성을 지켜 냈다.

연 이틀의 공성으로 적지 않은 군사만 잃은 한왕은 잠시 군사를 형양성 동쪽으로 물린 뒤에 장량과 진평을 불러 걱정했다.

"아무리 전군을 몰아 들이쳐도 형양성이 끄떡도 하지 않으니 큰일이오. 게다가 항왕이 돌아오고 있다는 소문이 있으니 실로 걱정이오."

"아무리 항왕이라 할지라도 수백 리에 펼쳐진 여남은 성을 보름 만에 평정하고 돌아오기는 어려울 것입니다. 항왕이 성고를 떠날 때 조구에게 친 허풍이 씨가 되어 생겨난 헛소문임에 틀림없습니다."

진평이 그렇게 한왕을 위로했다. 그러나 장량은 진평과 생각이 다른 듯했다. 가만히 고개를 가로저으며 무거운 목소리로 말했다.

"지난날 장하를 건널 때, 군사들에게 솥과 시루를 깨고 사흘치 군량만을 지닌 채 달려가게 해 끝내 거록을 구해 낸 항왕입니다. 거기다가 팽월은 항왕의 그림자만 보고도 자취 없이 달아나 버리니 보름이면 양 땅의 여남은 성쯤은 쓸어버리고 돌아올 수도 있습니다. 마땅히 그럴 때에 대비해야 합니다."

그런데 마치 그런 장량의 말을 편들기라도 하듯 탐마로 나갔던 군사 하나가 돌아와 알려 왔다.

"아뢰옵니다. 항왕의 대군이 어제 아침 곡우를 떠났다고 합니다."

"뭐 벌써 곡우를 지났다고?"

패왕 항우의 무서운 속도와 집중력을 잘 아는 한왕이 허옇게 질린 얼굴로 그렇게 받았다. 장량의 낯빛도 더욱 어두워졌다.

"항왕이 마음먹고 군사들을 몰아쳤다면 벌써 이 부근에 이르렀을 것입니다. 어서 대책을 세우셔야 합니다."

장량이 그렇게 말하자 유방이 벌떡 몸을 일으키며 소리쳤다.

"장졸들과 함께 잠시 서쪽으로 물러나는 것이 어떻소? 관중으로 돌아가 쉬면서 항왕의 예봉을 피한 뒤에 다시 나와 싸워 보는 것도 한 방책일 것이오."

"그건 아니 됩니다. 만약 종리매가 성을 뛰쳐나와 우리 앞길을 막고 그 뒤를 항왕의 대군이 들이치면 그야말로 큰 낭패가 아닐 수 없습니다. 자칫 섶을 지고 불속에 뛰어드는 격이 되고 맙니다."

이번에는 진평이 정색을 하고 나서서 그렇게 말했다. 장량도 진평을 거들어 말했다.

"대왕께서는 벌써 역 선생 이기의 말을 잊으셨습니까? 무릇 임금 노릇 하려는 자는 백성을 하늘로 알고, 백성들은 먹을 것을 하늘로 안다 하였습니다. 오창은 물과 뭍으로 천하의 곡식이 모였다 나뉘는 곳이니, 바로 백성들의 하늘이 있는 곳입니다. 또 성고와 형양은 오창과 더불어 관동을 경영하는 든든한 발판이라 결코 잃을 수 없는 땅입니다. 이번에 이 땅을 버리고 관중으로 물러나시면 다시는 되찾기 어려울 것입니다."

"그렇다면 성고로 돌아가 항왕과 싸워 보잔 말이오?"

장량의 말을 들은 한왕이 어딘가 질린 듯한 얼굴로 그렇게 되물었다. 장량이 절레절레 고개를 흔들면서 말을 받았다.

"성고는 지난 몇 달 사이에 주인이 세 번이나 바뀔 만큼 모진 싸움을 치러 냈습니다. 그 성벽은 헐고 해자는 메워져 지키기 좋은 곳이 못 됩니다. 더구나 대왕께서 그리로 드시면 성난 항왕이 전력을 다해 들이칠 것인데, 그 기세를 어찌 당해 내시겠습니까?"

그러고는 잠시 생각에 잠겼다가 머뭇머뭇 입을 열었다.

"차라리 광무산(廣武山)으로 가시는 것이 어떻겠습니까?"

"광무산으로?"

한왕이 얼른 알아듣지 못하겠다는 듯 그렇게 되물었다.

"그곳은 평지에 있는 형양을 대신해 오창, 성고와 연결해 지킬 수 있는 땅입니다. 거기다가 광무 산성은 이미 오래전부터 번쾌 장군이 지키고 있지 않습니까?"

"하지만 그 산성은 번쾌가 이끄는 1만 군사로도 비좁다 들었소. 과인의 5만 대군이 그 작은 산성에 어떻게 든단 말이오? 또 어렵게 성안에 대군을 우겨 넣는다 해도 무얼 먹으며 싸운단 말이오?"

"그 서쪽 산기슭에는 마른 땅을 파고 지붕을 덮어 만들어 곡식을 갈무리하는 창고[穴倉]들이 줄지어 들어서 있으니, 오창의 곡식은 태반이 거기 있다 해도 틀린 말이 아닙니다. 그 곡식을 먹으며 산봉우리 전체를 성채 삼아 험한 동쪽 기슭에 의지해 싸우면 아무리 항왕이라도 쉽게 우리를 어쩌지 못할 것입니다."

"만일 항왕이 대군을 이끌고 광무산을 돌아 서쪽 기슭으로 밀고 들면 어찌할 것이오?"

아무래도 걱정스럽다는 듯 한왕이 다시 그렇게 물었다. 말을 해 나가는 동안에 더욱 자신이 생겼는지 장량이 한층 차분해진 목소리로 대답했다.

"광무산 서쪽은 하수가 흘러 조나라에서 오는 우리 원군에게 열려 있는 셈이니, 항왕으로서는 뒤가 불안할 것입니다. 거기다가 그 기슭은 경사가 완만한 대신 정면이 넓게 펼쳐져 있어 병력을 집중하기에 아주 나쁩니다. 또 산기슭의 혈창(穴倉) 앞에는 높고 든든한 누벽이 쳐져 있어 어떤 산성에 못지않습니다. 기세를 높이 치고 신속과 집중을 귀하게 여기는 항왕의 성품으로 봐서는 결코 그리로 오지 않을 것입니다."

그래도 걱정이 되는지 한왕의 얼굴은 펴질 줄 몰랐다. 하지만 언제 패왕의 대군이 몰려올지 모르는 터에 그곳에서 한없이 머뭇거릴 수는 없었다. 마침내 한왕은 묻기를 그만두고 결단을 내렸다.

"좋소. 광무산으로 갑시다."

그렇게 말하고는 사람들을 보내 장수들을 불러 모으게 했다. 오래잖아 장수들이 몰려오자 한왕이 말했다.

"광무산에서 항왕과 싸운다. 모두 진채를 뽑아 광무산으로 가자."

그러면서 말 위에 올라 앞장을 서는 한왕의 얼굴은 언제 두려워하고 걱정했냐는 듯 태평스럽기 짝이 없었다.

패왕 항우가 군사를 몰아 형양 동쪽에 이르렀을 때 이미 한왕 유방은 광무산으로 물러난 뒤였다. 앞서 살피러 보낸 군사들로부터 한왕이 북쪽 어딘가로 달아나 숨어 버렸다는 말을 듣자 패왕이 분한 듯 소리쳤다.

"이 쥐새끼 같은 장돌뱅이 놈이 또 꼬리를 사리고 달아나 버렸구나. 어서 사람을 풀어 유방이 어디로 숨어들었는지 알아보아라."

그러고는 형양성으로 군사를 몰았다. 얼마 가지 않아 형양성 쪽에서 부옇게 먼지가 일며 한 갈래의 인마가 달려왔다. 패왕이 이르렀다는 말을 듣고 마중을 나온 종리매의 군사였다.

"대왕께서 한군을 쳐부수고 신이 뒤에서 길을 끊으면 이번에는 유방을 사로잡을 수 있으리라 여겼는데 실로 아깝습니다. 유방은 이제 달아나는 데도 이력이 붙은 듯합니다."

군사들을 이끌고 몸소 달려온 종리매도 분한 듯 씨근거리며 그렇게 말했다. 그런데 패왕과 종리매가 말머리를 나란히 하고 형양성 동문으로 들 무렵이었다. 그새 한왕의 자취를 알아낸 탐마가 달려와 알렸다.

"한왕 유방이 군사를 이끌고 광무산으로 달아났다고 합니다."

"유방이 광무산으로 갔다고?"

패왕이 뜻밖이라는 듯 그렇게 물었다. 용저가 옆에서 제 짐작대로 말했다.

"대왕의 위엄에 겁을 먹은 한왕이 광무산성을 지키는 번쾌에게로 달아난 듯합니다."

그러자 패왕이 껄껄 웃으며 말했다.

"그렇다면 유방은 이제 독 안에 든 쥐다. 내 전에도 광무산성이 손톱 밑의 가시처럼 거슬렸으나, 보잘것없는 성 하나에 대군을 상하게 하고 싶지 않아 길만 앗으면 돌아가고 말았다. 이제 유방이 그리로 갔다 하니 광무산성은 전군을 몰아 깨뜨려 볼 만한 독이 됐다. 모두 그리로 쳐들어가 독 안에 든 쥐 꼴이 난 유방을 사로잡고 이번에는 싸움을 끝내도록 하자."

그때 계포가 패왕의 옷깃을 잡듯 하며 조심스레 일깨웠다.

"한왕이 비루하고 겁 많기는 하지만 또한 장돌뱅이로 여러 해 저자 바닥을 헤매 눈치가 빠르고 남과 나를 아울러 잘 압니다. 거기다가 장량과 진평이 곁에 붙어 있으니 그리 지각없이 군사를 움직이지는 않았을 것입니다. 한군을 가볍게 보아 함부로 대군을 광무산으로 몰아가서는 아니 됩니다."

"그렇다면 광무산으로 가지 않았단 말인가?"

패왕이 못마땅한 눈길로 계포를 바라보며 물었다. 전군의 기세로 이어질 패왕의 호기에 찬물을 끼얹은 잘못을 눈길로 나무라는 셈이었다. 하지만 그때만 해도 계포가 하고 싶은 말을 어느 정도 하고 지낼 때였다. 패왕의 눈길에 속으로 움찔했으나 내친 김이라 그대로 속을 털어놓았다.

"한왕이 광무산으로 간다 해도 번쾌가 지키는 산성으로 들지는 않을 것입니다. 산성은 한왕이 이끈 대군이 들어앉기에 비좁을 뿐만 아니라, 너무 내려앉아 있어 지키기에도 그리 좋은 곳이 못 됩니다. 신이 헤아리기에 한왕이 군사를 이끌고 광무산으로 갔다면 아마도 서광무(西廣武) 봉우리에 올라타고 산성을 발치의 보루로 삼으며 혈창의 곡식으로 군량을 삼을 듯합니다. 그리되면 설령 대왕께서 대군을 이끌고 가신다 해도 한왕에게 지리(地利)를 잃어 자칫하면 낭패를 겪게 될 것입니다."

"서광무는 무엇이며 혈창은 무엇인가? 또 산봉우리가 높아도 치고 올라가면 될 것이고, 산성이 가로막아도 깨뜨리면 그만이다. 그 험한 함곡관도 쳐부수고 넘었는데, 지리는 무슨 놈의 지리냐?"

패왕이 완연히 심기가 상한 얼굴로 그렇게 되물었다. 그래도 계포는 물러나지 않고 할 말을 다했다.

"대왕께서도 아시듯 광무산은 오창 서남쪽 30리 되는 곳에 있는데 삼황산(三皇山)이라고 불리기도 합니다. 산 위에 있는 동서 두 개의 봉우리 가운데 서쪽에 있는 봉우리를 서광무라 하며, 번쾌가 지키는 산성은 그 중턱에 있습니다. 또 서광무 서쪽 등성이에 땅을 파 만든 큰 곡식 창고가 여럿 있는데 이를 혈창이라 합니다. 진나라 때부터 오창에 모인 곡식을 옮겨 갈무리하던 곳입니다. 신이 지리를 말한 것은 동서 광무가 깎아지른 듯한 광무간(廣武澗)을 사이에 두고 마주 보는 데다, 그 바닥에는 변수(汴水)라는 물까지 흐르고 있어 병진(兵陣)을 펼쳐 볼 데가 없기 때문입니다."

계포가 젊은 날 임협으로 떠돌며 익힌 지리를 바탕으로 그렇게 자세히 일러 주자 패왕도 그 뜻을 알아들었다. 성난 기색이 조금 가신 얼굴로 계포에게 다시 물었다.

"광무간이 그렇게 좁고 험하다면 다른 기습으로 서광무를 치면 되지 않겠는가?"

"서광무의 다른 삼면은 전면이 넓은 데다 비탈이 가팔라 위에서 지키기에는 좋고 아래에서 쳐 올라가기에는 매우 어렵습니다. 산 위에 흔해빠진 바위만 굴려 대도 나무꾼 하나가 날랜 군사 열 명을 막아 낼 수 있다고 할 정도입니다. 거기다가 조금 비탈이 덜한 곳은 높은 산성과 혈창의 누벽이 막고 있습니다. 함부로 얕볼 수 있는 곳이 못 됩니다. 먼저 형양성으로 드신 뒤에 형세를 면밀히 살펴 군사를 내도록 하십시오."

계포가 거기까지 말하자 부근의 지리를 잘 아는 다른 장수들도 용기를 내어 계포의 말을 뒷받침해 주며 은근히 패왕을 말렸다. 어느새 저물어 가는 동짓달의 짧은 해도 패왕의 서두름을 달랬다. 거기다가 저만치 형양성이 가까워지면서 불현듯 떠올리게 된 우 미인의 모습이 갑작스러운 욕망과 함께 패왕을 성안으로 잡아끌었다.

형양성 안으로 들어간 패왕은 갑주와 전포를 벗고 그동안 덮어쓴 싸움터의 먼지를 씻어 내기 바쁘게 술상과 함께 우 미인을 불러들이게 했다. 오래잖아 패왕의 성품에 맞게 차린 소박한 술상이 먼저 나왔다. 패왕이 즐기는 고기 몇 접시에 독한 술 한 동이, 큰 잔 하나가 놓인 술상이었다. 이어 역시 그 술상처럼 소박하게 단장한 우 미인이 나와 가볍게 아미를 숙인 뒤 상머리에 앉았다. 알아볼 듯, 말 듯 은은한 화장에 패왕이 좋아하는 색깔과 모양으로 지은 옷이었다.

"따르라."

패왕이 큰 잔을 내밀며 말했다. 우 미인이 말없이 국자를 들어 술 한 잔을 채우고 다시 그림자처럼 앉아 그윽하게 패왕을 올려다보았다. 목마른 사람처럼 국 대접만 한 술잔을 단숨에 비운 패왕이 소리 나게 잔을 내려놓으며 말했다.

"걱정하였다."

그리고 힐끗 우 미인을 건너본 뒤 패왕답지 않게 떨리는 목소리로 덧붙였다.

"만약 너까지 유방에게 빼앗겼다면 항양은 말할 것도 없고 죽은 조구조차 용서받지 못했을 것이다."

참으로 알 수 없는 일이었다. 우희를 자신의 여자로 만든 지는 벌써 3년이 되어 가고 후궁으로 들여 미인에 봉한 지도 2년이 넘었지만, 패왕은 아직도 우희의 맑고 그윽한 두 눈과 마주하면 함양 궁궐에서 처음 보았을 때와 같이 가슴이 두근거릴 때가 있었다. 패왕의 목소리를 떨리게 한 것도 바로 그런 가슴 두근거림이었다.

벌써 여러 날 패왕과 함께 밤을 보내고도 만날 때마다 처음 만난 듯하기는 우희도 마찬가지였다. 죽은 듯 몸을 맡기고 있던 잠자리는 이제 뜨겁게 마주 안는 사이로 변했지만, 다른 곳에서 만나면 패왕은 여전히 낯설고도 위태로운 힘과 열정의 추상일 뿐이었다. 따라서 어쩌다 패왕과 눈길이라도 마주치게 되면, 잠자리에서 숨 막힐 듯 끌어안아 올 때와는 달리 우희는 알 수 없는 부끄러움과 두려움에 먼저 움츠러들기부터 했다.

"신첩도 스스로를 용서하지 못하였을 것입니다."

발그레해진 아미를 숙인 우 미인이 들릴 듯 말 듯한 목소리로 그렇게 받았다. 듣고 있는 패왕의 얼굴도 만난 지 얼마 안 되는 정인(情人)을 마주 보고 있는 사람처럼 불그레했다.

하지만 패왕과 우 미인이 처음 만난 때부터 그때까지를 가만히 돌이켜 보면, 그와 같은 그들을 전혀 이해할 수 없는 것은 아니다. 그들이 남녀로 만난 지 3년이라지만 한 지붕 아래 머물면서 정분을 나눌 수 있었던 것은 패왕이 처음 팽성에 도읍을 정하고 개선한 뒤의 몇 달에 지나지 않았다. 그것도 패왕이 되어 천하를 호령하기 시작한 첫해의 분주함 사이사이에 불어 간 봄바람일 뿐이었다.

이듬해 정월, 패왕은 전영을 치러 제나라에 가 있고 우 미인은 팽성에 남겨졌다. 그러다가 4월에 팽성이 한왕 유방에게 떨어지자, 겨우 거기서 몸을 빼낸 그녀는 그 열흘 뒤 5월에 들어서야 산동의 진중에서 패왕을 만나게 된다. 날수를 헤아려 보면 패왕과 우 미인이 함께 지낸 날보다는 떨어져 있으면서 그리워한 날이 더 많았다.

그 뒤 패왕은 지켜야 할 가까운 사람과 재물을 자신의 군사들과 함께 움직이게 했지만, 그래도 그들을 진채 안에 둘 수는 없었다. 패왕의 본대가 진채를 벌인 곳에서 가까운 성읍을 골라 그 안에 두고 돌보게 하였는데, 그때 가장 소중하게 돌보아야 할 사람이 우 미인이었다. 그러나 멀리 팽성에 있을 때보다 좀 더 패왕과 가까이 있게 되었다는 것뿐, 여자로서 패왕과 함께할 수 있는 밤은 많지 않았다. 갈수록 늘어나는 전선과 그만큼 분주해지는 패왕 때문이었다.

전횡이 아직 제나라 성양에서 버티고 있고, 한왕 유방이 팽성을 함락해 패왕의 위신에 크게 흠집을 내기는 했으나, 그때까지만 해도 싸움에서는 한 번도 진 적이 없는 패왕이었다. 제나라 전토를 짓밟고 전영을 죽인 뒤에도 전군을 무사히 빼내 돌아왔고, 자신은 그중에서 뽑은 3만 정병으로 한왕 유방의 56만 군사를 쳐부수어 그들의 시체로 두 번이나 수수(睢水)의 강물을 막았다. 따라서 그 뒤로도 패왕의 군사적 자부심과 자신감은 부풀기만 했다. 거기다가 또한 갈수록 심해지는 완벽 지향은 자신이 아니면 아무도 믿지 못하게 해 패왕을 누구보다 바쁘고 고단한 장수로 만들었다.

한왕 유방은 막상 패왕과 마주치기만 하면 흠씬 두들겨 맞은 개마냥 꼬리를 사리고 도망쳤지만 돌아서면 그뿐이었다. 며칠 되지 않아 또 어딘가에서 군사를 모아 멀리서 으르렁거리거나 어느새 다가와 발뒤꿈치를 물려고 덤벼들었다. 그러다 보니 전선이 이리저리로 오락가락해 그를 상대하는 패왕으로서는 그만큼 전선이 넓어진 꼴이 되었다.

거기다가 한신에게 군사를 주어 조나라를 치러 보낸 뒤로 한왕은 다른 세력을 끌어들여 패왕과 맞서는 새로운 전선을 만들어 내는 데 맛을 들였다. 경포를 꾀어 구강에 전단을 여는가 하더니, 다시 팽월을 꼬드겨 양 땅을 어지럽혔다. 관영과 조참을 떼내 한신 밑에서 따로 움직이게 하고, 다시 노관과 유가를 양 땅으로 보내 팽월을 돕게 하였다. 제나라에도 사람을 보내 그 왕을 어르고 달래는 중이라는 소문이 돌았다.

하기야 패왕도 때로 사람을 보내 다른 전선을 열고 맞서게 했지만, 그 성격은 유방이 형성한 전선과 아주 달랐다. 기껏해야 종리매나 용저처럼 오래된 심복에게 자신이 거느리던 군사를 떼어주어 보냈고, 그들이 맡은 일도 처음부터 끝까지 작전 범위가 정해진 한 전투거나, 아니면 패왕이 그곳에 이를 때까지 현상을 유지하는 정도였다. 따라서 한왕이 펼쳐 둔 여러 전선을 번갈아 뛰어다니며 싸우는 것은 실상 패왕 혼자인 셈이었다.

그러다 보니 패왕이 자신의 나라인 서초와 그 도읍 팽성에 편히 머물 수 있는 날은 하루도 없었고, 심지어는 한 전선에도 한 달 넘게 머물기 어려웠다. 또 지그시 참고 기다리는 것은 패왕이 좋아하는 병략이 못 돼 전선에서도 한가한 날이 별로 없었다. 싸움이 없는 날보다는 피투성이 전투를 벌이는 날이 더 많아, 우미인을 찾아보러 군막을 떠날 수 있는 밤이 드물 수밖에 없었다.

멸문의 참화를 겪고 어렵게 살아남은 이들 가운데는 때가 와도 처자 두기를 망설이는 사람이 있는데, 숙부 항량과 마찬가지로 패왕도 그랬다. 쫓기던 어린 날의 참혹한 기억 때문일 테지만, 패왕은 그때 이미 나이 스물아홉이고 세력은 천하를 호령하면서도 왕비를 맞아 후사(後嗣)를 두려 들지 않다. 그래서 둘 사이에 정궁(正宮)이 가로막지 않은 것 또한 우 미인과 패왕의 사이를 여느 군왕과 후궁 사이보다 더욱 각별하게 만들었을 것이다.

그 밖에 전쟁이란 생존 양식의 격렬함과 그 승패가 연출하는 비장미에 홀려 있는 젊은 무장의 순직함도 우 미인과의 사랑을 뒷사람의 입에까지 오르내리게 만드는 데 한몫을 했다. 패왕은 싸움 이외에는 모든 것에 단순하고 소박하였다. 먹고 마시는 것에 그러했고, 걸치는 옷과 머무는 집에 그러했듯, 여자를 사랑함에 있어서도 그러했다. 아마도 우 미인은 싸움터를 떠돌면서 젊은 날을 보내던 패왕이 처음으로, 그리고 유일하게 사랑한 여자였을 것이다.

그런 우 미인이 밉살맞은 적의 손에 떨어질 위기에서 벗어나 오랜만에 다시 패왕을 만나게 되었으니 어찌 그 밤이 조용하였겠는가. 몇 차례 술잔을 비우며 띄엄띄엄 어눌한 정담을 주고받던 패왕이 갑자기 우 미인을 삼키듯 껴안았다 풀어 주며 나직하게 말하였다.

"불을 끄고 침실로 들라. 오늘 밤은 그대와 산이 뽑히고 땅이 뒤집힐 전투를 치르리라."

그리고 함께 불같은 하룻밤을 보낸 뒤 믿고 부리는 집극랑 하나를 불러 말했다.

"우 미인에게 맞는 갑주를 한 벌 구해 주고, 시녀와 시양졸을 붙여 군막 한 채를 내주어라. 앞으로는 과인의 중군과 함께 움직이게 될 것이다."

광무산

섣달의 매서운 눈보라에 온 천지가 꽁꽁 얼어붙은 듯했다. 광무산의 두 봉우리 위에 세워진 한군(漢軍)과 초군(楚軍)의 진채는 더했다. 마주 보고 퍼붓던 욕설도 끊기고 두 진채 모두 매서운 눈보라 속에 납작 엎드리듯 숨을 죽이고 있었다.

광무간(廣武澗)이란 골짜기를 사이에 두고 깎아지른 듯한 절벽으로 마주 보고 있는 두 봉우리 중에 먼저 자리를 잡고 진채를 얽기 시작한 것은 한군이었다. 오창과 이어진 서광무(西廣武)에 자리 잡은 한군은 엄청난 물력을 들여 그 봉우리를 순식간에 든든한 요새로 만들어 놓았다. 패왕이 이끄는 초나라 군사들의 사나움과 날램을 몇 번이고 빼저리게 맛본 뒤라서 그런지 튼튼하면서도 빈틈없는 야전 축성(野戰築城)이었다.

서광무의 동쪽은 깎아지른 듯한 벼랑으로 되어 있고, 벼랑 아래는 변수(汴水)란 개울물이 흘렀다. 그리고 동쪽으로 그 변수를 건너뛰면 바로 동광무(東廣武)가 솟아 있는데, 그 역시 서광무와 마주 보는 면은 깎아지른 듯한 벼랑이었다. 이에 한군은 서광무의 동쪽을 빼고는 세 면 모두 녹각과 목책을 겹겹이 세우고, 필요한 곳에는 다시 바위로 성곽까지 쌓아 초군의 공격에 대비했다. 일을 마치고 보니 서광무는 사면이 모두 어지간한 산성보다 더 높고 든든한 진채가 되었다. 실제로도 뒷날 그곳 사람들은 그런 서광무의 한군 진채 터를 한성(漢城)이라 불렀다.

패왕 항우가 이끄는 초나라 군사들이 서광무의 한군 진채로 몰려든 것은 앞서 그곳에 자리 잡은 한왕 유방의 대군이 그 모든 축성을 끝낸 뒤였다. 서광무 동쪽으로 광무간의 깎아지른 듯한 벼랑을 본 패왕은 먼저 서광무의 남서쪽 비탈로 대군을 몰았다. 서북면 비탈이 경사는 동쪽보다 덜 심하지만 그곳에는 혈창이 들어차 예부터 그것을 보호하기 위한 누벽이 곳곳에 세워져 있었다. 거기다가 그 발치에는 오창성이 버티고 있어, 그곳으로 밀고 올라가다가는 언제 등 뒤를 얻어맞을지 알 수가 없었다.

하지만 서광무의 남서쪽 비탈도 결코 만만한 곳은 아니었다. 이미 계포가 걱정한 대로, 그쪽 비탈 역시 가파르지 않은 만큼이나 한군 쪽의 대비가 잘되어 있었다. 촘촘한 녹각과 목책이 앞을 막고, 어렵게 그것들을 타 넘으면 다시 돌로 쌓은 성곽이 솟아 있는 식이었다. 그런 것들이 원래 그 봉우리 발치에 있던 산성과 연결되어 서광무 봉우리 쪽의 본채로 올라가는 길목을 단단히 지키고 있었다.

그런 남서쪽 비탈을 쳐 올라가는 초나라 군사들에게 무엇보다도 괴로운 것은 막기에는 쉽고 치기에는 어려운 그곳 지형이었다. 비탈이 가파르지 않다고 하지만, 깎아지른 듯한 절벽인 동쪽 면보다 낫다는 뜻이지, 결코 힘들이지 않고 밀고 올라갈 수 있는 것은 아니었다. 아래에서 쳐 올라가는 초나라 군사들은 창칼만 끌고 가기에도 숨이 차는데, 위에서 막고 있는 한나라 군사들은 들고 있던 통나무만 슬그머니 내려놓아도 그대로 무시무시한 병기가 되어 비탈을 기어오르는 초나라 군사들을 쓸어 내렸다.

첫날 싸움에서 패왕 항우는 본부 인마 5만을 모두 투입하고, 자신도 앞장서 서광무 남서쪽 비탈을 쳐 올라갔으나 그 발치의 산성조차 넘어 보지 못하고 적지 않은 군사만 상했다. 하지만 성난 패왕은 사흘이나 더 군사들을 서광무 남서 비탈로 몰아대다가 죽고 다치는 군사들이 늘어 가자 하는 수 없이 군사를 물렸다. 한군이 굴려 대는 바위나 통나무가 닿지 않을 평지에 잠시 진채를 내리게 한 패왕이 오랜만에 장수들을 군막으로 불러 모았다.

"어떻게 하면 좋겠는가?"

금세 터질 듯한 얼굴로 패왕이 여러 장수들을 돌아보며 물었다. 좀체 남에게 묻는 법이 없던 패왕이라 장수들이 놀랍다는 듯 서로를 바라보며 대답을 머뭇거렸다. 그래도 아직 패왕에게 제 속을 털어놓는 몇 안 되는 사람들 가운데 하나인 용저가 받았다.

“아무래도 계포 선생이 말한 대로 우리 또한 동광무에 진채를 얽는 수밖에 없을 듯합니다. 거기서 광무간을 사이에 두고 적을 내려다보면서 변화를 기다리는 게 어떻겠습니까?”

“변화라니? 닭 좇던 개 지붕 바라보는 꼴이 되었는데 변화는 무슨 변화란 말이냐?”

패왕이 퉁명스레 되물었다. 용저가 제법 생각 깊은 표정으로 말했다.

“유방이 제 발로 산을 내려오기를 기다리거나 아니면 계략을 써서 산 아래로 꾀어내는 수도 있습니다.”

“이미 숨을 곳을 보아 두었다가 자라모가지처럼 움츠리고 숨은 겁쟁이가 무엇 때문에 스스로 산을 내려오겠느냐? 또 교활하고 간사하기가 늙은 여우보다 더한 그놈을 이제 와서 무슨 수로 꾀어낸단 말이냐?”

패왕이 그렇게 꾸짖듯 말했으나, 달리 무슨 뾰족한 수가 있는 것도 아니었다. 한왕의 움직임을 한눈에 내려다볼 수 있는 곳이 있다면, 늦기 전에 그곳이라도 차지하고 지켜보는 수밖에 없었다. 이에 패왕은 곧 군사를 동광무로 움직여 그곳에 진채를 쌓게 하였다.

성벽이나 보루에 기대 지키기만 하는 것은 원래 패왕이 즐겨하는 바가 아니었다. 그러나 사정이 뜻과 같지 못하니 어찌하는 수가 없었다. 깎아지른 벼랑을 사이에 두었다고는 하지만 워낙 백 걸음밖에 안 되는 곳에 한나라 대군이 있어, 초나라 진채도 기습이나 야습에 대비하지 않으면 안 되었다. 따라서 초나라 군사들도 나무를 베고 바윗덩이를 모아 진채를 든든히 했는데, 그 또한 산성에 견줄 만해 뒷날 그곳 사람들은 그 진채를 초성(楚城)이라 불렀다.

한군 진채가 들어선 서광무 맞은편 봉우리에 진채를 얽자마자 패왕은 군사들을 시켜 한왕에게 온갖 욕설을 퍼붓고 그 장졸들도 아울러 조롱하게 했다. 한왕이 조구에게 했던 것처럼 그렇게 화를 돋워 한군을 산 아래로 끌어내기 위함이었으나, 어찌 된 셈인지 한군 쪽에서는 대꾸조차 없었다. 모두 귀머거리인 양 진채에 틀어박혀 꼼짝도 하지 않았다.

참다 못한 패왕이 다시 용저와 종리매를 내려보내 한군 진채가 있는 서광무의 남서쪽 능선을 한 번 더 건드려 보게 했다. 두 맹장이 날랜 군사 1만을 가려 뽑아 어둠 속에서 산비탈을 쳐 올라가 보았으나 결과는 신통치 못했다. 조용하던 진채에서 별안간에 벌 떼처럼 뛰쳐나온 한나라 군사들이 통나무와 바위를 굴리고 화살을 쏘아 대 다시 적지 않은 군사만 다치고 말았다.

그 바람에 싸움의 양상은 어쩔 수 없이 한왕 유방 쪽이 바라는 대로 광무간을 사이에 두고 대치하는 진지전(陣地戰)으로 자리잡아 갔다. 지루하게 달포가 흐르고 날은 어느새 섣달도 다해 가는 늦겨울이 되었다. 그날도 뜻대로 되지 않는 싸움 때문에 잔뜩 심사가 상해 있는 패왕의 군막으로 군량을 맡아 헤아리는 치속도위가 찾아왔다.

"무슨 일이냐?"

낮술로 불콰해져 있던 패왕이 좋지 않은 예감으로 꾸짖듯 물었다. 겁먹은 치속도위가 기어드는 목소리로 대답했다.

"군량이 다해 갑니다. 사흘 전부터 군량이 이르기를 재촉했으나 끝내 오지 않아 이제 남은 것은 5백 곡(斛)도 되지 못합니다. 먹는 양을 절반으로 줄여도 열흘을 버티기 어렵습니다."

"팽성에 있는 것들은 무엇을 하고 있단 말이냐? 왜 제때에 군량을 보내지 않는 것이냐?"

패왕이 버럭 소리를 질렀다. 더욱 놀란 치속도위가 몸까지 떨며 더듬거렸다.

"팽성에서는 넉넉히 거두어 보내었으나, 도중에…… 오는 길에 그만……."

"그건 또 무슨 소리냐?"

"오는 길에 군량을 빼앗겼다고 합니다."

"무어라? 군량을 빼앗겼다고? 그 장수가 누구냐? 어느 미련한 물건이 군량을 뺏기고도 살기를 바라고 돌아왔느냐?"

패왕이 벌떡 몸을 일으키며 금세라도 칼집에서 뽑을 듯 칼자루를 잡았다. 치속도위가 흙빛이 된 얼굴로 바닥에 엎드리며 울먹였다.

"제 부관인데 그는 벌써 죽었습니다. 지난번에도 군량을 빼앗겼다기에 이번에는 호위까지 5백 명을 붙이게 하였으나 도중에 모진 도적 떼를 만나 그리되고 말았습니다."

"도적 떼라니? 팽월도 늙은 머리를 싸쥐고 멀리 달아나 버렸는데 또 어떤 간 큰 도적놈이 감히 과인의 군량을 넘본단 말이냐? 그것도 5백 명씩이나 호위가 붙은 군량을 뺏어 갔다니, 도대체 그게 누구라더냐?"

"살아 돌아온 자가 없어 명확하게 알 수는 없으나, 양 땅에서 그리되었다고 하니 팽월인 듯합니다. 팽월이 아니고는 그럴 만한 세력이 없습니다."

거기까지 듣고 나니 패왕도 짚이는 데가 있었다. 지난번에 팽월을 잡아 죽이지 못하고 돌아온 일이 못내 마음에 걸렸는데 기어이 뒤탈을 본 셈이었다.

"팽월 그놈이 또…… 좋다. 모든 장수들을 불러 모아라. 내 당장 달려가 이번에는 반드시 그 늙은 도적놈의 목을 베겠다!"

성난 패왕이 그 자리에서 모든 장수들을 불러 모으게 하고 팽월을 잡으러 떠날 의논을 했다. 이번에도 계포가 나서서 패왕을 말렸다.

"한왕을 버려두고 이곳을 떠나서는 아니 됩니다. 팽월이 그렇게 날뛰는 것도 한왕이 부추긴 탓이니, 모든 우환의 뿌리는 한왕에게 있습니다. 여기서 한왕과 결판을 지은 뒤에 팽월을 잡으러 가도 늦지 않습니다. 지금 팽월에게 달려가는 것은 한왕의 엉큼한 속임수에 놀아나는 것밖에 안 됩니다. 우리가 대군을 낸다 해도, 팽월이 다시 멀리 달아나 숨어 버리면 군사들만 고단해질 뿐입니다."

"당장 군사들을 먹일 곡식이 없는데 어떻게 여기서 한왕을 이긴단 말인가?"

"신이 팽성으로 내려가 군량을 거두어 오겠습니다. 우선 급한 5백 곡은 신이 팽성에 이르는 대로 수레와 말에 실어 샛길로 보내면 열흘 안에 이곳에 이르게 될 것입니다. 그리고 그 이후에도 군량이 떨어지게 하지는 않을 것이니 대왕께서는 반드시 여기 남으셔서 먼저 유방을 사로잡도록 하십시오."

계포가 그렇게 나오자 항왕도 무턱대고 팽월을 치러 떠나기를 고집할 수만은 없었다. 간다고 해서 반드시 팽월을 잡는다는 보장도 없으려니와 일껏 산봉우리에 가둬 놓은 한왕 유방을 다시 놓아 보낼 수는 없는 일이었다. 거기다가 계포라면 어김없이 군량을 댈 것 같았고, 군량만 있으면 어떻게든 한왕과 결판을 볼 수도 있을 것 같았다. 패왕이 슬며시 마음을 돌리고 계포의 말을 따르려고 하는데, 다시 한 부장이 나서 귀가 솔깃해지는 소리를 했다.

"대왕, 한왕 유방의 아비 어미와 그 계집은 어디에 쓰시려는 겁니까? 지난번 산동에서 잡아들인 뒤로 군중에 끌고 다닌 지 벌써 두 해째입니다. 왜 그들을 내세워 유방을 불러내지 않으십니까?"

그 말을 듣자 패왕은 문득 눈앞이 훤해지는 것 같았다. 계포 때문에 군량 걱정이 없어졌을 뿐만 아니라, 더하여 한왕을 불러낼 방도까지 듣게 된 까닭이었다. 그 자리에서 계포에게 3백 기를 딸려 주며 팽성으로 가게 하는 한편, 한왕의 부모인 태공(太公) 내외와 정실되는 여후(呂后)를 끌어오게 했다.

다음 날 패왕은 군중에 끌고 다니던 한왕 유방의 아버지 태공을 망보기 수레[巢櫓] 위에 높이 매달았다. 망보는 수레는 새집같이 높다란 망루를 지어 세운 수레를 말한다. 그 망루에 태공이 묶이니 광무간 건너 한군 진채에서도 모두가 바라볼 수 있었다.

"유방은 어서 나와 내 말을 들어라. 여기 묶인 게 누구인지 알겠느냐?"

그 망보기 수레 곁에서 패왕이 한군 진채를 향해 큰 소리로 외쳤다. 마치 큰 쇠북 소리가 한나라 진채를 뒤흔드는 것 같았다. 처음 한동안은 전처럼 못 들은 척하던 한나라 군사들이 하나 둘 나와 초나라 진채 쪽을 보더니, 차츰 많은 장졸이 한군 진채 밖에 몰려서서 웅성거리기 시작했다. 이윽고 그 일이 한왕 유방의 귀에도 들어갔는지 한왕도 전과 달리 진채 밖으로 모습을 드러냈다.

"항왕은 무슨 일로 과인을 찾는가? 누구를 모시고 왔기에 이리도 요란스러운가?"

한왕이 애써 태연한 척 말을 걸어 왔지만 그 목소리는 어딘가 떨리고 있었다. 패왕이 한층 기세가 올라 소리쳤다.

"이놈 유방아, 너는 부모처자를 과인에게 맡겨 두고 이태가 되도록 찾을 줄 모르더니, 이제는 네 아비조차도 몰라보느냐?"

그제야 한왕이 힐끗 망보기 수레 위를 쳐다보았으나 별로 놀라는 기색 없이 받았다.

"대장부가 큰 뜻을 품고 천하를 내닫다 보면 고향 산천과 부모처자를 떠나 있을 때도 있는 법이다. 그런데 이제 항왕은 내 아버님을 이렇게 모셔 와 어쩌겠다는 것인가?"

이상하게도 이번에는 전과 달리 별로 떨림이 없는 목소리였다. 패왕이 그런 한왕을 한 번 더 충동질하듯 목소리를 높였다.

"네놈이 한 입으로 두 말을 하면서 여러 번 과인을 성가시게 하였으니, 그 죄를 네 아비에게 물어야겠다. 이제 삶기 전에 칼질부터 하려고 도마에 묶어 두었으니, 어쩌겠느냐? 어서 과인에게 항복해 죄를 빌고 아비를 살리겠느냐? 아니면 아비가 눈앞에서 국거리가 되는 꼴을 보겠느냐?"

그런데 패왕에게는 전혀 뜻밖의 일이 벌어졌다. 한왕이 갑자기 껄껄 웃더니 느긋하다 못해 이죽거리는 듯한 투로 패왕의 말을 받았다.

"이놈 항우야, 네 명색 천하의 패왕을 자처하면서 겨우 그 얘기였더냐? 지난날 너와 내가 함께 북면(北面)하여 회왕을 섬길 적에 그 명을 받들어 형제 되기를 약조한 적이 있고, 죽은 무신군 앞에서도 또한 형제 되기를 맹세한 적이 있다. 따라서 나의 어버이가 곧 너의 어버이니, 네가 꼭 네 아비를 삶아야겠다면 난들 어쩌겠느냐? 그래도 너와 나는 형제의 의리가 있으니, 국이 다 끓거든 나에게도 한 그릇을 나눠 주기 바란다."

그 말을 듣자 패왕은 두 눈이 뒤집힐 만큼 화가 치솟았다. 시뻘게진 얼굴로 한동안 거친 숨만 몰아쉬다가 곁에 있는 장수들을 돌아보며 벼락같이 소리쳤다.

"무엇들 하느냐? 어서 저 늙은것을 끌어내려 가마솥에 삶아라. 저 불측한 장돌뱅이 놈이 제 아비의 고기가 든 국을 어떻게 먹는지 봐야겠다."

그러자 부장 하나가 망보기 수레 쪽으로 달려가 태공을 끌어내리려 했다. 그대로 두면 바로 태공을 끓는 물에 집어넣을 기세였다. 그때 곁에 있던 항백(項伯)이 나가 말렸다.

"대왕, 천하의 일은 아직 어찌 될지 알 수 없으니, 얻기 어려운 볼모를 함부로 죽여서는 아니 됩니다. 거기다가 한왕의 말대로, 큰일을 도모하는 자는 자신의 집안을 돌보지 않는 법, 저 늙은이를 죽인다고 우리에게 이로울 것은 전혀 없습니다. 한왕을 아비 잃은 원한에 사무쳐 죽기로 싸우게 함으로써, 오히려 우리에게 화를 더할 뿐입니다."

패왕은 전에 홍문(鴻門)의 잔치에서 항백의 말을 듣고 패공 유방을 살려 주었다가 몹시 후회한 적이 있었다. 하지만 곁에서 끊임없이 그 후회를 일깨워 주던 범증은 벌써 죽고, 항백은 살아남아 자잘한 충성으로 거듭하여 믿음을 사니, 패왕도 차츰 홍문에서 있었던 일을 잊어 갔다. 거기다가 종성(宗姓)인 항씨(項氏)들에 대한 유별난 편애도 패왕으로 하여금 항백의 말을 따르게 했다.

"좋다. 우선 이 늙은것을 다시 군막에 가두어라. 내 저 아비 어미도 돌보지 않는 짐승 같은 장돌뱅이 놈까지 사로잡은 뒤에 가마솥에 함께 삶으리라."

한참을 씨근거리며 속을 가라앉힌 패왕이 이윽고 그런 명을 내려 태공을 다시 망보기 수레에서 풀어 내렸다. 그러나 제 할 말만 마치고 자신의 진채로 돌아가 버린 한왕 유방은 두 번 다시 얼굴을 내밀어 태공의 안위를 살피는 기색조차 없었다.

그런데 여기서 다시 한번 짚어 보고 싶은 것은 이 일을 통해 드러나는 한왕 유방의 특이한 개성이다. 사람들은 흔히 그것도 지난날 수수 강변에서 패왕에게 쫓길 때 호혜태자와 노원공주를 수레에서 내던졌던 그 결단과 같은 것으로 본다. 곧 천하를 공변된 것으로 여길[天下爲公] 뿐만 아니라, 자신을 또한 그 천하의 임자로 키워 사사로움을 버리는, 천하의 임금 노릇 하는 자[王者]로서의 비정한 결단이라고 한다.

하지만 뒷날 한(漢) 고조(高祖)가 된 유방이 태공을 태상황(太上皇)에 봉해 가며 극진하게 모신 걸 보면 반드시 그 결단이 아들딸을 적진에 내버릴 때와 같아 보이지는 않는다. 그날 한왕이 비정하게 태공으로부터 등을 돌린 것은 천하를 위해 가족도 희생시킬 수 있다는 공리(公理)에 따른 것이라기보다는, 그게 자신과 태공이 아울러 살아남을 수 있는 유일한 길이었기 때문이었을 수도 있다. 만약 그날 한왕이 태공을 살리기 위해 패왕에게 항복했더라면 둘 모두 살아남기 어려웠을 것이다.

패왕이 태공까지 끌어내도 한왕 유방에게 별 위협이 못 되자 동서 광무의 양군 진채는 다시 팽팽하지만 지루한 대치에 들어갔다. 어쩌다 해가 돋고 날이 풀리면 진채 밖으로 나온 병졸들이 광무간을 사이에 두고 욕설이나 주고받는 것이 고작이었다.

그사이 섣달이 다하고 봄 정월로 접어들었다. 싸움 한번 없이 한 달 가까이 지나자 좀이 쑤셨는지 패왕이 다시 나와 싸움을 걸었다.

"한왕 유방은 어디 있느냐? 유방은 어서 나와 과인의 말을 들어라!"

패왕이 광무간(廣武澗) 저쪽에서 한군 진채로 우레 같은 소리를 내질러 한왕을 찾았다. 한참이나 듣고만 있던 한왕이 마지못해 진문 밖으로 나가 패왕과 마주 섰다.

"아우가 무슨 일로 과인을 찾는가? 아비 삶은 국을 나눠 먹자는 얘기는 아니겠지?"

한왕이 그렇게 이죽거려 패왕의 심사부터 건드려 놓았다. 그 말에 패왕의 눈길이 사나워졌으나 이내 평온을 되찾더니, 어울리지 않게 달래는 말투가 되었다.

"포악한 진나라가 망한 지도 3년, 아직도 세상이 이리 흉흉한 것은 모두가 너와 나 두 사람 때문이다. 바라건대 한왕은 나의 도전을 받아들여 단둘이서 자웅을 가리기로 하고, 애꿎은 천하 뭇 백성들은 괴롭히지 말기로 하자. 우리 두 사람이 저 아래로 내려가 당당하게 겨뤄 보는 게 어떠냐?"

패왕이 그러면서 채찍을 들어 벼랑 아래 한곳을 가리켰다. 초군과 한군 진채 사이 광무간에는 변수라는 개울이 흘렀는데, 변수 서쪽 한군 진채 발치에 제법 널찍해 말을 타고 싸울 만한 공터가 있었다. 그곳에서 한왕과 단병(短兵)으로 승부를 가리자는 뜻 같았다. 한왕이 흘깃 그곳을 내려다보고는 피식 웃으며 말했다.

"그대는 명색 한 나라의 군왕이 되어서도 어찌 이리 미련하고 어리석은가? 과인은 그대와 지혜를 다툴지언정 힘을 겨룰 수는 없다."

그런 다음 패왕의 다음 말을 기다리지도 않고 몸을 돌려 진채 안으로 사라져 버렸다. 한왕의 그 같은 말에 분통이 터진 패왕은 길길이 뛰며 고래고래 욕설을 퍼부어 댔으나 한번 사라진 한왕은 다시는 진문 밖으로 나오지 않았다.

"제가 내려가서 한군에게 한번 도전해 보겠습니다. 적장이라도 꾀어내 목을 베어 다소나마 대왕의 노여움을 풀어 드리겠습니다."

패왕 곁에 있던 젊은 부장 하나가 긴 창을 끼고 나서며 그렇게 말했다. 먼 집안 아우뻘 되는 항탁(項卓)이란 족중 젊은이였다.

"그래라. 네가 만약 한나라 장수의 목을 얻어 온다면 너를 장군으로 삼고 3천 호를 내리겠다!"

패왕이 그런 말로 항탁을 격려해 내려보냈다. 기세가 오른 항탁이 말을 타고 벼랑길을 돌아 광무간으로 내려갔다. 오래잖아 광무간 바닥에 이른 항탁은 거침없이 변수를 건넌 뒤 한나라 진채 아래에 있는 공터로 들어섰다.

"한나라 장수들은 듣거라. 너희 임금이 겁이 많아 감히 우리 대왕의 도전을 받지 못하니 세상에 이보다 더 부끄럽고 욕된 일이 어디 있느냐? 예부터 이르기를, 임금이 욕되면 신하는 목숨을 바쳐 그 욕됨을 씻어야 한다고 들었다. 누가 나와서 내 창을 받아 저 겁 많은 임금의 욕됨을 씻어 보겠느냐?"

항탁이 자못 우렁찬 목소리로 가까운 벼랑 중턱에 얽은 한군 진채의 목책 진문을 올려다보며 소리쳤다. 그 위세에 질렸는지 한군 진채는 쥐죽은 듯 조용하기만 했다. 항탁이 더욱 기세를 뽐내며 목소리를 높였다.

"한나라에 이리도 사람이 없느냐? 단 하나라도 부끄러움을 아는 자가 있거든 어서 나와 내 창을 받아 보아라!"

그래도 한나라 진채 안에서는 여전히 아무런 대꾸가 없었다. 더욱 간이 커진 항탁이 말을 몰아 한나라 진문 아래를 오락가락하며 한나라 장수들의 부아를 질러 댔다.

"그 아비에 그 자식이라더니, 또한 그 임금에 그 신하로구나. 우리 서초에 맞서 명색 천하를 다툰다는 한나라에 이리도 배알 있는 장수가 없단 말이냐? 도대체 네놈들이 들고 있는 창칼은 젓가락이냐? 부지깽이냐?"

항탁이 세 번씩이나 약을 올리며 싸움을 걸자 어지간히 참고 있던 벼랑 위 한나라 진채에서도 마침내는 움직임이 있었다. 가파른 비탈 위에 엮은 목책이 열리며 장수 하나가 말을 타고 진문을 나왔다. 갑옷투구나 들고 있는 활이 모두 한나라 것이 아니었다.

"누번(樓煩)이다. 북쪽 되놈 장수다."

그 장수의 차림과 활을 알아본 초나라 군사들이 그렇게 떠들면서 곧 벌어질 싸움을 지켜보았다. 그런데 참으로 어이없는 일이 벌어졌다. 누번 장수가 말을 박차 가파른 비탈 아래로 달려 내려오는가 싶더니 갑자기 들고 있던 활에 화살을 먹여 항탁을 쏘았다. 공들여 활을 겨눈 것 같지도 않고, 힘들여 시위를 당긴 것 같지도 않은데, 처절한 외마디 소리와 함께 항탁이 화살 맞은 얼굴을 감싸 안고 말 위에서 떨어졌다. 말 위에서 활 쏘는[騎射] 솜씨가 대단했다.

그걸 본 벼랑 위 한나라 진채에서는 기뻐하는 외침이 크게 일었다. 그러나 초나라 진채에서는 놀란 외마디에 이어 탄식과 분노의 함성이 터졌다. 특히 항탁이 벼랑을 내려갈 때부터 줄곧 눈길로 그를 뒤따르고 있던 패왕은 항탁이 어이없이 화살을 맞고 말에서 떨어지는 걸 보자 그냥 있지 못했다.

"저놈이."

이를 부드득 갈며 그렇게 외친 패왕은 몸소 말을 몰아 동광무의 벼랑을 달려 내려갔다. 광무간으로 내려간 패왕이 그 공터에 이른 것은 그사이 숨을 거둔 항탁에게로 다가간 누번 장수가 막 그 목을 거두려 할 때였다.

"멈춰라! 이놈, 네 무슨 짓을 하려느냐?"

패왕이 말 배를 차 앞으로 내달으며 벼락같은 고함을 내질렀다. 그 소리에 놀라 돌아본 누번 장수가 다시 화살을 뽑아 시위에 얹고 패왕을 겨냥했다. 그런데 이번에는 조금 전과는 또 다른 쪽으로 어이없고 놀라운 일이 벌어졌다.

갑자기 누번 장수가 활과 화살을 내던지고 한군 진채 안으로 달아나기 시작했다. 하늘이 무너지는 듯한 고함 소리만 해도 오금이 저리는데 다시 시퍼런 불길이 뚝뚝 듣는 듯한 패왕의 두 눈을 마주치자 그야말로 넋이 날고 얼이 흩어져[魂飛魄散] 버린 탓이었다. 손에 든 것 다 팽개치고 돌아서 달아나기 바쁜데, 패왕이 한 번 더 벼락같은 외침을 내지르며 그런 누번 장수를 뒤쫓았다.

"이놈, 게 섰거라. 어디로 달아나려 하느냐?"

그러나 누번 장수는 뒤 한번 돌아보는 법 없이 진채 안으로 달아나더니, 솔개에 쫓긴 까투리마냥 군막 한구석에 머리를 처박고 감히 다시 나올 엄두를 내지 못했다.

그때는 한왕 유방도 벼랑 위 진채의 장졸들 사이에 끼어 광무간 아래서 벌어지는 광경을 가만히 지켜보고 있었다. 누번 장수가 초나라 장수 하나를 죽인 걸 기뻐할 틈도 없이 나타난 또 다른 초나라 장수의 엄청난 기세를 보고 크게 놀랐다.

"저 장수가 누구냐? 어서 누군지 알아 오너라."

멀리 떨어진 곳에서 보아 얼른 패왕을 알아보지 못한 한왕이 곁에 있는 군사에게 그렇게 시켰다. 오래잖아 그 군사가 돌아와 말했다.

"그가 바로 항왕이라고 합니다."

그 말에 더욱 놀란 한왕은 그날 이후 더욱 진채 깊숙이 숨어 패왕과 만나기를 피했다.

초나라와 한나라가 동서 광무 꼭대기에서 서로 마주 버텨 서서 노려보는 사이에 다시 열흘이 훌쩍 지나갔다. 손뼉도 마주 쳐야 소리가 난다고 했던가, 패왕 항우가 군사들을 시켜 아무리 욕설을 퍼붓고 싸움을 걸어 봐도 한군이 진채에서 내려와 싸워 주지 않으니 소용이 없었다. 패왕은 다시 마음이 조급해졌다.

"계포가 팽성으로 돌아가 돌봐 주는 덕분에 군량 걱정은 덜었으나 아주 마음을 놓을 처지는 못 된다. 팽월이 언제 다시 양도를 끊어 우리를 굶주리게 할지 모르니 이곳 광무에서의 싸움을 하루바삐 끝내야 한다. 무슨 좋은 방책이 없겠는가?"

항우가 장수들을 불러 모아 놓고 그렇게 물었다. 남의 말을 잘

듣지 않다가 한신이나 진평 같은 인재를 잃고 범증같이 뛰어난 책사를 상심해 죽게 만들기는 했지만, 패왕도 아직은 생각이 막히면 다른 사람을 불러 그 말을 들을 줄 알았다. 진평의 계략에 걸려 하마터면 모두 내쫓길 뻔하기는 했어도, 장수들 또한 아직은 패왕을 군왕으로 믿고 우러렀다. 스스로 나서 패왕에게 계책을 내기는 망설여도 물으면 아는 대로 대답은 했다.

그날도 그랬다. 오래 대답 없이 머뭇거린 뒤이기는 하였으나 말수 적은 종리매가 제법 귀가 솔깃해지는 소리를 했다.

"이곳의 싸움은 한군이 산을 내려와 싸워 주지 않는 한 이겨낼 수가 없습니다. 그러나 한군은 이미 달포가 되도록 굳게 산성에 들어앉아 지키기만 할 뿐 나와서 싸울 뜻은 전혀 없어 보입니다. 따라서 지금 이 싸움을 끝내는 길은 뱀의 머리를 자르듯 한군의 머리가 되는 유방을 죽여 서광무의 진채를 쓸모없이 만들어 버리는 것뿐입니다."

"유방을 죽일 수만 있다면 나머지 군사들은 개미나 쉬파리 떼와 다름이 없다. 그러나 저 높고 험한 진채 깊숙이 자라처럼 모가지를 움츠리고 처박혀 있는 유방을 어떻게 잡아 죽일 수 있겠는가?"

패왕이 반갑지만 미덥지 않다는 눈길로 종리매를 바라보며 그렇게 되물었다. 하지만 종리매도 그냥 해 본 소리는 아닌 듯했다. 이번에는 별 머뭇거림 없이 패왕의 말을 받았다.

"신이 살피니 그동안 유방은 군사를 이끌고 나와 싸우려 하지는 않았으나, 말로 하는 싸움에는 반드시 나타나 대왕께 대꾸해 주었습니다. 특히 광무간을 사이에 두고 하는 말싸움은 한 번도 피하지 않았으니 그 방심을 틈타 보면 어떻겠습니까?"

"아무리 유방이 방심하고 있다 한들 백 길도 넘는 낭떠러지 저편 진채에 있는 그를 어떻게 한단 말인가?"

"하지만 서광무와 동광무 사이 어떤 곳은 넓어야 백 걸음을 크게 넘지 못합니다. 대왕께서 한왕을 불러내 말씀을 나누시는 곳은 대개 그렇습니다. 만약 거기에 강한 쇠뇌를 숨겨 놓았다가 때를 보아 쏘아붙이면, 적이 피하기 어려울 뿐만 아니라 그 살은 어지간한 갑옷도 꿰뚫을 수 있습니다."

종리매가 거기까지 말하자 패왕도 그가 무슨 말을 하려는지 알아들었다. 평소 패왕의 기질대로라면 그런 종리매의 계책은 좀스러운 잔꾀로 여겨 쓰기를 망설였을 것이다. 하지만 그때 패왕은 조금씩 다급함에 몰리고 있었다. 잠깐 이맛살을 찌푸리며 생각에 잠겼다가 더 따지지 않고 말했다.

"알았다. 덫을 놓든 올무를 놓든, 잡아야 할 여우는 반드시 잡아 낼 수 있는 사냥꾼이 좋은 사냥꾼이다. 한번 그리해 보자."

패왕 항우는 그날로 군중에 명을 내려 그 살이 3백 걸음이나 날아간다는 강한 쇠뇌 석 장(張)을 거두어들이게 했다. 그리고 그날 밤 서광무와 가까운 벼랑 가 한곳을 골라 그 쇠뇌들을 눈에 띄지 않게 걸어 두게 한 뒤, 장졸 중에서 가장 뛰어난 궁수 셋을 골라 말했다.

"너희들은 내일 새벽 날이 새기 전에 각기 이 쇠뇌들 곁에 몸을 숨겨라. 그리고 날이 새기를 기다렸다가 내가 한왕 유방을 저편 벼랑 위로 불러내거든 틈을 보아 쇠뇌를 쏘아라. 유방이 백 걸음 안으로 다가들면 쇠뇌를 쏘되, 모두가 다 쏠 것은 없고 가장 가깝고 겨냥하기 좋은 곳에 자리 잡게 된 자가 천천히 겨눠 쏘면 된다. 만약 하늘이 도와 유방을 잡게 되면 너희들은 모두 만금의 상을 받고 장수가 될 것이다. 그러나 때가 되기 전에 인기척을 내어 적병에게 들키거나 유방이 알아차리게 하여 일을 그르치면 아무도 그 머리가 어깨 위에 남아 있지 못할 것이다."

다음 날이 되었다. 모든 것이 잘 안배되었음을 확인한 패왕은 해가 떠오르기를 기다려 쇠뇌가 감춰진 벼랑 가로 갔다.

"한왕은 어디 있는가? 자라 새끼처럼 목을 움츠리고 숨어 있지만 말고 과인의 말을 들어라!"

패왕이 그렇게 소리쳐 한왕을 불러냈다. 그러나 언제나 그러하듯 한군 진채에서는 한동안이나 아무런 대꾸가 없었다. 그러다가 제 성을 못 이겨 달아오른 패왕이 이졸들을 시켜 갖은 욕설을 퍼부은 뒤에야 한왕 유방이 맞은편 벼랑 멀찍한 곳에서 얼굴을 내밀었다.

"그대는 또 무슨 일로 과인을 찾는가? 공연한 혈기로 애꿎은 장수만 죽이고도 아직 모자라는가? 그래도 기개가 가상하여 시체는 거두어 가게 하였거늘……."

한왕이 그렇게 패왕을 나무랐다. 그동안 패왕의 외침 소리나 초나라 군사들의 욕설은 전혀 듣지 못한 것처럼 느긋한 표정이었다. 하지만 실은 패왕의 천둥 같은 고함 소리 때문에 광무간이 시끄러워지자 양쪽 진채 군사들이 모두 내다보고 있어 더는 그냥 있을 수가 없어 나온 자리였다. 얼굴을 내밀고 말로라도 패왕을 이겨 초나라 군사들의 기를 꺾는 한편 마냥 움츠러들기만 하는 한나라 군사들을 다독여야 했다.

패왕은 한왕 유방이 멀쩡한 얼굴로 이죽거리자 가슴속에 천 길이나 되는 불길이 이는 듯했다. 무섭게 꾸짖어 얼부터 빼 놓고 싶었으나 벼랑 구석에 감춰 둔 쇠뇌를 떠올리고 참았다.

'네놈이 아무리 엉큼하고 능청스러워도 이제는 끝이다. 이제 다시는 능글맞은 웃음으로 나를 성나게 하지 못할 것이다.'

그렇게 스스로를 달래며 목소리를 가다듬어 점잖게 유방의 말을 받았다.

"그래서 이렇게 그대를 불러낸 것이다. 그날 그 누번 놈이 그대를 닮아 쥐새끼마냥 머리를 싸매고 달아나지 않았던들 애꿎은 장수가 이쪽 그쪽 해서 둘이나 죽을 뻔했다. 그래서 과인이 다시 말하거니와, 어떠냐? 한왕은 나와 단둘이 겨뤄 자웅을 가리고 이 구차한 싸움을 끝내지 않겠느냐?"

"이미 말하지 않았느냐? 내 그대와 지혜를 다툴지언정 힘을 겨룰 수는 없다고. 그대의 귀는 해골이 비고 가죽이 모자라 뚫린 것이냐? 어찌 그리도 사람의 말을 알아듣지 못하느냐?"

늘 그랬듯이 한왕이 다시 그렇게 이죽거려 패왕의 속을 뒤집어 놓았다. 하지만 궁수들이 쇠뇌를 쏘기 좋은 자리까지 한왕을 끌어내야 하는 패왕은 이번에도 잘 참았다. 여전히 점잖은 목소리로 한왕의 말을 받았다.

"참으로 알 수 없는 일이로구나. 과인은 오중에서 몸을 일으킨 뒤 크고 작은 싸움을 일흔 번이나 치렀으되 한 번도 진 적이 없고, 과인을 따르는 강동의 형제들 또한 싸움터에서 한 번도 지고 물러난 적이 없었다. 이에 천하는 과인에게 무릎을 꿇고 패왕으로 받들었으며, 감히 과인에게 맞서던 것들은 아무도 그 목을 지켜 내지 못했다. 네가 꾀어낸 경포나 팽월은 지금쯤 사로잡혀 목이 잘렸을 것이고, 제왕(齊王)도 과인을 따르기로 다짐했다고 한다. 그런데 너는 도대체 무엇을 믿고 버티느냐? 무턱대고 떼를 쓰며 버티기만 하면 지혜로운 것이냐?"

그 같은 패왕의 말을 한바탕 웃음으로 지워 버린 한왕 유방이 마침 잘됐다는 듯 목소리를 높여 꾸짖었다.

"이놈 항우야. 네 미련하기가 소 같고 답답하기가 높은 담장과 마주한 것 같다더니, 실로 그렇구나. 과인은 지금 떼를 쓰며 버티는 것이 아니라, 천하의 의기가 하나로 뭉쳐 네가 저지른 열 가지 큰 죄를 다스리기를 기다리고 있을 뿐이니라."

그 말을 듣자 패왕의 가슴속에 일고 있던 천 길 불길이 눈, 코, 입으로 한꺼번에 뿜어져 나올 것 같았다. 하지만 아직도 한왕은 절벽 저쪽 멀찍이 서 있었고, 감춰진 쇠뇌 곁의 궁수들에게도 한왕을 겨냥할 시간이 그리 넉넉하지 못했던 같아 패왕은 다시 한 번 참았다. 말해 주면 귀담아듣겠다는 듯 몇 발 앞으로 다가가며 소리쳐 물었다.

"그 열 가지 죄가 무엇이냐?"

그러자 한왕은 더욱 잘되었다는 듯 자신도 몇 발자국 동광무

쪽으로 다가서며 이쪽저쪽이 다 들을 수 있을 만큼 큰 소리로 외쳤다.

"지난날 나와 너는 함께 회왕의 명을 받들어서 먼저 관중에 들어가 진나라를 평정하는 쪽이 관중의 왕이 되기로 하였다. 그런데도 너는 약조를 어기고 내게 파촉과 한중만 주어 내쫓았으니 그것이 네 첫 번째 죄다. 네 신의 저버리기를 어찌 그리 헌신짝 버리듯 하느냐?

그다음으로 너는 안양의 군막에서 함부로 칼을 빼어 경자관군(卿子冠軍) 송의를 목 베었다. 회왕께서 엄연히 송의를 상장군으로 세우고 너를 차장으로 삼았건만, 너는 사사로운 감정으로 상관을 죽이고 그의 군권을 빼앗았으니, 그 하극상의 죄가 두 번째다.

네가 조나라를 구원하러 갔을 때는 거록을 되찾고 진군을 물리쳤으면 회왕께로 돌아가 그 명을 기다려야 했다. 그런데도 너는 제후들을 위협하여 스스로 종장이 되고, 마침내는 그 군사들을 몰아 멋대로 관중을 휩쓸었으니, 임금을 속이고 윗사람을 업신여긴 죄가 그 세 번째다.

일찍이 회왕께서 이르시기를, 관중에 들어가더라도 함부로 사람을 해치거나 재물을 빼앗지 말라 하셨다. 그런데 너는 함곡관을 깨고 관중에 든 뒤로, 가는 곳마다 백성들을 도륙하고 그 재물을 약탈하였다. 거기다가 함양에 들어서는 진나라의 궁궐을 불사르고 시황제의 무덤을 파헤쳐 그 보물과 재화를 모두 사사로이 차지하였으니 그것이 너의 네 번째 죄다.

진나라가 천하에 저지른 죄악은 모두가 시황제와 이세 호해(胡亥)의 짓이요, 자영(子嬰)은 진왕이 된 지 겨우 마흔엿새 만에 과인을 통해 우리 회왕께 항복하였다. 그런데 과인에게서 자영을 넘겨받은 너는 회왕께 한마디 아뢰지도 않고 함부로 죽였으니, 항복한 자영을 까닭 없이 해친 것이 너의 다섯 번째 죄다."

한왕이 그렇게 크고도 낭랑한 목소리로 패왕 항우의 죄악을 늘어놓다가, 잠시 한숨을 돌린 뒤에 다시 목소리를 가다듬어 이어 나갔다.

"너는 항복하면 살려 준다고 속이고 사로잡은 진나라의 젊은이 20만을 신안에서 산 채로 땅에 묻었다. 그러고도 그 장수들은 살려 삼진(三秦)의 왕으로 세웠으니 그 모질고 끔찍한 짓이 네 여섯 번째 죄다.

너는 또 여러 제후의 장수들을 좋은 땅의 왕으로 세우고, 원래의 제후와 왕들은 다른 곳으로 쫓아냈다. 그리하여 그 장수들로 하여금 다투어 제 주인을 저버리게 만들었으니, 그 죄가 일곱 번째다.

너는 의제를 팽성에서 쫓아내고 스스로 그곳에 도읍하였다. 거기다가 한왕(韓王)의 봉지를 빼앗고, 양 땅과 초나라를 합쳐 자신의 땅을 넓혔으니 그 죄가 여덟 번째다.

의제께서는 양치기에서 몸을 일으키셨으나, 어김없이 초 왕실의 적통이요, 온 초나라 백성들이 회왕으로 떠받든 분이셨다. 그런데 너는 의제를 강남으로 내쫓고도 모자라 사람을 보내 강물 위에서 무참히 돌아가시게 하였으니 그 죄가 아홉 번째다.

너는 신하 된 자로서 임금을 시해하였으며, 장수 되어서는 이미 항복한 사람들을 함부로 죽였다. 패왕으로서 크게 천하에 걸터앉았으면서도 그 다스림이 공정하지 않고, 약조를 어겨 신의를 저버린 것은 하늘과 땅이 아울러 용납하지 못할 대역무도함이니, 그것이 또한 네 열 번째 죄라 할 만하다.

과인은 의로운 군대를 거느리고 제후들과 함께 그 열 가지 죄를 지은 모진 역적 놈[殘賊]을 잡으러 왔다. 아직 지은 죄가 남아 군사로 싸우는 자들[刑餘罪人]을 시켜 너를 잡게 하면 될 것인데, 무엇 때문에 수고롭게 창칼을 잡고 너와 싸울 것이냐?"

한왕이 그렇게 말을 마쳐 패왕의 속을 있는 대로 뒤집어 놓았다. 거기다가 군사들 중에 가장 낮고 천한 것이 죄 짓고 끌려와 갇히거나 죽는 대신 싸우는 형여죄인의 무리였다. 패왕이 더는 참지 못하고 숨어 있는 궁수들에게 소리쳤다.

"궁수들은 무얼 하느냐? 어서 쇠뇌를 놓아 저 자발없는 놈의 염통을 찢어 놓아라!"

그러자 진작부터 한왕을 겨누고 조금이라도 가깝게 다가오기를 기다리던 궁수들이 한꺼번에 강한 쇠뇌를 쏘아붙였다. 3백 걸음을 날아간다는 강한 쇠뇌의 살이 날카로운 소리를 내며 공기를 가르고 날아갔다.

한왕이 워낙 조심스러워 동광무에서 백 걸음 안쪽 되는 곳으로는 들어가지 않았는 데도 쇠뇌의 살 한 대가 날아와 정통으로 그 가슴에 박혔다. 한왕은 갑자기 큰 몽둥이로 가슴을 한 대 세게 맞은 듯 숨이 콱 막히며 정신이 아뜩해졌다. 자신도 모르게 가슴을 움켜쥐고 쓰러지려다가 갑자기 손을 내려 발목을 잡아 쥐었다. 그리고 짜낼 수 있는 힘은 마지막 한 방울까지 다 짜내 발을 들어 보이며 소리쳤다.

"저 천한 종놈이 내 발가락을 맞추었구나[虜中吾指]!"

그러고는 까마득히 정신을 잃어 갔다. 실로 무서운 자기 절제와 순발력이 눈부시게 어우러진 임기응변이었다. 어쩌면 그때 한왕 유방은 뒷날 그로 하여금 한(漢) 제국 4백 년을 열 수 있게 한 왕자(王者)의 자질 가운데서도 가장 인상적인 것을 생사를 오가며 연출하고 있었는지도 모를 일이었다.

'모두 보고 있다. 내가 가슴에 살을 맞고 목숨이 위태로운 걸 알면 적은 두 배나 사나워지고 우리 군사는 그대로 무너져 버린다. 가슴에 살을 맞은 것을 결코 들켜서는 안 된다…….'

한왕 유방은 까마득하게 꺼져 가는 의식 속에서도 그렇게 안간힘을 다해 자신을 다잡고 있었다.

남의 신하 되어, 특히 군막에 남아 주책(籌策)을 펼치는 모사로서 철저하기는 장량도 그 임금인 한왕 유방의 왕자다움에 못지않았다. 한왕이 발가락을 맞았다는 비명 같은 외침과 함께 스르르 무너지는 걸 보고 장량은 이내 그 상처가 심상치 않음을 알아차렸다. 달려온 군사들이 한왕을 들쳐 업으려 하자 나지막한 소리로 꾸짖었다.

"대왕을 들쳐 업지 말고 부축하라. 동광무의 초나라 군사들이 대왕께서 가슴을 맞고 혼절하신 걸 알게 해서는 아니 된다."

군막으로 돌아간 뒤에도 마찬가지였다. 쇠뇌의 살촉도 뽑지 않은 채 뉘어져 있던 한왕이 한 식경이 지나서야 겨우 정신을 차리자 장량이 가만히 물었다.

"어떠십니까? 홀로 몸을 움직이실 수 있겠습니까?"

"아니오. 꼼짝할 수 없소. 화살이 용케 염통은 피해 갔지만 갈비뼈를 맞춘 듯하오."

한왕이 죽어 가는 소리로 겨우 대답했다. 그러자 장량이 차갑게 받았다.

"그래도 일어나셔야 합니다. 저물기 전에 동서 광무의 이쪽저쪽 모든 군사들에게 대왕께서 건재하심을 보여 주어야 합니다. 이대로 저물게 하면 서광무는 오늘 밤을 견뎌 내기 어려울 것입니다."

한왕도 장량이 무슨 말을 하는지 알아들은 것 같았다. 그러나 워낙 상처가 무거웠다. 매사에 느긋하고 잘 참아 내는 한왕도 더 견디기 힘든 듯 얼굴을 찌푸리며 말했다.

"그래서 정신을 잃고 넘어가면서도 발을 싸쥐고 거짓말을 하지 않았소? 그것으로도 아니 된단 말이오?"

"그렇습니다. 항왕은 병장기를 잘 알고 또 눈이 밝습니다. 그 자리에서는 대왕께 속아 넘어갔을지 몰라도 끝내 속아 줄 사람은 아닙니다. 저물 때까지 대왕의 모습이 보이지 않으면 자신의 계책이 맞아떨어진 줄 알고 반드시 야습을 할 것입니다. 그리되면 저편은 몇 배나 기세가 올라 서광무로 기어오르겠지만, 우리 군사들은 크게 사기가 꺾여 마침내는 버텨 내기 어려울 것입니다."

장량은 아픈 한왕을 위로하기는커녕 오히려 겁을 주고 윽박질렀다. 한왕이 가만히 가슴께를 눌러보다가 다시 숨넘어가는듯한 비명을 지르더니 장량에게 물었다.

"저물려면 얼마나 남았소?"

"이제 반 시진도 남지 않은 듯합니다. 서두르셔야 합니다."

그러자 한왕이 이를 악물고 방 한구석을 가리키며 말했다.

"저기 저 죽간(竹簡)을 가져다가 내 가슴에 두르고 띠로 단단히 동인 뒤 전포를 입히라. 그리고 안장에 적이 알아보지 못하게 등받이를 세우고 나를 묶은 뒤에 갑주로 가리라."

시중들던 병사들이 그대로 했다. 하지만 상처가 무거워서인지 한왕은 몇 번이나 비명 같은 신음에 비 오듯 땀을 흘리면서 등받이를 한 말안장에 올랐다. 어느새 뉘엿뉘엿 넘어가는 해를 등지고 한왕이 다시 서광무 꼭대기의 진문을 나서자, 그를 알아본 한나라 군사들이 일제히 함성을 질러 반겼다.

"대왕께서 나오셨다! 말에 오르실 수 있으니 발가락도 크게 다치지 않으신 모양이다."

"우리 대왕 만세! 한나라 만세!"

"초나라 멍청이들아, 우리 대왕을 보아라! 항우의 더러운 암습(暗襲)도 우리 대왕께는 통하지 않는다."

한왕이 부축되어 들어가는 것을 보고 걱정한 끝이어서인지, 그런 한나라 장졸들의 외침은 큰 싸움에 이겼을 때만큼이나 높고도 우렁찼다.

한편 패왕 항우는 한왕이 쇠뇌에 가슴을 정통으로 맞은 것 같은 데도 쓰러지지 않고 발을 어루만지며 소리치자, 적이 실망했다. 좌우의 부축만 받고 제 발로 걸어 진채로 돌아가는 걸 보니 쇠뇌가 빗나간 것임에 틀림없었다. 하지만 그 뒤로도 한참이나 한나라 진중이 무거운 침묵에 휩싸여 있는 걸 보자 다시 슬며시 의심이 들었다.

'이상하다. 틀림없이 가슴께로 날아간 것 같은데 발가락을 맞혔다니. 그만한 거리에서 그만큼 강한 쇠뇌로 그토록 오래 정성 들여 겨냥해 쏘았는 데도 빗나가다니……. 게다가 유방은 진채 안으로는 제 발로 걸어 들어갔지만 그 뒤 한 식경이 지나도록 꼼짝도 않고 있다. 한군 진채가 쥐죽은 듯 고요한 것도 수상쩍다. 어쩌면 저 능구렁이 같고 여우 같은 유방이 가슴에 화살을 맞고도 무슨 수작을 부린 것인지도 모른다. 좋다. 해가 저물 때까지도 유방의 움직임이 없으면 오늘 밤 서광무를 들이쳐 보자. 만약 우리 쇠뇌가 정말로 유방의 가슴을 맞힌 거라면, 광무산의 싸움은 여기서 끝난 것이나 다름없다.'

패왕이 그렇게 중얼거리면서 장수들을 불러 모아 야습을 준비시키려는데 갑자기 서광무 쪽 한군 진채에서 크게 함성이 일었다.

군막을 나간 패왕은 함성으로 시끄러운 광무간 건너편 한군 진채를 살펴보았다. 한왕이 번쩍이는 투구에 갑옷까지 걸치고 말에 올라 서광무 꼭대기의 이곳저곳을 오락가락하며 손을 들어 군사들의 환호에 화답하고 있었다. 말안장에 꼿꼿이 앉은 걸 보니 강한 쇠뇌의 살에 가슴을 상한 사람 같지가 않았다. 서광무 곳곳에 진채를 벌이고 있던 한나라 장졸들도 언제 그랬느냐는 듯 일시에 활기를 되찾아 그런 한왕 쪽을 올려다보며 연신 깃발을 흔들고 고함을 질러 댔다. 그걸 보자 패왕은 다시 맥이 빠졌다.

'역시 쇠뇌가 빗나갔구나. 그렇다면 오늘 밤의 야습도 틀렸다. 억지를 부려 봤자 공연히 군사만 다칠 뿐이다.'

그때 한왕 유방은 기실 고통과 오한으로 땀을 비 오듯 흘리면서 이를 악문 채 버티고 있었다. 하지만 그 또한 피와 살로 된 인간이었다. 두 각(刻, 15분 정도)이 가까워 오자 눈앞이 흐릿해지며 자꾸 고개가 꺾여 왔다.

"이제 날이 저무느냐?"

한왕이 들릴 듯 말 듯한 목소리로 말고삐를 잡고 있는 군사에게 물었다. 물음을 받은 군사가 사방을 둘러보고 대답했다.

"해는 졌습니다."

"됐다. 그렇다면 이제는 진채 안으로 돌아가자."

한왕이 다시 그렇게 말하고는 이를 악물었다. 말고삐를 잡은 군사가 말을 천천히 진채 안으로 몰아갔다. 그러나 말이 진문 안으로 들어가기도 전에 한왕의 고개가 먼저 꺾였다. 멀리서 알아볼 수 없게 안장에 등받이를 세워 한왕의 몸을 묶어 두지 않았더라면 그대로 굴러 떨어지고 말았을 것이다.

늘 그랬듯 한왕 곁을 그림자처럼 따라다니던 장량은 초나라 군사들의 눈길이 미치지 않는 곳에 이르러서야 한왕을 말에서 부축해 내리게 했다. 한왕은 다시 정신을 잃은 채 약한 숨결만 내뱉고 있었다.

한왕을 군막 안으로 옮긴 장량은 갑옷투구를 벗기고 자리에 눕히게 한 뒤 군중에 있는 의자(醫者)를 불러 보살피게 했다. 의자가 그제야 화살촉을 뽑고 상처에 고약을 이겨 발랐지만 한왕은 그로부터 사흘 낮밤이나 미음 한술 제대로 넘기지 못하고 펄펄 끓는 몸으로 앓아야 했다. 진작 손을 쓰지 않고 무리하게 진채를 돌아본 게 그러지 않아도 무거운 한왕의 상처를 덧나게 한 것 같았다.

"아무래도 대왕을 이대로 두어서는 아니 되겠습니다. 성고(成皐)로 모시고 내려가 상처부터 다스려야 할 것 같으니, 선생께서 태복(太僕, 하후영)과 함께 대왕을 모시고 광무산을 내려가십시오."

장수들과 더불어 한왕의 군막을 찾아본 번쾌가 그렇게 말했다. 장량이 가만히 생각에 잠겼다가 번쾌를 떠보듯 물었다.

"만약에 항왕이 이 일을 알고 전군을 들어 서광무로 밀고 올라오면 어떻게 하시겠소?"

"죽기로 싸운다면 지키는 일이야 무에 그리 어렵겠습니까?"

"항왕이 동광무를 버리고 성고를 에워싸면 그때는 또 어쩌시겠소?"

장량이 다시 번쾌에게 그렇게 물었다. 번쾌가 전혀 걱정 없는 얼굴로 받았다.

"그쪽이 오히려 더 해볼 만합니다. 내가 서광무에 있는 한나라 군사를 모두 이끌고 내려가 항왕의 뒤를 치고, 성고성에서도 전군을 이끌고 이판사판으로 마주쳐 나오면 승산은 오히려 우리

쪽에 있습니다. 아무리 항우가 이끄는 초나라 군사라도 죽기로 덤비는 우리 군사를 등과 배로 맞아서는 견뎌 내기 어려울 것입니다."

그러자 장량도 비로소 안심이 되는지 크게 고개를 끄덕이며 말했다.

"좋소. 장군의 계책과 각오가 그렇다면 한번 해 봅시다. 오늘 밤 내가 태복과 함께 대왕을 모시고 성고로 내려갈 터이니 날랜 군사 5백과 말 백 필만 갈라 주시오. 삼경이 되면 대왕을 모시고 서쪽 비탈 산성 쪽으로 내려가 주위를 살피다가 날이 밝기 전에 성고성 안으로 들어갈 것이오."

"군사가 너무 적지 않겠습니까?"

이번에는 번쾌가 걱정스러운 듯 물었다. 장량이 평온한 얼굴로 대꾸했다.

"장군이 말한 계책대로 하자면 우리가 데려가는 군사는 5백을 넘겨서는 아니 될 것이오. 서광무에 대군을 그대로 남겨 두어야 항왕이 함부로 성고를 치지 못할 것이외다."

"만약 항왕이 이 일을 알고 한 갈래 크게 군사를 갈라 대왕과 선생을 뒤쫓게 하면 어찌시겠습니까?"

"해 질 녘에 우리 대왕께서 건재하심을 항왕이 다시 보았으니, 오늘 밤은 방심하고 있을 것이오. 말발굽은 헝겊으로 싸고 군사들에게는 하무[枚]를 물려 조용히 빠져나가면 들키지 않고 성고에 이를 수 있을 것 같소."

그와 같은 장량의 말을 듣고서야 번쾌도 마음을 놓는 듯했다.

장량이 말한 대로 날랜 군사 5백과 말 백 필을 골라 산을 내려갈 채비를 시키고, 자신은 남은 장졸들을 이끌고 진평과 함께 서광무를 지키기로 했다.

그날 밤 삼경 무렵 장량과 하후영이 이끄는 한군 5백은 아직도 신열에 들떠 있는 한왕을 들것에 얹어 떠메고 서광무를 내려왔다. 서북쪽 비탈을 통해 초나라 군사들에게 들키지 않고 평지로 내려선 한군은 곧 부근 농가에서 수레를 구해 장량과 한왕을 실었다. 하후영이 수레를 몰고 장량이 5백 군사와 수레를 호위하며 성고로 내달았다. 오래잖아 동트기 전의 짙은 어둠이 가시고 날이 희끄무레 밝아 왔다.

장량과 하후영이 한왕을 호위해 성고에 이른 것은 늦겨울 아침 해가 동산 위로 솟아오를 무렵이었다. 성고성을 지키던 한나라 장졸들이 놀라 그들을 맞아들였다. 장량과 하후영은 먼저 행궁을 정해 한왕을 눕히고 놀란 성안 군민들을 진정시켰다. 그리고 더 용한 민간의 의자를 찾아오게 해 한왕을 돌보게 했다.

임치도 한신의 발아래

한왕 유방이 위급한 병줄에서 놓여나 다시 자리를 털고 일어난 것은 성고에 이른 지 이레 만이었다. 그러나 가슴에 생긴 금창(金瘡)이 아물지 않아 바로 광무산으로 돌아갈 수는 없었다. 하는 일 없이 성고성 안에 머물러 다시 싸움터에 설 수 있을 만큼 금창이 아물기만을 기다렸다.

며칠이 지나자 상처는 아직 다 낫지 않아도 한왕의 느긋하고 낙천적인 성격은 되살아났다. 자리에 누워 있지 못하고 성안을 여기저기 돌아다니며 이것저것 묻고 참견하는 것으로 무료함을 달랬다. 그렇게 빈둥거리며 다시 며칠을 보낸 어느 날이었다. 한왕이 갑자기 장량을 불러 말했다.

"자방, 여기서 이러고 있느니 차라리 관중에나 다녀오는 게 어떻겠소?"

"관중에는 무슨 일로 가려 하십니까?"

잠깐 생각에 잠겼던 장량이 잔잔히 웃으며 물었다. 좋은 일이지만 그래도 까닭은 들어 보아야겠다는 뜻 같았다. 한왕이 칭찬을 기다리는 아이 같은 말투로 대답했다.

"오랜만에 도성으로 돌아가 긴 싸움에 뒤를 대느라 시달리는 부로(父老)들을 위로하고, 과인이 건재함을 보여 관중 백성들을 안심하게 만들고 싶소. 또 소하에게 졸라 군사도 좀 더 얻어 내야 광무산으로 돌아갈 체면이 서지 않겠소?"

그러자 장량도 바른 답을 들은 스승처럼 고개를 끄덕이며 한왕의 뜻을 추어주었다.

"잘 생각하셨습니다. 천하에 뜻을 둔 군왕다운 여유와 헤아림이십니다. 군사들로 하여금 내일 일찍 역양으로 떠날 채비를 하게 하겠습니다."

그렇게 말해 놓고, 잠깐 무언가를 속으로 헤아려 보다가 가만히 말했다.

"사수 가에서 얻은 새왕 사마흔의 머리도 함께 가져가도록 하십시오. 역양은 원래 그의 도성이었으니, 저잣거리에 그의 머리를 내걸면 우리 한나라의 위엄을 한층 크게 떨쳐 보일 수 있을 것입니다."

광무산에 남은 진평을 대신해 한왕을 일깨워 준 것이었다. 명분과 실리 사이를 거침없이 오가는 것도 한왕의 특성 가운데 하나였다. 사마흔과 조구, 동예의 무덤을 만들어 그들의 의기를 기려 주게 한 것으로 명분은 다 살렸다는 듯 시원스레 받았다.

"알겠소, 그리하리다. 죽은 사람에게는 야박하나, 산 자들을 깨우쳐 주는 것도 큰일이 아니겠소?"

열흘 전까지만 해도 패왕의 암습을 받아 죽을 고비를 넘나들던 사람 같지 않은 여유를 보였다.

다음 날 한왕은 광무산에서 데리고 내려온 군사 5백과 더불어 성고를 떠나 관중으로 돌아갔다. 태복 하후영이 앞서 수레를 몰고 많지 않은 기마와 날랜 보졸이 적이 없는 관도를 달려가는 터라 천 리 길을 가는 데도 그리 오래 걸리지 않았다. 함곡관을 넘어서는 쉬엄쉬엄 가도 성고를 떠난 지 열흘 만에는 역양에 이를 수 있었다.

오랜만에 역양 궁궐에 든 한왕은 먼저 태자와 승상 소하의 하례를 받았다. 태자 영(盈)도 부왕을 뵙는 예로 절을 올렸다. 태자의 몸은 여전히 허약해 보였으나 소하와 함께 관중을 맡아 지키는 그 반년 사이에 얼굴에서는 제법 성숙한 티가 났다. 그러나 진흙으로 빚어 구운 듯한 소하의 얼굴은 조금도 변함이 없었다.

"소식은 들었을 것이다. 과인은 또 광무산에서 항왕에게 몰리고 있다. 관중에서 군사를 좀 더 얻을 수는 없겠는가?"

"사흘 말미를 주시면 우선 만 명은 데려가실 수 있을 것입니다. 하지만 보름만 더 주시면 그 곱절을 뒤딸려 보내겠습니다."

소하가 언제나 그러했듯 할 말만 하고 굳게 입을 다물었다. 한왕도 소하의 말투를 따랐다.

"그런가. 그럼 나흘 뒤에 출발할 것이니 먼저 그 1만 명에게 떠날 채비를 시키라. 나머지 2만 명도 되도록이면 빨리 관동으로 보내야 한다. 그리고…… 더 있다. 지금은 오창의 곡식으로 버티지만 지금 같은 형국으로 오래 대치하게 되면 군량도 관중에서 와야 할지도 모르겠다."

그러고는 옥연(獄椽)을 불러 사마흔의 목 잘린 머리를 내주게 하며 말했다.

"새왕 사마흔의 머리다. 이 머리를 저잣거리에 높이 매달아 우리 한나라를 저버리고 과인에게 맞선 죄가 얼마나 큰지를 모두에게 널리 알게 하라!"

역양의 옥연이 질린 얼굴로 명을 받고 물러나자 한왕은 다시 왕궁 안의 근시들을 돌아보며 호기롭게 말했다.

"너희들은 이제부터 크게 잔치를 마련하고 성안의 부로들을 모두 불러 모으라. 과인이 술과 고기를 넉넉히 내려 험한 전란의 시대를 사는 그들의 괴로움과 고달픔을 위로하리라."

그 역시도 몰리는 싸움을 하다가 크게 다쳐 하마터면 죽을 뻔했던 사람의 것 같지 않은 호기였다. 거기다가 그 호기는 말로만 끝난 것도 아니었다. 한왕은 다음 날부터 잇따라 사흘이나 크게 잔치를 열어 역양성 안팎의 부로들을 위로했다. 그러다가 나흘째 되는 날에야 소하에게서 새로 얻은 군사 1만을 뒤딸리고 다시 광무산으로 떠났다.

"그런데 과인이 돌아갈 때까지 항왕이 정말로 두 손 처매 놓고 기다려 줄지 모르겠소."

함곡관을 나서면서 비로소 걱정이 되는지 한왕이 문득 장량을 돌아보며 말했다. 장량이 차분한 말투로 한왕의 갑작스러운 걱정을 덜어 주었다.

"그도 이미 여러 번 당해 본 터라, 가볍게 움직이지는 않을 것입니다. 이번에는 어떻게든 광무산에서 때를 기다려 대왕과 결판을 보려 들겠지요."

그런 장량의 헤아림은 옳았다. 한왕이 다시 성고로 돌아가 보니 패왕 항우는 아직도 동광무에 대군과 함께 붙잡혀 있었다.

한왕 유방을 쇠뇌로 쏘아 맞힌 바로 그다음 날의 일이었다. 전날 보란 듯이 말까지 타고 자신의 건재함을 과시하던 한왕이 하루 종일 보이지 않자 패왕은 다시 의심이 들었다. 해 질 무렵이 되자 더 참지 못하고 동광무 벼랑 가로 나가 광무간 건너편에 대고 소리소리 질러 한왕을 찾았다. 그러나 서광무의 한군 진채에서는 한왕 대신 번쾌가 나와 큰 소리로 맞받았다.

"이놈 항우야, 네 무슨 낯짝으로 다시 우리 대왕을 찾느냐? 간사한 말로 사람을 꾀어내 더러운 암수로 몰래 해치려 하고도 네 아직 천하를 호령하는 패왕을 일컬을 수 있겠느냐? 하늘의 큰 뜻을 알지 못하거든 장부로서의 부끄러움이라도 알아라. 이제 우리 대왕께서는 너 같은 천장부(賤丈夫)와는 얼굴도 마주하지 않으시겠다고 하셨다."

꼭 패왕이 속상해할 말만 골라서 하는 듯했다. 그리고 패왕이 시뻘건 얼굴로 외치는 소리는 들은 척 만 척하며 진채 안으로 돌아가 버렸다.

다음 날도, 그다음 날도 마찬가지였다. 연 사흘 같은 소리로 패왕의 부아를 돋우던 번쾌는 닷새째 되는 날에야 이죽거리듯 말했다.

"네가 하도 안달을 부리니 일러 준다. 우리 대왕께서는 지금쯤 성고성에 내려가 시녀들에게 발을 씻기며 쉬고 계실 것이다. 그러니 네 긴히 할 말이 있거든 이 번(樊) 아무개 어르신에게나 여쭈어 봐라."

그 말에 분통이 터진 패왕은 더욱 소리를 높여 번쾌를 꾸짖었다. 그 소리가 어찌나 컸던지 광무간 건너에 있는 번쾌까지 흠칫했을 정도였다. 하지만 부질없는 짓이었다. 패왕이 아무리 큰소리로 꾸짖어도 이미 성고성에 내려가 있는 사람을 서광무로 불러올릴 수는 없는 일이었다.

쓸데없는 입씨름으로 심기만 잔뜩 상해 돌아간 패왕은 곧 장수들을 자신의 군막으로 불러 모았다.

"유방 그 늙은 쥐새끼가 성고로 내려갔다고 한다. 이참에 우리도 산을 내려가 성고를 치는 게 어떤가? 어디서 잡든 유방만 잡으면 이 싸움은 끝이다."

패왕이 터질 듯한 얼굴로 그렇게 말하자 종리매가 걱정스러운 얼굴로 받았다.

"한왕이 장졸들은 고스란히 산 위에 두고 저만 소리 소문 없이 성고로 내려갔을 때는 반드시 무슨 엉큼한 속셈이 따로 있었을 것입니다. 자칫 그 너절한 속임수에 빠질까 두렵습니다."

"속셈은 무슨 속셈. 과인의 쇠뇌 맛을 보고 얼이 빠져 달아났을 것이다."

"그랬다면 이미 성고성에는 없을 것입니다. 멀리 제 소굴인 관중으로 달아났겠지요. 하지만 오히려 더 걱정스러운 일은 유방이 스스로 미끼가 되어 우리를 성고로 꾀어 들이려 하는 것입니다."

"제 놈이 우리를 유인해 봤자 무슨 수가 나겠는가? 우리 강동의 굳세고 날랜 군사들이 벼린 도끼처럼 찍어 가면 성고성쯤은 한나절로 깨뜨릴 수 있다."

패왕이 아무래도 그냥 있을 수 없다는 듯 소리쳤다. 종리매가 다시 말렸다.

"대왕, 우리 군사는 겨우내 입성이 부실하고 먹을 것이 모자라 추위와 굶주림에 시달려 왔습니다. 매양 굳세고 날랜 강동의 자제들이 아닙니다. 거기다가 우리가 성고를 칠 때 서광무의 한군이 내려와 우리 뒤를 덮치면 우리는 등과 배로 적을 맞게 됩니다. 먼저 사람을 풀어 살펴본 뒤에 변화를 기다려 움직이심이 좋을 듯합니다."

그래도 패왕은 고집을 꺾지 않았다. 당장 동광무에서 내려가자고 우기고 있는데, 갑자기 산 아래서 파수를 서던 군사 하나가 달려와 알렸다.

"제나라에서 급한 사자를 보내와 대왕을 뵙고자 합니다."

"제나라 사자? 제나라 사자가 갑자기 여기까지 무슨 일이라더냐?"

패왕이 성난 중에도 궁금함을 이기지 못해 그렇게 물었다.

"시각을 다투는 일이라 하옵니다. 대왕을 뵙고 아뢰겠다고 했습니다."

그 말에 패왕은 두 번 생각해 볼 것도 없이 사자를 불러들이게 했다.

"이리 데려오너라."

그러지 않아도 궁금하기 짝이 없던 제나라 일이었다. 그동안 사람을 몇 보내 알아보게 했으나, 한신은 조나라에서 대군을 기르고 있고 제나라는 20만 대군을 역하에 보내 그런 한신에게 대비하고 있다는 대강의 형세만 전해 왔을 뿐, 벌써 한 달이 가깝도록 이렇다 할 소식이 없었다.

오래잖아 한눈에 봐도 행색이 고단해 뵈는 제나라 사자가 패왕의 군막으로 이끌려 왔다. 사자는 패왕 앞에 엎드리자 눈물을 쏟으며 빌었다.

"대왕, 우리 제나라를 구해 주소서. 한신이 5만 군사로 쳐들어와 제북(齊北)을 휩쓸고 도읍 임치를 빼앗아 갔습니다. 지금 제나라의 군신은 모두 고밀성에 갇혀 대왕의 구원만을 기다리고 있습니다."

그 말에 패왕이 알 수 없다는 표정으로 물었다.

"너희 제나라는 과인의 10만 대군에게도 감히 맞서 그 땅과 백성을 지켰다. 그런데 어찌하여 한신의 몇 만 잡병에게 그 꼴이 났느냐?"

패왕이 실로 알 수 없다는 듯 제나라 사자에게 그렇게 물었다. 사자가 눈물을 씻고 이를 갈며 대답했다.

"한왕이 역이기를 보내 우리 군왕을 속이고 있는 동안 평원 나루를 건넌 한신이 역하를 급습해 전해(田解)와 화무상(華無傷) 장군이 이끈 우리 20만 대군을 흩어 버렸습니다. 그리고 대쪽을 쪼개는 기세로 임치로 들이쳐 오니, 저희 군신은 제대로 손써 볼 겨를조차 없이 그리되고 말았습니다……."

그러면서 제왕 전광(田廣)이 고밀성에 갇히게 된 경과를 상세히 전했다. 다 듣고 난 패왕은 자기 일처럼 화를 냈다.

"그 엉큼한 장돌뱅이 놈이 또 더러운 잔꾀를 썼구나. 용서하지 않겠다!"

그동안 제나라와 주고받은 분한은 까맣게 잊은 사람처럼 그렇게 소리치더니 다시 제나라 사자에게 다짐을 주듯 말했다.

"걱정하지 말라. 내 반드시 대군을 보내 제나라를 구하고 그대들 군신의 원한을 씻어 줄 것이다!"

그러자 제나라 사자는 거듭 머리를 조아려 감사와 감격을 드러냈다.

제나라 사자가 물러가자 패왕은 모여 있는 장수들 가운데서 족형인 항타(項陀)와 사마 용저(龍且)를 불러냈다.

"그대들에게 5만 정병을 갈라 줄 터이니 고밀로 가서 제왕 전광과 그 신료들을 구하도록 하라. 대량과 산동을 지나면서 장정을 긁어모으면 20만 대군을 일컬을 수도 있을 것이다. 고밀에 이르면 한 싸움으로 한신을 사로잡고 그 더벅머리 아이놈의 목을 베어 와야 한다. 날을 길게 끌어서는 아니 된다."

패왕이 그러면서 그다음 날로 5만 군사를 갈라 주고 제나라를 구원하러 떠나보냈다. 항타가 대장이요, 용저가 비장(裨將)이었다.

항타와 용저는 모두 오래 싸움터를 누빈 맹장이라 할 만했다. 하지만 그 둘만을 놓고 보면 용맹에서도 지략에서도 항타는 용저에 미치지 못했다. 한 장수로서 패왕의 신임과 총애를 보다 많이 받는 것도 용저 쪽이었다. 그런데도 항타를 대장으로 삼은 것은 종성(宗姓)에 대한 편애라는 패왕의 말기적 증상을 드러낸 것이라고 보는 이도 있다.

항타와 용저가 이끌고 간 5만은 동광무에 자리 잡은 초나라 군사의 절반에 가까웠다. 형양성을 지키는 군사들을 불러들이지 않고는 초군의 머릿수가 성고와 서광무에 펼쳐진 한군보다 너무 적었다. 아무리 패왕이라도 그걸로 험한 지세와 높은 성곽에 기대 지키기만 하는 한나라 대군을 함부로 들이칠 수는 없었다. 그 바람에 광무산에는 한동안 소강상태가 이어졌다.

조나라 승상의 직분을 가지고 제나라로 쳐들어간 한신이 그 도성인 임치에 이른 것은 한(漢) 4년 동짓달이었다. 그때 임치를 지키고 있는 것은 제왕 전광이 고밀로 달아나면서 임시 재상으로 세운 전광(田光)이란 장수였다. 전광은 5천 군사와 더불어 죽기로 임치를 지키겠다고 다짐하며 한신을 기다렸다.

역하를 떠난 지 사흘 만에 임치에 이른 한신은 역하에서 전해와 화무상의 20만 대군을 깨뜨린 기세로 성을 에워싸고 제왕을 불러냈다. 그러나 제왕 전광도 재상 전횡도 보이지 않고 낯선 젊은 장수가 문루로 나와 스스로 재상이라 내세우며 한신을 맞았다. 한신이 그런 전광을 떠보듯 물었다.

"제왕은 어디로 갔느냐? 또 상국 전횡은 어찌 되고 네가 상국이란 말이냐?"

"우리 대왕께서는 고밀로 가셨다. 그곳을 지키고 있는 대군과 즉묵에 진을 치고 있는 교동장군(膠東將軍, 전기)의 군사를 합친 뒤에 너를 잡으러 돌아오실 것이다. 또 우리 상국(相國, 전횡)께서는 조금도 다치지 않은 우리 제나라의 기마대를 이끌고 영(嬴)과 박(博) 쪽으로 가셨다. 그곳에 흩어져 떠도는 역하의 20만 군을 다시 모아 네 등 뒤를 치기 위함이다. 거기다가 역이기의 속임수에 넘어가 어이없이 내주고 말았지만 제북 여러 고을도 곧 대군을 일으켜 너희가 돌아갈 길을 막을 것이다. 나는 그때까지 임시로 재상이 되어 임치를 지키기만 하면 된다. 이만하면 궁금함이 풀렸느냐?"

전광이 감출 것 없다는 듯 그렇게 털어놓았다. 듣고 보니 천하의 한신도 적지 아니 난감하게 느껴지는 제나라의 대응이었다. 전광의 말대로 된다면 한신의 군사들이 거꾸로 적의 대군에게 사방으로 에워싸이는 꼴이 날 수도 있었다. 그러나 한신은 아무런 내색 없이 전광을 달래 보았다.

"모두 힘을 합쳐 내게 맞서도 될까 말까 한데, 많지 않은 군사를 잘게도 쪼개 놓았구나. 흩어져 달아나는 토끼는 좋은 사냥개 몇 마리면 모조리 잡을 수 있다. 우리 대군은 이 임치부터 거둘 터인즉, 어떠냐? 어리석은 고집으로 맞서 버티다가 애꿎은 성안 군민들과 함께 죽겠느냐? 아니면 성문을 열고 우리를 맞아 새로운 천하를 여는 일에 끼어 보겠느냐?"

하지만 전광은 제왕이 믿고 임치를 맡길 만한 장수였다. 껄껄 웃으며 한신을 내려다보다가 준엄하게 꾸짖었다.

"너처럼 함부로 주인을 바꾸는 종놈에게는 세상 모두가 너같이 비루한 인간으로 보일는지 모르지만 우리 제나라 사람은 그렇지 않다. 10만 군민이 성벽을 베고 죽을지언정 어찌 나라와 임금을 저버리고 살아남아 영달을 누리기를 바라겠느냐?"

그러고는 느닷없이 한군 쪽에다 화살 비를 퍼붓게 했다.

원래 한신은 공성전을 그리 좋아하지 않았다. 그러나 제나라 위아래가 짜고 펼치는 계략이 길게 버티며 싸우는 것[持久戰] 같아 마음이 급해졌다. 우선 도성인 임치라도 빨리 둘러 빼고 봐야 한다는 생각으로 다음 날부터 공성에 들어갔다.

하지만 전광이 이끈 5천 군사가 워낙 제 장수를 닮아 죽기로 싸우는 데다 임치의 백성들도 힘을 다해 거들어 성은 쉽게 떨어지지 않았다. 특히 힘으로 당당히 맞서다가 진 것이 아니라, 한나라의 속임수에 나라가 그 꼴이 났다는 게 성안 군민들을 성나 떨쳐 일어서게 만든 듯했다.

임치성을 두고 한신이 이끈 대군과 가임(假任)된 재상 전광이 이끄는 성안 군민 사이에 치열한 공방전이 벌어졌다. 그러나 한신이 되도록이면 군사를 다치지 않고 성을 떨어뜨리려 하는 바람에 싸움은 처음 뜻한 바와 달리 날을 끌게 되었다. 한신이 급격한 공성전에서 느긋한 포위전으로 전환했기 때문이었다.

그래도 언제까지고 버텨 낼 것 같던 전광이 마침내 임치를 내준 것은 한신이 성을 에워싸고 들이친 지 보름 만인 섣달 초순이었다. 전광은 겨우 5천밖에 안 되는 군사로 열 배가 넘는 한신의 대군을 맞아 그토록 잘 싸우고도 남은 군사 3천을 고스란히 빼내 멀리 성양으로 달아나 버렸다. 한신으로서는 이기고도 화가 날 만했다. 그러나 오히려 성난 장졸들을 달래 백성들을 다치지 못하게 하고 성안으로 들어갔다.

임치성 안 왕궁 앞뜰에는 제왕이 삶아 죽인 역이기의 시체가 식은 가마솥 안에 담긴 채 버려져 있었다. 처음에는 본보기로 버려두었고, 나중에는 급하게 내몰리느라 미처 치울 틈이 없어 그리된 듯했다. 한신은 사람을 시켜 물러 처져 내리는 역이기의 뼈와 살을 거두게 한 뒤, 좋은 관곽(棺槨)에 담아 정중히 장례 지내게 했다.

"역 선생 이기는 비록 유자(儒者)였으나, 또한 누구 못지않은 맹사(猛士)였다. 그를 저리도 참혹하게 죽게 만들었으니, 이 일로 내가 치러야 할 값도 결코 헐하지는 않겠구나."

역이기의 상여가 성문을 나가는 것을 보고 한신이 탄식하듯 말했다. 괴철이 곁에 있다가 태연히 받았다.

"참으로 매서운 선비는 죽음을 무릅쓰고 뜻하는 바로 내닫는 선비[死士]입니다. 역 선생은 이미 떠날 때 우리 한나라를 위해 제나라를 얻는 일에 목숨을 걸었습니다. 이제 우리가 이렇게 제나라를 거두었으니 유한은 없을 것입니다."

"내가 빌어야 할 사람이 오직 역 선생뿐만은 아니오. 창칼을 쓰지 않고도 제나라 70개 성을 얻었다고 좋아했던 한왕(漢王)은 어찌할 것이며, 역 선생의 아우 역상(酈商)은 장차 또 어떻게 볼 것이오?"

"천하를 도모하려는 이는 사사로운 정에 얽매이지 않습니다. 대장군께서도 천하인(天下人)의 반열에 드시면 사사로운 정에 구구하게 변명할 일은 없을 것입니다."

마침 주변에 아무도 없는 것을 틈타 하는 말인지 괴철이 여전히 태연하기 짝이 없는 어조로 그렇게 받았다. 한신이 놀란 얼굴로 괴철을 쳐다보며 물었다.

"천하인의 반열에 들다니 그게 무슨 말씀이오? 그럼 나더러 우리 대왕이나 항왕과 더불어 천하를 다투기라도 하라는 말씀이오?"

괴철은 그래도 눈 한 번 깜빡 않고 한신의 말을 받았다.

"못할 것도 없지요. 하지만…… 아직은 그걸 따질 때가 아닙니다."

그렇게 여운을 남기고는, 문득 잊고 있는 것을 일깨워 주듯 한신에게 말했다.

"지금은 무엇보다도 먼저 달아난 제왕 전광과 재상 전횡 등의 남은 세력을 쓸어 제나라부터 온전하게 평정해 두는 일이 급합니다."

그 말에 한신도 내심으로는 미진한 대로 급한 일부터 처리했다. 곧 장수들을 모두 성안으로 불러들인 뒤 미리 짜 놓은 계책에 따르듯 군령을 내렸다.

"우승상 조참은 2만 군사를 이끌고 서쪽으로 되돌아가 아직도 항복하지 않은 제북 여러 고을을 거두라. 저현에서 탑음으로 나아가되, 본진과 연결이 끊어지지 않도록 하여 언제든 적이 세력을 집중하거나 다른 곳에서 원병이 이르면 나의 부름에 응할 수 있어야 한다. 기장 관영은 이끌고 있는 낭중기병에 군사 2만을 보태 줄 터이니, 재상 전횡을 뒤쫓도록 하라. 박(博) 땅으로 가서 남아 있는 적의 기마대를 쓸어버리고 전횡을 사로잡되, 또한 나의 본진과 항시 연락이 끊기지 않도록 하여 언제든 적의 집중이나 원병에 함께 맞설 수 있도록 해야 한다."

한신이 그렇게 대장군으로서의 군령을 내리자 장수 하나가 걱정스러운 듯 물었다.

"교동에 있는 장군 전기(田旣)나 성양으로 달아난 임시 재상 전광(田光)은 어찌합니까? 또 다른 제나라 장수 허장(許章)도 한 갈래 군사를 보존하여 남쪽으로 달아났다고 합니다."

"그것들은 병이라 해도 옴과 버짐같이 하찮은 살갗의 병이다. 제북의 여러 성이나 전횡처럼 배와 가슴의 중병이 아닌 만큼, 제왕 전광을 사로잡은 뒤에 다스려도 늦지 않다."

한신은 그렇게 대답하고 다시 조참과 관영을 돌아보며 말했다.

"다만 두 분 장군께서는 되도록 빨리 우리 서북에 남은 우환거리를 없이하고 돌아와야 하오. 고밀을 오래 그냥 두면 그사이 전광이 무슨 요사를 부릴지 알 수 없소."

그리고 자신은 임치에 머물면서 남은 본진을 정비했다. 조참과 관영이 등 뒤를 깨끗이 쓸고 돌아오면 다시 대군을 하나로 모아 고밀성에 들어앉은 제왕 전광을 칠 작정이었다.

조참은 제북을 평정하는 데 보름을 기한하고 임치를 떠났다. 그러나 일찍이 패왕 항우가 10만 군사를 거느리고 와서 넉 달이나 휘젓고 다녀도 온전히 평정하지 못한 제나라였다. 도성 임치가 떨어졌다고는 하나 제왕이 아직 고밀에 버티고 있는데 제북이 순순히 항복할 까닭이 없었다.

조참과 그가 이끈 2만 군사는 아직도 제나라 수장이 지키고 있는 그 현성을 떨어뜨리고 저현을 거두어들이는 데만도 닷새가 걸렸다. 그리고 저현에서 살아 도망간 패군을 받아들여 악착스레 버티는 탑음을 힘들여 항복시키고 나니 벌써 기한한 보름이 다 되어 가고 있었다. 다급해진 조참이 무리하게 군사를 내몰았으나 맞서는 제북 군민의 기세는 조금도 꺾일 줄 몰랐다. 어렵게 노현을 평정한 뒤 격현성을 에워쌌을 때는 벌써 한 달에 가까웠다.

어려운 싸움을 하기로는 재상 전횡을 뒤쫓아 박양으로 간 관영이 더했다. 전횡은 원래가 패왕 항우와도 맞서 지지 않은 맹장일 뿐만 아니라, 그때까지 별로 손상되지 않은 제나라 기마대를 이끌고 있었다. 거기다가 박양에서 급히 거둬들인 군사가 보태져 보기(步騎) 3만을 일컫는 군세를 거느렸다. 관영이 아무리 승세를 타고 있다 해도 쉽게 이길 수 있는 적수가 아니었다.

그 바람에 박양 성벽에 의지한 전횡의 군사와 녹각을 세우고 누벽을 쌓은 관영의 군사 사이에 지루한 공방전이 몇 날이고 이어졌다. 그러나 전횡이나 관영 모두 성격이 곧고 불같은 장수들이었다. 열흘이 지나자 더 참지 못하고 누가 먼저랄 것도 없이 전서를 주고받은 뒤에 성벽과 진채에서 나와 박양 남쪽 들판에서 결판을 내기로 했다.

전서로 약정한 날이 되자 전횡과 관영은 각기 거느린 전력을 모조리 끌어내 격돌했다. 진법이고 전략이고가 없는 마구잡이 싸움 같았으나, 그러기에 그 어떤 싸움보다 정직한 힘과 힘의 맞부딪침이었다. 먼저 기마대가 나아가 기선을 제압하고, 다시 보졸이 그 뒤를 따라 나아가 형세를 결정하는 식으로 싸움이 벌어졌다.

처음 양편 기마대가 엉길 때만 해도 기세는 어느 쪽도 장담할 수 없는 백중(伯仲)으로 보였다. 하지만 한나라 기마대는 관영이 몸소 앞장서고 있는 데 비해, 제나라 기마대는 전횡이 아닌 다른 장수가 앞장서고 있었다. 제나라의 실권을 가진 재상으로서의 3년이 전횡에게서 몸소 창칼을 잡고 단병전(短兵戰)에 앞장설 수 있는 야성을 지워 버린 탓이었다.

관영이 불같은 기세로 치고 들어 앞선 적장을 베어 넘기자 그게 바로 승패의 갈림길이 되었다. 다른 한나라 기장들도 저마다 용맹을 뽐내며 베고 찌르니 제나라 기마대는 이내 흔들리기 시작했다. 그걸 본 전횡이 성급하게 저희 보졸을 밀어내었고, 한나라 보졸들도 그에 마주쳐 나갔다.

그렇게 되자 싸움은 다시 한번 승패를 가늠할 수 없는 난전으로 바뀌는가 싶었으나, 그 난전은 오래가지 못했다. 제나라 군사들은 어쨌든 도성을 빼앗기고 도망쳐 와 태반이 패잔의 상처를 입은 자들이었다. 이미 꺾여 있는 기세에다 기마대의 싸움에서 기선까지 제압당하자 오래 버텨 내지 못했다.

먼저 관영에게 대장을 잃은 기마대가 무너져 내렸다. 관영의 기마대와 맞붙은 지 한 식경도 안 돼 달아날 수 있는 자는 말머리를 돌려 달아나고, 그게 뜻 같지 못한 자들은 말에서 뛰어내리며 창칼을 내던졌다. 나중에 헤아려 보니 관영이 목을 벤 대장 말고도 사로잡은 제나라 기장만 네 명이나 되었다.

기마대가 그렇게 무너지자 보졸은 더 말할 나위도 없었다. 저희 기마대의 말꼬리에 매달리듯 뒤를 돌아 달아나기 시작했다. 그제야 전횡이 몸소 칼을 빼 들고 물러나는 자를 베며 전세를 돌려 보려 했으나 이미 때는 늦어 있었다.

"모두 물러나라. 성안으로 돌아가자!"

마침내 가망 없음을 안 전횡이 그렇게 소리치며 군사를 거두어 성안으로 돌아가려 했다. 하지만 양군이 한 덩어리가 되다시피 엉겨 있어 그마저도 뜻대로 되지 않았다. 성안으로 들어간다 해도 미처 성문을 닫을 틈이 없다고 본 전횡은 박양성을 버려두고 멀지 않은 영하로 달아났다.

"뒤쫓지 마라. 먼저 박양성부터 거두어라."

관영이 징을 쳐 전횡을 뒤쫓으려는 군사를 불러들인 뒤에 박양성을 치게 했다. 문루 위에서 싸움을 구경하다가 저희 편이 형편없이 져 쫓겨 가는 꼴을 보고 얼이 빠져 있던 성안 군민들은 제대로 싸워 보지도 않고 성문을 열었다. 성안으로 들어가 항복한 군민을 안돈시킨 관영은 전횡이 간 곳부터 알아보았다.

"전횡은 영하로 갔습니다. 지금은 그 성안에서 패군을 수습하여 정비하고 있다고 합니다."

오래잖아 탐마가 돌아와 관영에게 그렇게 알렸다. 마음 같아서는 바로 군사를 내어 영하로 달려가고 싶었으나 관영도 그럴 형편이 못 되었다. 싸움에는 이겼지만 군사들이 뜻밖으로 많이 죽고 다친 데다 위아래 할 것 없이 모두가 너무 지쳐 있었다.

박양성 안에서 이틀을 쉰 관영이 다시 군사를 몰아 전횡을 뒤쫓으려는데 임치에 있는 대장군 한신에게서 전령이 왔다.

"제나라 장수 전흡(田吸)이 정병 5천과 함께 천승현에 진을 치고 있다 한다. 천승 현성은 고원 북쪽 25리에 있어 임치의 뒷덜미와도 같은 곳이니, 전흡을 그대로 두고서는 임치를 함부로 비울 수 없게 된다. 전횡은 잠시 버려두고 먼저 천승현부터 거둬들이도록 하라."

이에 관영은 영하로 몰아가려던 군사를 돌려 천승현으로 달려갔다.

관영이 천승현에 이르러 보니 그사이 전흡은 군사를 이끌고 현성 안으로 들어가 농성 준비를 마쳐 놓고 있었다. 원래부터 이끌고 있던 군사에다 싸움에 쓸 수 있는 성안 백성들을 모두 끌어내 3만이나 되는 군민이 천승 성벽 위를 뒤덮다시피 했다. 거기다가 현성의 성벽은 높고 두터웠으며 성안에 갈무리해 둔 군량도 넉넉했다.

관영은 벌써 이태째 기장으로 들판에서만 싸워 왔을 뿐만 아니라, 그 전부터도 다부지고 재빠름을 바탕으로 한 치열한 전투

[疾鬪, 戰疾力]로 이름을 얻은 장수였다. 그런 그가 다시 농성전이 잘 준비된 성을 치게 되었으니, 이기는 데 시일이 걸릴 수밖에 없었다. 절반에 가까운 군사를 다쳐 가며 성을 떨어뜨리고 전흡을 잡아 죽이고 나니, 그 역시도 임치를 떠난 지 어느새 스무날을 훌쩍 넘기고 있었다.

뒤바뀐 풍향

한 4년 정월, 임치에 있던 대장군 한신은 제왕 전광이 달아나 숨은 고밀을 칠 채비를 끝내 놓고 조참과 관영이 어서 빨리 뒤를 깨끗이 해 주기만을 기다리고 있었다.

한신은 먼저 군사들을 단속해 함부로 백성들을 죽이거나 재물을 빼앗지 못하게 함으로써 성안 민심부터 가라앉혔다. 그리고 다시 백성들에게 제나라 왕실 창고와 임치 부호들에게서 거둔 재물을 나눠 주어 환심까지 샀다. 그사이 싸움에 다치고 지친 군사들도 원기를 되찾았고, 먹을 것과 벼슬에 이끌려 모여든 건달과 뜨내기들로 새로 늘어난 군사도 적지 않았다. 따라서 조참과 관영이 등 뒤를 걱정하지 않아도 되게만 해 주면, 대군으로 고밀을 에워싸고 제왕 전광을 사로잡아 제나라 평정을 마무리할 수 있을 것 같았다.

그런데 조참과 관영이 모두 기한한 보름을 넘기고 한 달이 가까워도 돌아오지 않자 한신도 슬슬 다급해졌다. 그사이 섣달이 지나가고 정월에 들어 희미하게나마 다가오는 봄기운도 걱정스러웠다. 겨우내 곳곳에서 웅크리고 있던 제나라의 잔여 세력이 활발하게 움직이기 시작하면, 어떤 변화가 일어날지 모르는 일이었다.

그런데 기다리는 서북쪽의 기쁜 소식은 없고, 동남쪽을 살피러 간 탐마가 먼저 달려와 놀라운 소식을 전했다.

"용저와 항타, 주란(周蘭) 등이 이끄는 초나라 군사 20만이 고밀에 이르렀습니다. 벌써 제왕 전광의 군사와 합쳐 그 기세가 실로 엄청나다고 합니다."

"교동의 전기(田旣)도 움직이기 시작했습니다. 3만 군사로 동쪽에서 고밀을 도울 거라고 합니다."

그 말을 듣자 한신도 마냥 기다릴 수만은 없었다. 곧 조참과 관영에게 유성마를 띄워 고밀로 오라 이르고 자신도 다음 날로 대군을 이끌고 임치를 떠났다.

그 무렵 이름뿐인 대장 항타는 후군으로 앉혀 두고 초나라 대군의 실질적인 대장이 된 용저는 고밀성 밖에 진을 치고 크게 기세를 올리고 있었다. 대량과 산동을 지나오면서 긁어모은 장정과 팽성에서 급히 보낸 군사를 합쳐 10만 가까운 대군에다 성안에는 제왕 전광이 거느리고 있는 3만 우군이 더 있었다. 밖으로 큰소리쳐 온 20만 대군에는 절반 남짓밖에 미치지 않았지만, 한신이 이끈 군사들보다는 곱절이 많았다.

"한신이 10만 대군을 일컬으나 실제로는 5만을 크게 넘지 못한다. 그나마 한왕의 고향 산동에서 따라간 군사나 근거지인 관중의 장정은 많지 않고, 그 태반은 조나라에서 급하게 긁어모은 잡병들이다. 한 싸움으로 쳐부수어 한신을 죽이고 제나라를 되찾자."

용저가 그렇게 말하면서 싸움을 서둘렀다. 용저도 초나라에서는 큰 장수라 그의 군막에도 따라다니며 꾀를 짜내고 슬기를 빌려 주는 빈객이 있었다. 이른바 막빈이었다. 그 막빈들 가운데 하나가 나서서 싸움을 서두르는 용저를 말렸다.

"장군, 꼭 한신을 이기시려면 싸움을 서두르셔서는 아니 됩니다. 남과 나를 살펴 싸울 때와 싸울 곳을 고르십시오."

"그게 무슨 말인가?"

자부심과 고집으로는 어느새 작은 항우가 되어 가고 있는 용저가 무뚝뚝하게 물었다. 그런 용저의 반문에 움찔하면서도 내친 김이라서인지 그 막빈이 간곡하게 말을 이었다.

"한나라 군사들은 멀리서 싸우러 왔으니, 지면 살아 돌아갈 길이 없는 터라 힘을 다해 싸울 것입니다. 따라서 그들과 급히 싸우면 그 날카로운 기세를 당해 내기 어렵습니다. 그러나 제나라와 초나라 군사들은 자기 땅이나 자기 나라에서 멀지 않은 곳에서 싸우니, 져도 달아나 살길이 많습니다. 따라서 조금만 밀려도 창칼을 버리고 흩어져 달아나기 쉽습니다.

차라리 해자를 깊이 파고 성벽을 높여 지키면서 제왕을 시켜 한신에게 잃어버린 성들을 다시 거두어들이게 하심이 어떻겠습니까? 제왕이 믿는 신하들을 사자로 보내 자신이 건재함과 아울러 초나라 대군이 이미 구원을 왔다는 것을 널리 알리게 하면, 한군에게 떨어진 성안의 군민들은 틀림없이 한나라를 버리고 제왕에게로 되돌아올 것입니다.

한편 한나라 군사들은 2천 리나 떨어진 제나라 땅에 나그네로 와 있는 것이나 다름없습니다. 제나라 성들이 모두 등을 돌리게 되면 그런 형세 아래서 한군은 먹을 것조차 얻을 수가 없게 됩니다. 이는 곧 싸우지 않고도 한신의 군사를 이길 수 있는 길을 얻게 되는 셈이니, 장군께서는 부디 깊이 헤아려 보십시오."

그러자 용저가 혼자 호탕한 척 껄껄 웃고 나서 말했다.

"한신의 사람됨은 내가 평소부터 잘 알고 있어 다루기가 쉽다[易與耳]. 그는 남의 빨래를 해 주고 생계를 꾸리는 가난한 아낙네[漂母]에게서 밥을 빌어먹었을 만큼 제 몸 하나 먹여 기를 재주가 없는 자였다. 또 불량배의 가랑이 사이를 기어 나가야 하는 욕[跨下之辱]을 보아야 했을 만큼 혼자서 몇 사람을 당해 낼 용기[兼人之勇]도 없었다. 도무지 두려워해야 할 것이 없는 자다. 거기다가 남의 나라를 구원하러 왔으면서 싸우지도 않고 항복만 받아 낸다면, 그게 무슨 공이 되겠는가? 이제 한신과 싸워서 이기기만 하면 이 제나라의 절반을 얻을 수 있는데, 여기까지 와서 어찌 뒷짐 지고 구경만 하라는 것인가?"

용저가 그렇게 나오니 헤아림이 밝은 그 막빈도 더는 용저를 말릴 수가 없었다.

용저는 자신이 이끌고 온 초나라 군사들뿐만 아니라 고밀성 안에 있던 제나라 군사들까지 모두 끌어내 유수 동쪽에 크게 진세를 벌였다. 유수는 낭야 쪽에서 흘러내려 도창에서 바다로 들어가는데 고밀성 서쪽을 지나갔다. 하수나 제수처럼 큰 물은 아니었으나 고밀성을 지날 때는 강폭과 수심이 제법 있었다.

한신은 그로부터 사흘 뒤에 유수 가에 이르렀다. 오는 길에도 틈틈이 조참과 관영에게 유성마를 보내어 연결을 끊지 않아, 다음 날이면 그 두 갈래 군사들도 한신의 본진에 이르게 되어 있었다. 한신은 그들을 기다리며 유수 서쪽에 진채를 내렸다.

한신의 군사들이 한창 진채를 세우고 있을 때 앞서 용저에게 농성전을 권했던 그 막빈이 다시 용저를 찾아왔다.

"우리는 먼저 와서 편히 쉰 군사들이고, 적은 이제 막 먼 길을 달려와 고단하고 지친 군사들입니다. 저들이 진채를 제대로 얽기 전에 전군을 몰아 들이쳐 단번에 형세를 결정짓는 것이 어떻겠습니까?"

그런 막빈의 말을 용저는 이번에도 귀담아듣지 않았다.

"탐마가 알아본 바에 따르면, 적의 군세는 우리의 절반에도 미치지 못한다. 큰 것으로 작은 것을 치는데 기습까지 하라는 말인가?"

그러자 그 막빈이 안타까운 듯 말했다.

"호랑이는 토끼를 잡을 때도 가진 힘을 모두 쏟는다고 합니다. 무릇 싸움이란 그런 것입니다. 적을 가볍게 여기면 반드시 큰 낭패를 당하게 됩니다."

"적을 가볍게 보는 것이 아니라, 대장부가 되어 승리를 훔치지 않겠다는 뜻이다. 적이 진세를 가다듬을 때까지 기다렸다가 당당히 싸워 이기자."

그러면서 한신이 진채를 마저 세우기를 기다려 주었다. 하룻밤이 지나자 유수 동쪽에 한군 진채가 생겼을 뿐만 아니라, 머릿수도 불어나 있었다. 하지만 용저는 그래도 한신을 대수롭지 않게 여겼다. 대군을 정비하여 크게 마주쳐 나오기를 기다렸다. 또 다른 막빈이 보다 못해 용저에게 권했다

"한신은 물을 잘 쓰는 장수입니다. 벌써 두 번이나 물을 써서 자기보다 훨씬 강한 적을 크게 무찔렀습니다. 무슨 속임수를 쓸지 모르니 틈을 주지 말고 짓뭉개 버리십시오."

한신이 두 번이나 물을 써서 크게 이겼다는 것은 배 대신 나무로 만든 통을 써서 적이 뜻 아니한 곳으로 하수를 건넌 뒤 위표를 사로잡은 일과, 적은 군사로 물을 등지고[背水] 싸워 진여의 20만 대군을 쳐부순 일을 가리킨다. 용저도 그 일을 잘 알고 있었으나 이번에도 막빈의 말을 귀담아듣지 않았다.

"지금이 비록 봄 정월이라 하나, 유량(流量)이 보잘것없는 데다 아직 얼음조차 제대로 녹지 않았다. 그런 유수의 물을 어디다 쓰겠느냐?"

그 며칠 추적거린 때 이른 봄비를 애써 무시하며 그렇게 핀잔을 주었다. 하지만 그때 이미 한신은 바로 그 보잘것없는 유수의 물로 용저의 발밑을 파고 있었다. 전날 유수를 눈여겨 살피던 한

신은 조참의 군사들이 고밀에 가까웠다는 전갈을 듣자 가만히 조참에게 사람을 보내 일렀다.

"우승상은 바로 고밀로 오지 말고 자루 수만 개를 마련해 유수 상류로 가라. 그리고 그 자루에 흙을 채운 뒤 밤중에 그걸로 그곳 물길을 막으라. 그러다가 내일 아침 유수 서쪽의 우리 진채에서 검은 연기가 오르거든 한꺼번에 둑을 터뜨려 고인 물을 흘려보낸 뒤에 하류로 내려와 싸움을 거들도록 하라."

이에 유수 상류로 간 조참은 그날 밤 몰래 가져간 수만 개의 흙 자루로 둑을 쌓아 유수를 끊었다. 용저와 한신의 대군이 마주 보고 있는 곳으로부터 20리쯤 올라간 상가밀 부근 골짜기 사이였다. 정월이라고는 하지만 때 아닌 겨울비로 불어 있던 유수는 밤새 물길이 막혀 너비도 깊이도 반으로 줄어들었다.

날이 밝자 한신은 다시 관영을 불러 말했다.

"내가 본부 인마를 이끌고 나아가 용저와 싸울 테니, 장군은 낭중기병들과 군사 1만을 거느리고 진채에 머물러 계시오. 우리가 쫓기더라도 가만히 숨어서 보고 있다가, 우리를 뒤쫓는 용저의 대군이 유수를 반쯤 건넜을 때 갑자기 강물이 불어나 그 뒤를 끊으면, 그때 일시에 달려 나와 적을 치도록 하시오. 오래잖아 우승상의 군사들도 달려와 합세할 것이오. 반드시 유수 서쪽에서 용저를 잡아야 하오."

그리고 자신은 본진의 부장들을 불러들여 그날 싸울 계책을 가만히 일러 준 뒤, 본부 인마 3만을 모두 이끌고 물이 깊지 않은 유수를 건넜다.

한 식경도 안 돼 유수 동쪽 초나라 진채 앞에 이른 한신이 소리 높여 용저를 불렀다. 그러잖아도 근질근질한 주먹을 참고 기다리던 용저가 한달음에 문기 앞으로 달려 나왔다. 한신이 그답지 않게 큰 칼을 빼 들고 앞장서 싸움을 걸었다.

"나는 한나라 대장군 한신이다. 용저는 어디 있느냐? 애꿎은 군사들은 다치게 하지 말고 나와 단둘이서 자웅을 가려 보자!"

사납고 날래기로 이름난 용저였지만 그때는 이미 초나라의 상장군으로서 창칼을 들고 대군의 앞장을 서는 일은 드물었다. 그러나 한신이 그렇게 소리치자 참지 못했다. 곧 길이가 열 자나 되는 철창을 들고 박차로 말 배를 차며 소리쳤다.

"이놈, 네 감히 나를 찾느냐? 그럼 어디 이 창을 한번 받아 보아라!"

그러면서 갈기를 휘날리는 백마 위에 앉아 있는 용저에게는 과연 초나라에서 으뜸가는 맹장의 풍모가 있었다. 한신도 지지 않고 큰 칼을 휘두르며 기세 좋게 말을 달려 나갔다. 하지만 볼 만한 것은 처음 달려 나갈 때의 기세뿐이었다.

"이놈!"

"어딜!"

그렇게 겨우 한차례 창칼이 부딪는가 싶더니, 그 맹렬한 충격에 팔이라도 빠졌는지 한신이 큰 칼을 끌며 말머리를 돌려 달아나기 시작했다. 미리 짜고 달려 나간 듯 젊은 부장 하나가 때맞춰 달려 나와 뒤를 막아 주지 않았더라면 용저의 한 창을 등에 받을 뻔했다.

용저가 새로 나온 젊은 적장과 맞붙는 것을 보고 초나라 진중에서도 한 젊은 장수가 뛰쳐나왔다. 그러자 한군 쪽에서도 한 장수가 달려 나가 잠시 싸움은 장수들의 패싸움처럼 되었다. 하지만 이미 한신 때문에 한군의 기세가 꺾여 팽팽한 균형은 오래가지 못했다.

한나라 장수 하나가 신음과 함께 병장기를 놓치고 달아나면서 전세가 기울기 시작했다. 하나가 쫓기자 다른 장수들도 하나둘 손발이 어지러워져 허둥대기 시작했고, 마침내는 싸우다 말고 말머리를 돌려 달아나는 장수까지 생겼다. 그러다가 그들 가운데 하나가 다시 용저의 창에 찔려 말에서 떨어지자 한나라 장수들은 곧바로 밀리기 시작했다.

기세를 탄 초나라 장수들이 더욱 거세게 한군을 몰아대고, 다시 사졸들이 가세해 진문을 열고 달려 나왔다. 한군 쪽에서도 사졸들이 나가 맞섰으나 한번 기운 전세는 바로잡을 수 없었다. 힘을 다해 싸우기는 해도 한군은 차츰 유수 쪽으로 밀렸다.

한군이 유수 한가운데쯤 밀렸을 때였다. 갑자기 한군 진채가 있는 유수 서쪽 언덕에서 검은 연기가 뭉게뭉게 피어올랐다. 그걸 본 한나라 장수들이 갑자기 말머리를 돌리며 사졸들에게 소리쳤다.

"모두 물러나라. 건너편 진채로 돌아가 전열을 정비한 뒤에 다시 싸우자!"

그러자 그때껏 밀리면서도 어렵게 버티던 한군 사졸들까지 갑자기 돌아서서 달아나기 시작했다.

얼핏 보면 한나라 장졸들이 그와 같이 몰리는 게 자연스럽지만, 실은 모두가 한신이 짜 놓은 계책에 따른 것이었다. 한나라 장졸들은 용저의 대군을 상류의 물길이 막혀 얕아진 강바닥으로 꾀어 들이기 위해 거짓으로 이기지 못한 척[佯不勝] 달아나고 있었다. 하지만 그것을 알 리 없는 용저는 흐뭇한 얼굴로 좌우를 돌아보며 소리쳤다.

"저것 보아라. 저래도 한신이 겁쟁이가 아니냐? 어서 저 겁쟁이를 뒤쫓아 사로잡아라."

그러고는 물이 줄어든 유수 강바닥으로 앞뒤 없이 대군을 몰아넣었다. 그때 유수 동쪽 진채에 있던 초나라와 제나라의 군사는 합쳐 10만이 넘었다. 옆으로 늘어서서 한꺼번에 뒤쫓지 못하고 앞뒤로 이어 뒤쫓으니 절로 굵고 긴 뱀 모양의 진형[長蛇陣]이 되었다.

앞머리 쪽은 쫓기는 한나라 군사가 되고 몸통은 뒤쫓는 초나라 군사와 제나라 군사로 된 굵고 긴 뱀의 허리가 유수 한가운데 이르렀을 때였다. 갑자기 무언가 쏴아 하는 듯한 기분 나쁜 소리가 들리더니 조금 전까지도 말라 있는 것 같던 유수 상류 쪽에서 벌건 황토물이 휩쓸고 내려왔다. 용저는 그제야 속은 것을 알았으나 이미 때는 늦은 뒤였다.

"모두 물러나라! 어서 강둑으로!"

그렇게 외치며 말고삐를 당겼으나 거센 물결은 잠깐 사이에 10만이 넘는 제초(齊楚) 연합군을 세 토막으로 갈라놓았다. 곧 앞서 한군을 뒤쫓다가 물을 거의 다 건넌 한 토막과 황토물에 휩쓸려 간 한 토막, 그리고 뒤따라오다가 유수 동쪽에 그대로 처져 있게 된 한 토막이었다.

앞서 한군을 뒤쫓던 용저는 겨우 황토물에 떠내려가는 것을 면한 초나라 군사 3만과 함께 유수 서쪽에 남겨졌다. 그러나 아직도 불어나는 물결이 너무 거세 군사들을 강가 언덕으로 몰아갔다. 그러자 그때까지 달아나기만 하던 한나라 군사들이 일제히 돌아서서 덤비기 시작했다.

"겁낼 것 없다. 적은 얼마 되지 않는 잡병이다. 단숨에 쳐부수고 한신을 사로잡자!"

용저가 그렇게 외치며 앞장서자 초나라 장졸들도 이내 기세를 되찾았다. 저마다 힘주어 창칼을 꼬나 잡고 한군에 맞서 싸웠다. 그런데 다시 어우러진 싸움이 막 열기를 띨 무렵이었다.

갑자기 요란한 북소리와 함께 멀지 않은 한군 진채 쪽에서 한 갈래 기마대를 앞세운 군사들이 몰려나왔다. 앞서 휘날리는 기호(旗號)를 보니 한나라 기장 관영의 것이었다. 용저는 전에 한번 관영의 불같은 기백을 뜨겁게 맛본 적이 있었다. 거기다가 기마대를 뒤따르는 한군 보졸도 놀란 눈으로 보아서 그런지 엄청난 머릿수였다.

'내가 속았구나. 간교한 한신이 얽은 덫에 걸려들었다…….'

그런 짐작이 들자 어지간한 용저도 가슴이 철렁했다. 그러나 그대로 주저앉을 수는 없는 일이었다. 옛 일로 자신을 북돋우며 자꾸만 자라 가는 무력감을 추슬렀다.

'내가 누구냐? 3만 군사로 진나라의 명장 왕리의 20만 대군을 쳐부술 때 앞장섰던 천하의 용저다. 또 당양군(當陽君)이던 경포와 함께 그 험한 함곡관을 한나절에 깨뜨린 나다. 오너라. 얼마든지 오너라.'

그러면서 용저는 한신과 관영의 군사들을 상대로 기죽지 않고 싸웠다. 그렇게 얼마나 싸웠을까, 다시 멀리서 함성이 일며 이번에는 유수 상류 쪽에서 다시 한 갈래 군사들이 밀고 내려왔다. 몰리는 가운데도 눈길을 모아 살피니 앞선 기호에는 '한 우승상 조참'이란 여섯 자가 뚜렷했다. 상류에서 모래주머니로 쌓았던 둑을 터뜨리고 돌아오는 조참의 군사들이었다.

조참까지 대군을 이끌고 달려오자 두려워할 줄 모르던 용저도 비로소 으스스해지며 손발이 어지러워지기 시작했다. 어떻게 몸을 뺄 길이 없나 사방을 돌아보았지만, 어디나 한군의 창검과 기치가 겹겹이 둘러쳐져 있었다. 그러다 한 군데 창칼의 숲이 엷은 데가 있어 자세히 보니 유수 쪽이었다. 그러나 유수 바닥은 아직도 벌건 황토물이 거센 물결을 일으키며 흘러가고 있었다.

그제야 용저도 자신이 벗어날 길 없는 한신의 덫에 걸려들었다는 것을 깨달았다. 그사이에도 용저와 그를 따라 유수를 건넌 초나라 군사를 둘러싼 한군의 붉은 기치는 한층 더 빽빽해졌다. 여전히 사나운 기세로 창칼을 휘두르기는 해도 용저조차 적을 물리치기는커녕 한목숨 지켜 내기도 힘겨웠다.

'내가 죽을 곳이 여기였던가. 여기서 이렇게 죽기 위해 지난 6년 그렇게도 맹렬하게 달려왔던 것일까.'

얼마나 싸웠을까? 이윽고 용저는 그런 자조 섞인 중얼거림과 함께 칼을 쥐고 있는 손아귀에 힘을 주었다. 그리고 마지막 힘을 모아 초나라 군사들을 함부로 죽이고 있는 한군 사이로 뛰어들었다.

초나라에서 으뜸가는 맹장 용저가 죽은 것은 그로부터 반 시진도 지나지 않아서였다. 조참과 관영의 군사들이 합쳐진 난군 속에서 피를 뒤집어쓰고 싸우다가 죽은 탓에 누구도 그게 용저인지 몰랐다. 그러다가 싸움이 끝난 뒤 사로잡힌 용저의 부장 주란(周蘭)이 알려 주어서야 용저가 그렇게 죽었음을 알고 그 목을 거두었다.

『사기』의 「조상국세가(曺相國世家)」에는 용저를 목 베고 주란을 사로잡은 것이 조참이라고 되어 있고, 「관영열전(灌嬰列傳)」에는 관영이라고 되어 있다. 사실(史實)을 기술하는 데 엄밀한 태사공(太史公)이 그렇게 엇갈린 기술을 하게 된 것은 아마도 그런 용저의 최후 때문이었을 것이다. 어느 쪽 군사들에게 죽은 것인지 알 수 없는 바람에 양쪽 모두의 공이 된 듯하다.

한신이 용저를 따라 유수를 건넌 초나라 군사들을 모조리 죽이거나 사로잡았을 무렵 해서야 유수의 물도 빠졌다. 이에 한신은 다시 대군을 이끌고 유수를 건너 동쪽 벌판에 남아 있는 초나라 군사와 제나라 군사들을 들이쳤다. 눈 깜짝할 사이에 원군(援軍)의 태반을 황토물에 떠내려 보내고 얼이 빠져 있던 제왕 전광은 그런 한신의 대군과 맞서 싸울 엄두가 나지 않았다. 남은 군사를 이끌고 고밀성 안으로 쫓겨 들어갔다가, 그날 밤 어둠을 틈타 다시 멀리 성양으로 달아났다.

그때 성양에는 임시 재상으로 임치를 지키던 전광(田光)이 임치를 잃고 쫓겨 와 있다가, 고밀을 빠져나온 제왕 전광(田廣)을 맞아들여 농성할 채비를 했다. 져서 쫓겨 왔다고는 하나 제왕이 데려온 군사는 남은 초나라 원병과 제군(齊軍)을 합쳐 3만이 넘었다. 임시 재상 전광이 데려온 군사에다 원래 있던 성양성 안의 군민들과 합쳐 보니 싸울 수 있는 병력만도 5만에 가까웠다.

거기다가 성양은 전에 전횡이 패왕 항우와 맞서 몇 달이나 버텨 낸 성이었다. 성벽은 높고 두터웠으며 성안 백성들도 믿을 만했다. 이에 제왕 전광은 다시 한번 매서운 전의를 다짐과 아울러 사람을 영하에 있는 전횡에게로 보내 한신의 등 뒤에서 군사를 움직여 달라고 일렀다.

한편 한신은 고밀성이 떨어지자 그 하루 군사를 쉬게 하고 전과를 헤아려 보았다. 한나라 장졸 모두가 힘을 다해 싸웠으나 누구보다도 관영이 세운 공이 컸다. 조참과 협공하여 용저를 목 베고 그 부장 주란을 사로잡은 것 말고도, 초나라 우사마와 연윤(連尹) 각 한 명과 제나라를 도우러 온 누번 장수 열 명을 사로잡았다.

다음 날 한신은 전군을 단 한 갈래도 흩지 않고 한 덩이로 휘몰아 성양으로 달려갔다. 밤낮 없이 닷새를 달려 성양에 이른 한신은 적에게 숨 돌릴 틈을 주지 않고 그대로 성을 에워쌌다. 성안에 있던 제초 연합군은 만만찮은 투지로 맞서는 제왕 전광을 따라 잘 싸웠다. 제왕 전광이 성양성 안으로 쫓겨든 바로 그다음 날이었다.

성을 에워싼 한나라 대군의 기세는 엄청났으나 처음 며칠 성 안의 제초 연합군과 그들 편에 선 백성들은 겁내지 않고 맞섰다. 하루에도 몇 번씩 되풀이되는 불같은 공격을 잘 막아 냈다. 하지만 성안 군민들은 피를 말리는 듯한 한신의 교묘한 전략과 제나라로 들어간 한군의 전력을 집중한 강공을 끝내 견뎌 내지 못했다.

성을 에워싼 지 닷새째 되던 날이었다. 밤새 요란한 북소리와 횃불과 함성으로 번갈아 제나라와 초나라 군사들을 성벽 위에 잡아 두었던 한군이 마침내 총공세로 나왔다. 한낮이 되자 성안 군민들이 모두 졸음을 이기지 못해 끄덕거리고 있는데, 그새 10만을 일컫게 된 한나라 대군이 사면팔방으로 일시에 성벽을 기어오르기 시작했다.

"모두 죽기로 싸워 성을 지켜라! 상국 전횡이 올 때까지만 버티면 된다."

제왕 전광이 직접 칼을 빼 들고 그렇게 소리치며 군사들을 격려했으나 이미 그물에 든 고기 신세에서 벗어날 수는 없었다. 조참과 관영이 앞서 성벽 위로 뛰어오르자, 저희 장수 태반을 고밀에서 잃고 갈팡질팡하던 초나라 군사들이 먼저 창칼을 내던지며 항복하기 시작하고, 지친 제나라 군민들도 하나 둘 그 뒤를 따랐다. 성벽 위가 한군의 붉은 기치로 덮여 가는 것을 보고 일이 돌이킬 수 없게 되었음을 안 제왕 전광은 하늘을 우러러 길게 탄식했다.

"내리는 것도 하늘이고 거두는 것도 하늘이다. 하늘이 제나라에 내릴 것이 이것뿐이었다면 난들 어찌하겠는가!"

그러고는 들고 있던 칼로 제 목을 찔러 죽었다. 비록 전횡이 세운 왕이기는 했지만, 그래도 천하의 패왕 항우를 겁내지 않고 맞서 싸우다 죽은 산동의 효웅(梟雄) 전영(田榮)의 아들다운 최후였다.

제왕 전광이 죽자 그때껏 버티던 성양성 안의 군민들도 더는 싸우려 들지 않았다. 임시 재상 전광(田光)이 다시 제나라 군사 수천 명을 이끌고 동문으로 빠져나갔을 뿐, 나머지는 모두 병장기를 내려놓고 땅바닥에 주저앉았다.

거기까지 따라왔던 초나라 군사들도 마찬가지였다. 살아남은 1만여 명이 모두 한군에게 항복하니 이로써 패왕 항우가 용저에게 갈라 보낸 5만 별대는 한 사람도 본진으로 돌아가지 못했다. 패왕이 한왕에게 발목이 잡혀 광무산에서 머뭇거리는 그 한 달 동안에 오른팔 같은 맹장 하나와 절반 가까운 병력이 제나라 땅에서 사라져 버린 셈이었다.

한신은 제왕 전광이 죽고 성양이 떨어진 뒤에야 다시 군사를 나누어 제나라의 남은 세력을 쓸어버리게 했다.

"전광(田光)은 아마도 전횡이 있는 박양이나 영하 쪽으로 달아났을 것이다. 기장 관영은 낭중기병과 군사 2만을 데리고 전광을 뒤쫓으라. 서둘러 뒤쫓으면 전횡에게 이르기 전에 전광을 사로잡을 수 있을 것이다. 그런 다음 전광을 사로잡은 그 기세로 내처 전횡까지 사로잡아야 한다."

한신은 먼저 관영을 불러 그렇게 군령을 내린 다음 다시 조참을 불러 명했다.

"우승상은 다시 3만 군사를 이끌고 먼저 임치로 가서 부근을 어지럽히는 제나라 장수 허장(許章)을 잡으라. 그자도 전광처럼 제나라 상국을 자처하며 임치를 되찾겠다고 큰소리치고 다닌다고 한다. 그자부터 잡아 죽인 다음 군사를 교동으로 몰아가 즉묵에 진을 치고 있는 전기(田旣)를 때려 죽이면 나머지 제나라 70여 성은 모두 절로 무릎을 꿇을 것이다."

이에 관영은 다음 날로 성양을 떠나 전광을 뒤쫓았다. 한신의 헤아림대로 전광은 전횡을 찾아 영하로 달아나고 있었다. 기마대를 앞세워 지름길로 영하로 가는 길목을 막게 한 관영은 박양 못 미치는 곳에서 전광을 사로잡고 박양성 밖 벌판에 진채를 내렸다.

"여기서 며칠 인마를 정비한 뒤 영하로 내려간다. 그동안 너희들은 전횡이 영하 어디에 자리 잡고 있으며 그 군세는 얼마나 부풀었는지부터 먼저 알아 오라."

관영이 영하 쪽으로 탐마를 풀면서 그렇게 명을 내렸다.

한편 영하의 전횡도 곳곳에 사람을 풀어 제나라가 어떻게 돌아가고 있는지를 세밀하게 살피고 있었다. 용저가 대군을 이끌고 고밀에 이르러 제왕과 합세했다는 말을 들었을 때만 해도 제나라를 되찾는 일은 어렵지 않을 것처럼 보였다. 그래서 자신도 크게 관영에게 반격을 해 보려고 하는데 갑자기 관영이 사라지고 없었다.

‘고밀로 갔구나. 용저가 뜻밖의 대군을 몰고 오자 한신이 병력을 고밀로 집중하는구나.’

그런 짐작이 들자 전횡은 고밀로 가서 제나라와 초나라 연합군에 합세하는 길과 비어 있는 임치를 되찾아 도성부터 회복하는 길 중 어느 쪽을 골라야 할지 갑자기 망설여졌다. 하룻밤을 오락가락하다가 마침내 임치로 가는 쪽을 고르고 군사들에게 떠날 채비를 시켰다. 허풍이 섞인 말이라 해도 용저가 이끌고 온 대군이 20만이라면, 자신까지 가서 군사를 보태는 게 아무래도 지나친 중복 같았다.

그런데 다음 날 전횡이 막 군사를 움직이려는데 좋지 않은 소식이 전해졌다.

“제북에 가 있던 조참의 군사도 밤낮 없이 고밀로 달려오고 있습니다. 오늘내일이면 한신과 합류할 것이라 합니다. 꾀 많은 한신이 관영, 조참과 더불어 세 방향에서 용저를 흔들어 대면 형세가 어떻게 변할지 모른다고 걱정하는 사람들이 많습니다.”

그 말을 듣자 싸움이라면 한가락 하는 전횡도 슬며시 걱정이 되었다. 임치로 가는 길을 바꾸어 고밀로 군사를 몰고 갔다. 도중에 하룻밤을 쉰 전횡의 군사들이 다시 반나절을 걸어 고밀을 50리쯤 앞둔 곳에 이르렀을 때였다. 한 떼의 패군이 허둥지둥 달려오다가 제나라 기호를 보고 털썩털썩 쓰러지듯 무릎을 꿇었다.

“너희들은 누구냐? 어디서 싸우다가 이리로 왔느냐?”

전횡이 그 군사들에게 물었다. 군사들 가운데 하나가 반은 얼이 빠진 얼굴로 대답했다.

"고밀에서 대왕을 모시고 싸우던 군사들입니다. 고밀성이 떨어져서…… 이렇게……."

그러고는 용저가 한신의 수공에 걸려 죽은 일이며 제왕 전광이 고밀성을 잃고 달아나게 된 경과를 횡설수설 일러 주었다. 듣고 난 전횡이 다시 물었다.

"그럼 대왕께서는 어디로 가셨느냐?"

"모르겠습니다. 고밀성으로 들 겨를이 없어 한 갈래 군사들의 호위를 받으며 서북쪽으로 가신 것밖에는……."

그렇게 되자 전횡은 군사를 영하로 물리는 한편 사람을 풀어 조카인 제왕 전광이 간 곳을 알아보게 했다. 며칠 안 돼 전광이 성양성으로 갔다는 소문이 들려왔다. 그리고 다시 며칠 뒤에는 제왕 전광으로부터 외응(外應)을 요청하는 사자가 달려왔다.

이에 전횡은 군사를 서쪽으로 돌려 성양으로 달려갔다. 한신의 대군에게 에워싸인 성 밖에서 유격으로 그 압박을 덜어 주며 변화를 노리기 위함이었다. 그런데 서쪽으로 길을 잡은 지 이틀 만이었다. 박양 쪽에서 땀에 젖은 기마 한 필이 달려와 전횡을 찾았다.

"너는 누가 보냈느냐? 어찌하여 나를 찾느냐?"

전횡이 그 기사를 불러 그렇게 묻자 기사가 울며 대답했다.

"저는 임시로 재상이 되어 임치를 지키던 전광(田光) 장군의 수하입니다. 성양의 참혹한 소식을 전하라는 명을 받고 이렇게 달려왔습니다."

"참혹한 소식이라니? 성양은 어찌 되었으며 대왕은 어디 계신가?"

"어제 낮 성양이 한군에게 떨어지고, 대왕께서는 스스로 목을 찔러 돌아가셨습니다."

그 말을 듣자 전횡은 눈앞이 아뜩했다. 제왕 전광은 이 세상에서 누구보다 우러르던 형 전영의 아들이요, 자신이 왕으로 세우고도 아끼며 보필하던 조카였다. 반드시 제나라와 함께 지켜 패왕 항우에게 무참히 죽은 형의 한을 풀고, 가문을 한 나라의 종실로 번창하게 만들고 싶었다. 그런데 전광이 그렇게 허망하게 죽고 말았으니 눈앞이 아뜩하지 않을 수가 없었다.

"광[田光]은 지금 어디 있는가?"

"지금 박양 가까이에 있는데, 상국께로 오고 있는 중입니다. 오늘 밤이면 이를 것입니다. 제게 먼저 상국을 뵙고 말씀드리라 기에……."

하지만 임시 재상 전광도 끝내 오지 못했다.

그날 날이 저물기도 전에 다시 사람과 말이 함께 피 칠갑을 한 기마 한 필이 전횡의 진채로 뛰어들어 헐떡이며 말했다.

"전광 장군께서 한나라 장수 관영의 추격을 받아 사로잡혔습니다. 저만 간신히 에움을 빠져나와 이렇게 상국께 위급을 알립니다."

하지만 그때는 전횡도 이미 어느 정도 분한(忿恨)을 털어 내고 마음을 가다듬은 뒤였다.

'제나라의 용장들이 모두 가는구나. 이미 사로잡혔다면 구차하게 항복하여 살아남을 광[田光]이 아니다. 하지만 아직도 교동에는 기[田旣]가 있고 임치 쪽에는 허장(許章)이 있다. 또 준총(駿驄) 같은 종실의 호걸들과 허다한 산동의 지사들도 때가 되면 힘을 모아 일어날 것이다. 제나라가 결코 이대로 끝나지는 않는다.'

그렇게 중얼거리고는 문득 좌우를 돌아보며 말했다.

"모든 장수들을 군막으로 모으라. 한신과 결판을 내기 전에 먼저 해야 할 일이 있다."

오래잖아 따르던 장수들이 모두 모이자 전횡이 비장한 어조로 그들에게 말했다.

"종형 담[田儋]이 적현 현령을 때려죽이고 제나라를 되일으킨 뒤로 이제 5년 남짓, 이 왕실의 명운이 기구하여 그사이에 군왕이 바뀌기를 벌써 네 번이나 하였다. 처음 왕위에 오르신 담 종형이 임제에서 장함의 야습을 받아 돌아가시자 종질 불[田市]이 이었고, 불이 왕 노릇을 감당 못하고 죽자 항우 때문에 나누어진 삼제(三齊)를 다시 아우르신 우리 형님 영[田榮]이 왕위를 이었다. 그리고 다시 영 형님이 항우의 핍박을 받아 돌아가시자 내가 성양에서 일어나 조카 광[田廣]을 왕위에 올렸다. 그런데 불행하게도 방금 우리 대왕 광이 성양에서 장렬하게 돌아가셨다는 비보가 왔다. 한신의 대군을 맞아 끝까지 싸우시다 성양 성벽을 베고 자결하셨다 한다.

이제 선왕을 위해 발상하고, 전군을 들어 한군을 쳐부수어 그 한을 씻으려 하거니와, 그 전에 먼저 할 일은 끊어진 제나라의 왕통을 잇는 일이다. 하늘에 해가 없을 수 없듯이 나라에는 하루도 임금이 없을 수 없다. 마땅히 모든 종실을 모아 덕망 있고 공업이 높은 이를 왕으로 받들어야 하나 지금은 그럴 겨를이 없다. 부족한 대로 내가 왕위를 맡아 먼저 모질고 간교한 외적을 무찌른 뒤에 다시 우리 제나라 왕으로 합당한 이를 찾아보자."

전담이 죽자 제나라 사람들이 옛 제왕의 아우 전가(田假)를 왕으로 세운 일과 항우가 전가를 내쫓은 전영을 죽이고 다시 전가를 왕으로 세운 일을 더하면, 제나라는 매년 하나씩 왕이 서고 죽은 셈이었다. 그 한이 피맺히는 데다 전횡이 진정을 담아 하는 소리라 그런지 아무도 딴소리를 하는 장수가 없었다. 이에 전횡은 그날로 죽은 제왕 전광을 위해 발상하고, 스스로 제왕이 되어 선왕의 보수(報讎)와 설한(雪恨)을 맹세했다.

"먼저 박양으로 간다. 관영부터 쳐부수어 한신의 한 팔을 잘라놓은 뒤에 다시 한신을 찾아 결판을 내자!"

다음 날 갑옷투구로 몸을 가리고 스스로 앞장을 선 전횡은 그렇게 외치며 군사들을 이끌고 박양으로 달려갔다. 한 번 관영에게 꺾인 군사이기는 했지만 그래도 아직 만 명이 넘는 제나라 군세였다. 그들을 휘몰아 박양에 이른 전횡은 성 밖 벌판에 펼쳐진 관영의 진채를 다짜고짜로 들이쳤다.

그때 관영은 임시 재상 전광을 잡아 죽이고 잠시 한숨을 돌리고 있었다. 박양에서 며칠 쉬었다가 기세를 몰아 전횡이 있는 영하로 밀고 들 작정이었다. 그런데 영하로 달아나 숨어 있다고 얕보고 있던 전횡 쪽에서 오히려 기습을 해 왔으니 당황하지 않을 수 없었다.

“겁내지 마라. 적은 얼마 되지 않는다. 궁한 쥐가 고양이를 물려고 덤비는 격이다!”

관영이 칼을 빼 들고 군사들을 독려했으나 한 번 꺾인 사기는 쉽게 되살아나지 않았다. 끝내 진채를 지켜 내지 못하고 20리나 쫓겨 가서야 겨우 패군을 수습할 수 있었다.

하지만 워낙 승세를 타고 있는 한군인 데다 군세도 전횡이 이끈 제나라 군사들보다는 월등히 컸다. 거기다가 지난번 관영과의 싸움에 지면서 기마대가 꺾여 전횡에게는 제대로 된 기마대가 없었다. 그 때문에 한군은 싸움에 져도 한바탕 고단하게 쫓기는 것으로 그칠 수 있었다.

“이번에는 진채를 든든하게 세우라. 녹각과 목책을 빽빽이 두르고 누벽을 높이 해 적의 야습에 대비하라.”

한번 데어 본 아이가 불을 무서워하듯 관영이 장졸들을 다그쳐 전에 없이 든든한 진채를 펼치고 전횡의 추격에 대비했다. 그러나 하룻밤이 지나도 전횡은 관영을 뒤쫓아 오지 않았다. 이상하게 여긴 관영이 탐마를 풀어 알아보게 했다. 오래잖아 탐마가 돌아와 알렸다.

“전횡은 어젯밤 영하로 돌아갔다고 합니다. 대군인 양 위장하고 남아서 뒤를 끊던 제나라의 의병(疑兵)도 오늘 아침에는 영하로 돌아갔습니다.”

“전횡이 싸움에 이기고도 그토록 급하게 돌아간 까닭이 무엇이라더냐?”

"빼앗은 우리 진채를 돌아보고 우리 군세를 짐작한 까닭인 듯 합니다. 어제 전횡이 이끈 군사는 만 명을 크게 넘지 않았다고 합니다."

그렇다면 절반도 안 되는 병력으로 기마대도 없이 한군을 기습한 셈이었다. 하지만 그래도 석연찮은 데가 있는지 관영이 다시 물었다.

"그래도 승세란 게 있지 않느냐? 어렵게 이겨 놓고 아무 얻은 것 없이 물러나다니?"

"막상 이겨 놓고 보니 더욱 비세(非勢)를 절감한 것은 아닐는지요? 거기다가 제나라 왕이 되어 처음 치른 싸움에서 체면치레는 했으니 물러나 지키기로 한 듯합니다."

그 말이 처음 들어 보는 것이라 관영이 얼른 다시 물었다.

"전횡이 제왕이라니, 그건 또 무슨 소리냐?"

"제왕 전광이 죽었다는 말을 듣고 전횡은 스스로 제왕이 되었다고 합니다."

탐마로 나간 군사가 알아 온 것은 대체로 옳았다. 관영도 거기까지 듣고 보니 전횡이 왜 그렇게 순순히 물러났는지를 짐작할 수 있을 듯했다. 그러자 이번에는 관영이 급해졌다. 곧 장수들을 자신의 군막으로 불러 모으게 한 뒤 재촉하듯 말했다.

"보병과 기마대 2만을 골라 되도록 빨리 행군을 채비하게 하라. 나머지 노약한 병사와 시양졸은 치중과 더불어 뒤따라오게 하고, 가볍고 날랜 보병과 기마대만으로 밤낮 없이 달려 영하로 간다. 전횡이 제왕으로서 그 땅에 더 깊이 뿌리를 내리기 전에

싹을 짓뭉개 버려야 한다."

그러고는 그날로 가볍게 차린 보기 2만만 데리고 영하로 달려갔다.

관영이 밤낮 없이 달려 영하에 이르자 이번에는 전횡이 크게 낭패를 당했다. 겨우 전날 저녁 영하로 돌아와 진채도 제대로 세우지 못했는데, 기마대를 앞세운 한군의 매서운 추격을 받게 되니 그 혼란은 며칠 전의 관영보다 더했다. 달포 가까이 머물렀던 인연을 다져 영하를 당분간의 근거지로 삼으려던 꿈은 허사로 돌아가고, 전횡은 다시 얼마 안 되는 군사와 더불어 쫓기는 신세가 되고 말았다.

관영이 그런 전횡을 곱게 놓아 보내지 않고 맹렬하게 뒤쫓았다. 그 바람에 산동에서 배겨 내지 못한 전횡은 마침내 양 땅으로 달아났다.

"팽월에게나 의지하자. 형님[田榮]의 낯을 보아서라도 우리를 괄시하지는 않을 것이다."

전횡이 그렇게 부하 장졸을 달래면서 찾아가자 팽월도 아무 거리낌 없이 그들을 받아들였다. 옛정으로 보아서는 당연한 일 같기도 했다.

3년 전인 한(漢) 원년(元年) 6월의 일이었다. 팽월은 만여 명이나 되는 무리와 더불어 거야택에 자리 잡고 있었지만, 패왕 항우를 따라 관중으로 가지 않은 까닭에 봉토 한 조각 얻지 못하고 누구 밑에도 들지 않은 채 지냈다. 그때 역시 패왕에게 무시당하고 있던 전영이 스스로 제왕이 되어 팽월에게 장군인을 내리고 불렀다.

팽월은 두말없이 전영의 부름을 받아들이고 그 장수가 되어 명을 받들었다. 그해 7월 제북을 치고 항우가 그곳 왕으로 세운 전안(田安)을 죽였으며, 다시 초나라로 쳐들어가 그 북쪽을 어지럽혔다. 이에 패왕이 소공 각(角)에게 대군을 주며 팽월을 치게 하였으나, 팽월이 오히려 소공 각을 크게 쳐부수어 패왕의 부아를 건드렸다. 전영의 아우 되는 전횡이 팽월과 친교를 맺은 것은 바로 그 무렵이었다.

하지만 관영에게 쫓겨 온 전횡을 팽월이 그처럼 받아들인 것이 다만 옛정 때문이라고 보기만은 어렵다. 그때 팽월은 엄연히 한왕 유방을 따르고 있었으며, 그 명에 따라 위나라 상국으로서 양 땅을 공략하는 중이었다. 그런데도 한왕이 보낸 한신에 맞서 끝까지 싸우다가 쫓겨 온 전횡을 태연히 받아들인 것은 아무래도 달리 설명되어야 할 것 같다.

팽월이 작지 않은 세력을 거느리고도 봉토도 없이 외톨이로 떠다니게 된 것은 수적 떼의 우두머리로 늙으면서 몸에 밴 습성과 무관하지 않다. 거야택 한구석에서 남의 구속을 받지 않고 살던 그에게 땅과 봉록을 받고 누구 밑에 드는 일이 탐탁스러울 리 없었다. 천하가 어지러워지며 외톨이로는 버텨 낼 수 없어 남의 밑에 들게 되더라도, 그것은 어쩔 수 없어 하는 겉치레요 시늉일 뿐이었다.

따라서 팽월은 설령 누구에게서 관작을 받아도 언제나 자신을 따르는 무리만 이끌고 홀로 떠돌며 싸웠고, 그래서 이내 제 주군을 잊어버리곤 했다. 관영에게 쫓긴 전횡이 그를 찾아갔을 때도 그랬다. 그때는 한왕을 받들 때였으나, 팽월은 별로 한왕을 의식하지 않았다. 마치 누구에게도 속하지 않는 또 다른 세력처럼 전횡을 받아들였다.

스스로 왕이 된 전횡마저 양 땅으로 달아나자 제나라는 모두 평정된 것이나 다름없었다. 그리고 대, 조, 연에 이어 제나라까지 한신에게 떨어지면서, 그 주군인 한왕 유방은 땅만으로 보면 천하의 셋 가운데 둘을 차지하게 되었다. 그때까지 줄곧 패왕에게 유리하던 대세가 비로소 한왕 쪽으로 뒤집힌 셈이었다.

제왕(齊王) 한신

그때 한신은 임치로 돌아가 다시 제나라의 민심을 추스르는 데 힘을 쏟았다. 그러나 아무리 재물을 풀고 형벌을 느슨하게 해도 기질이 억세고 계략에 밝은 제나라 사람들의 마음은 쉽게 한나라로 기울어지지 않았다. 거기다가 그곳 선비들의 마음은 전영, 전횡 형제가 굳게 사로잡아 한신이 벼슬과 봉록으로 달래도 돌아설 줄 몰랐다.

"아직 전횡이 영하에서 스스로 왕이라 일컬으며 버티고 있고, 또 허장(許章)과 전기(田旣)도 각기 적지 않은 군사와 더불어 우리에게 맞서는 중이라 그럴 것입니다. 그들만 잡으면 저들의 기세도 숙어질 것이니 너무 걱정하지 마십시오."

한신이 은근히 다급해하자 괴철이 그렇게 위로했다. 하지만 전횡이 양 땅으로 달아나고 조참이 허장과 전기를 잡아 죽여 제나라가 온전히 평정된 뒤에도 산동의 민심은 싸늘하기만 했다. 걱정이 된 한신이 다시 누구에게랄 것도 없이 탄식처럼 말했다.

"관영은 전횡을 잡고도 본진으로 돌아오지 못하고 별장으로 떠돌며 제나라 곳곳을 평정하느라 바쁘다. 지금은 노현 북쪽에서 초나라 장수 공고(公杲)와 싸우고 있지만, 설령 이긴다 해도 그대로 제나라가 조용해질 것 같지는 않다. 거기다가 설현이나 사수군 쪽으로는 초나라의 세력이 살아 있어 그들에게 기대려는 자들도 있을 것이다.

조참도 가까운 날 임치로 돌아와 나와 함께 제나라 민심을 안정시키기는 틀렸다. 교동까지 가서 전기를 죽이고 돌아오는 중이라지만 일이 그것으로 모두 끝난 것 같지는 않다. 저번에 평정하다 만 제북이 다시 들고일어나 시끄럽다니 이번에도 조참을 보내는 수밖에 없다. 자칫하면 우리도 항왕처럼 끝내 빈손으로 제나라에서 쫓겨나는 것이나 아닌지……."

마침 곁에 있던 괴철이 뜻있는 웃음과 함께 그 말을 받았다.

"사람은 스스로를 업신여긴 뒤에 남으로부터 업신여김을 받는다 했습니다. 아직 제나라의 민심이 돌아오지 않은 것은 틀림없으나, 대장군을 미련하고 포악한 항왕에 견주어 그렇게 상심하실 일은 아닙니다. 굵직한 세력은 다 꺾었으니 이제는 저들이 의지하고 따를 임금만 세워 주시면 제나라 백성들도 그리 오래 뻗대지는 않을 것입니다."

"항왕도 전영을 죽이고 전가를 왕으로 세운 적이 있소. 그러나 제나라 사람들은 기어이 전가를 왕으로 받아들이지 않고 전횡을 도와 항왕과 초나라 군사를 내쫓았소."

한신이 그러면서 어두운 표정을 지었다. 괴철이 가만히 일깨워 주듯 말했다.

"항왕은 옛 제나라 왕실의 육친이라고 전가를 왕으로 세웠습니다만, 제나라 왕이 될 자격은 혈통이 아니라 나라를 다스릴 능력입니다. 원래 제나라는 강씨(姜氏)의 것이었고, 전기(田乞)와 전상(田常)은 임금을 죽인 역신이었으나, 결국 그 자손 전화(田和)가 제나라 임금이 된 것은 그들에게 강씨를 대신해 제나라를 다스릴 능력이 있었기 때문입니다. 또 제나라 사람들이 잘 변하고 속임수가 많다는[多變詐] 말을 듣게 된 것도 바로 그런 전씨를 군소리 없이 왕으로 받아들일 수 있는 심사 때문입니다. 지금이라도 능력 있는 이가 왕이 되어 제나라를 다스린다면 백성들도 오래잖아 그를 따를 것입니다."

"그런 사람이 어디 있소? 그게 누구요?"

한신이 아직도 잘 모르겠다는 듯 괴철에게 물었다. 괴철이 잠깐 뜸을 들이다가 대답했다.

"바로 대장군이십니다. 대장군께서 제왕(齊王)이 되신다면 이 땅은 곧 잠잠해질 것입니다."

"그게 무슨 소리요? 나는 한낱 장수로서 한왕의 명을 받들어 제나라를 평정하러 왔을 뿐이오. 비록 열에 아홉 제나라를 차지했다고는 하나, 나라를 얻는 일이 길에 떨어진 물건을 줍는 일은 아닐진대 어찌 감히 제나라의 왕위를 넘본단 말이오?"

한신이 놀란 듯 두 손까지 내저으며 그렇게 소리쳤다. 그래도 괴철은 차분하기만 했다.

"죽은 진왕(陳王, 진승)은 왕후장상이 어찌 씨가 따로 있겠느냐[王侯將相 寧有種乎]고 외쳤습니다. 진나라 말기 이래로 군왕이 된 사람 중에 처음부터 왕후의 피를 받고 난 사람이 몇이나 됩니까? 또 포의에서 몸을 일으켜 군왕이 된 이 가운데 대장군보다 더 큰 전공을 세운 이가 어디 있습니까? 내일이라도 한왕께 사자를 보내 제왕의 옥새와 의장을 내려 달라고 하십시오. 그 길만이 제나라를 온전히 평정할 수 있는 길일 뿐만 아니라 한왕의 뜻을 잘 받드는 길도 됩니다."

하지만 그 일의 엄중함을 잘 아는 한신으로서는 아무래도 엄두가 나지 않는 듯했다. 여전히 두 손을 내저으며 괴철의 권유를 물리쳤다. 괴철이 가만히 한신을 바라보다가 한발 물러서듯 하며 말했다.

"지금 한왕께서는 광무산에서 항왕에게 적지 아니 시달리고 있다 들었습니다. 대장군께서 어서 대군을 이끌고 돌아와서 자신을 구해 주지는 않고, 오히려 제나라에 머물러 제왕이 되겠다고 하시면 한왕은 틀림없이 대장군을 원망하고 의심하실 것입니다. 정히 그게 싫으시다면 가왕(假王)이 되기를 청해 보는 것도 한 방책이 될 것입니다. 그리하면 한왕의 원망과 의심을 줄이면서도 제나라 백성들의 마음을 달랠 수 있을 것입니다."

그러자 한신도 슬며시 생각이 바뀌었다. 괴철의 말대로 하는 것이 하루빨리 제나라를 안정시키는 길이 될 듯도 하거니와, 자신이 왕이 된다는 것도 그리 나쁘지 않아 보였다. 이에 다음 날로 사자를 광무산으로 보내 한왕에게 그 뜻을 전하게 했다.

제나라는 속임수가 많고 변덕이 심하며[僞詐多變] 거슬러 뒤엎기를 잘하는 나라[反覆之國]입니다. 게다가 남쪽으로는 초나라와 국경을 맞대고 있어 언제 초나라와 손을 잡고 불측한 일을 꾸밀지 모릅니다. 임시로 가왕이라도 세워 민심을 진정시키지 않으면 불안한 형세가 쉽게 가라앉지 않을 듯합니다. 바라건대 신을 가왕으로 삼아 주시면, 제나라를 평정하여 한나라의 동쪽 번국(藩國)으로 만드는 일이 한층 쉬워질 것입니다.

한신의 사자가 대강 그와 같은 글을 들고 광무산의 한군 진채로 찾아든 것은 한군이 아직도 항왕이 이끈 초군에게 몰리고 있을 때였다. 오창의 곡식과 관중의 보급 때문에 먹을 것이 넉넉하고 군사의 머릿수가 좀 많아졌다고는 해도 나아진 것은 별로 없었다. 패왕의 빼어난 무용과 독이 오른 초군의 기세를 당해 내지 못하는 한군으로서는 걸어 오는 싸움을 못 본 척 피하는 게 상수였다. 그날도 하루 종일 초나라 군사들의 조롱과 욕설에 시달려 심기가 상해 있는 한왕에게 사자가 그 글을 올리자 다 읽고 난 한왕이 벌컥 성을 내며 소리쳤다.

"과인이 여기서 이리 고단하고 구차하게 버티고 있은 지 하마 오래거늘, 빨리 돌아와서 돕기는커녕 이 무슨 되잖은 소리냐? 우리 군사는 자칫하면 위아래가 다 어육(魚肉)이 날 지경인데, 저는 그곳에 편안히 머무르며 스스로 일어나[自立] 왕이 되겠다는 것이냐?"

그 소리에 한신의 사자가 놀라 움찔했다. 그때 한왕 곁에 서 있던 진평이 가만히 한왕의 발을 밟아 진정시켰다. 장량이 한왕에게 바짝 다가와 귓가에 대고 작은 소리로 말하였다.

"지금 우리 한나라는 제 앞도 가리기 어려운 처지에 있는데 어떻게 한신이 왕이 되는 것을 막을 수 있겠습니까? 차라리 원하는 대로 그를 제왕으로 삼고 잘 대접하여 스스로 제나라를 지키게 하는 것이 낫겠습니다. 그렇지 않으면 큰 변란이 일어납니다."

그러자 한왕 유방의 무서운 정치적 순발력이 일순간에 다시 빛을 뿜어냈다. 진평과 장량의 뜻을 퍼뜩 알아차린 한왕이 낯빛도 하나 변하지 않고 오히려 목소리를 높여 한신의 사자를 꾸짖었다.

"거기다가 우리 한나라의 대장군이요 조나라의 상국으로서 기상이 그게 무엇이냐? 대장부가 왕을 하면 진왕(眞王)이 될 뿐, 가왕이라니 이 무슨 당치 않은 소리냐? 가서 대장군에게 일러라. 과인은 제나라에 진왕 한신을 세울 수는 있어도 가왕 한신은 모른다고. 이미 장이도 조왕(趙王)으로 세웠거늘 과인이 믿고 아끼는 대장군을 어찌 제나라의 가왕으로 세우겠느냐?"

그러고는 장량을 돌아보며 능청스레 말했다.

"자방은 과인을 위해 제나라에 좀 다녀오셔야겠소. 제왕의 옥새와 부절(符節), 의장(儀仗)이 갖춰지는 대로 임치로 가서 대장군 한신을 제왕으로 세우고 오시오."

그 말을 듣자 한신의 사자는 처음 한왕이 성낸 것도 한신에 대한 호의로만 이해했다. 제나라로 돌아가 한신에게 자신이 이해한 대로 전하니 한신뿐만 아니라 함께 듣는 사람 모두가 한왕의 너그러움에 감동한 얼굴이 되었다. 다만 한 사람 괴철만이 싸늘한 미소로 그런 그들을 바라볼 뿐이었다.

오래잖아 정월이 다 가고 봄 2월이 되었다. 제왕의 옥새를 새기고 왕실에 쓰이는 부절과 의장이 갖춰지자 한왕은 장량을 제나라로 보내 한신을 왕으로 올려세웠다. 한왕의 그림자 같은 장량이 수십 대의 수레와 수백 명의 시중꾼을 딸리고 임치까지 와서 의례를 주관하니, 한신의 즉위는 그 누구보다 격식과 위의를 갖춘 것이 되었다.

한왕이 장량을 보내 그렇게 여유를 부릴 수 있었던 것도 실은 한신이 제나라에서 거둔 승리 덕분이었다. 그사이 패왕 항우에게도 용저가 유수의 싸움에서 한신에게 죽고, 이끌고 간 군사들마저 한 사람도 돌아올 수 없게 되었다는 것이 알려졌다. 곧 그 소문은 몹쓸 전염병처럼, 보이지 않으면서도 재빠르게 초나라 진중을 돌아 위아래 가릴 것 없이 모두를 두려워 떨게 했다. 장량 일행이 아무 일 없이 광무산을 빠져나가 제나라로 갈 수 있었던 것뿐만 아니라, 그 뒤로 한동안 광무산의 한군 진채가 평온했던 것도 실은 그 일로 초군의 기세가 한껏 움츠러든 까닭이었다.

하지만 장량은 전혀 그런 내색 없이 의례를 치러 한신에게 한왕의 고단함과 군색함을 드러내지 않았다. 한 사신으로서 오직 한왕의 여유와 너그러움만을 보여 주다가 며칠 뒤에야 가만히 한신을 찾아보고 새삼스러운 하례와 함께 말했다.

"신이 떠나올 때 우리 대왕께서는 제왕께서 앞으로 초나라 일을 어떻게 처리할지 매우 궁금해하셨습니다. 항왕이 대군을 이끌고 멀리 광무산에 자리 잡은 지 벌써 몇 달, 초나라에서는 군량과 군사만 긁어 와 지금 그곳은 속 빈 강정처럼 되어 있을 것입니다. 제왕께서는 언제 군사를 내어 초나라를 치고 항왕이 돌아갈 길을 끊으시겠습니까?"

겉으로는 조심스레 묻고 있었지만 듣기에 따라서는 나무람 섞인 재촉 같기도 했다.

"이미 대왕께 아뢰었듯이 지금 우리 제나라는 아직 대군을 내어 초나라를 칠 형편이 못 됩니다. 민심이 안정되어 나라를 비우고 멀리 군사를 내도 될 만하면 바로 남쪽으로 내려가 팽성을 들이치겠습니다."

한신이 송구스러운 듯 그렇게 대답했다. 장량이 조금 난처한 표정을 짓다가 비로소 속을 털어놓듯 말했다.

"동해의 바닷물이 아무리 많아도 제때에 이르지 못하면 관중의 작은 불도 끄지 못하는 법입니다. 또 수레바퀴 자국에 사는 미꾸라지에게는 제때에 부어진 한 말의 물이 사해에 갈음할 수도 있습니다. 지금 광무산을 에워싸고 있는 항왕의 기세가 워낙 사나워, 자칫하면 모든 일이 글러 버린 뒤에 제왕의 원병이 이르게 될까 걱정입니다."

"정히 그렇다면 우승상 조참과 기장 관영부터 대왕께 돌려보내 드리도록 하겠습니다. 먼저 교동에 있는 조참에게 사람을 보내 군사를 정비하는 즉시 서쪽으로 달려가게 만들겠습니다. 조참의 군사들이 제나라를 벗어나면 바로 서초의 영지인 산동을 가로지르게 되니 절로 항왕의 뒤를 어지럽히는 효과가 있을 것입니다. 그러다가 때맞춰 대왕의 진채에 이르게 하면 크게 낭패하는 일은 없을 것입니다.

노현에 있는 관영에게도 사람을 보내 초나라 장수 공고를 쳐부수는 대로 군사를 남쪽으로 돌리도록 하겠습니다. 관영의 군사들이 풍, 패를 거쳐 설(薛), 유(留), 소(蕭)로 내려가면서 팽성과 항왕의 연결을 끊게 하면 그 또한 항왕에게는 적잖은 위협이 될 것입니다. 그런 다음 관영이 대왕께서 계신 곳으로 찾아가게 해도 너무 늦어 버리는 법은 없을 것입니다."

한신은 그렇게 말해 놓고 다시 미진한 듯 보탰다.

"선생께도 날랜 군사 1만을 딸려 보내겠습니다. 그리 큰 군사는 아니지만 대왕께 데리고 가서 요긴하게 쓰도록 하십시오."

장량이 느끼기에도 당장 한신이 할 수 있는 일은 다 하는 것 같았다.

한편 그때 패왕 항우는 그 일생 별로 느껴 보지 못한 불안과 혼란에 빠져 있었다. 한 팔처럼 여기던 맹장 용저가 유수 가의 한 싸움에서 한신에게 지고 목이 베인 일 때문이었다. 오중에서 몸을 일으킬 때부터 용저의 무용과 기개를 잘 알고 있는 패왕에게는 그런 용저가 한신처럼 허풍스러운 책상물림에게 곱절이나 되는 군사를 거느리고도 졌다는 게 도무지 믿기지 않았다. 처음에는 잘못 전해진 소식이거니 하며 꾸짖어 물리쳤으나, 날이 가도 잇따라 전해 오는 것은 처음의 소식을 확인해 주는 것들뿐이었다.

'이럴 수가 있는가. 정말로 내가 모르는 또 다른 싸움의 이치가 있다는 것인가…….'

그날도 패왕은 두렵다기보다는 참으로 알 수 없다는 느낌에 허둥대며 그렇게 중얼거렸다. 하지만 그대로 있을 수는 없었다. 용저가 한신에게 져서 목이 베이고 그가 패왕에게서 받아 간 5만 군사도 한 사람 남김 없이 죽거나 사로잡혔다는 소문이 어느새 진중을 떠돌아 초나라 장졸의 사기가 말이 아니었다. 날이 밝기 무섭게 광무간으로 나가 큰 소리로 한군을 놀려 대거나 욕설을 퍼붓던 기세는 어디 가고, 불길한 침묵 속에 움츠리고 있다가 겁먹은 눈길로 흘금거리며 추위와 배고픔만 호소할 뿐이었다.

'이대로 두고 볼 수만은 없다. 저렇게 허물어져 내리는 장졸들을 위해 무언가 하지 않으면 아니 된다.'

이윽고 패왕은 그렇게 중얼거리며 주먹을 불끈 쥐었으나 당장 할 수 있는 일은 잘 떠오르지 않았다. 한편으로는 팽성에 있는 계포에게 사람을 보내 군량과 말먹이 풀을 재촉하면서도, 그저 빨리 봄이 가고 밀이라도 익어 군사들이 추위와 배고픔에서 놓여나게 되기만을 기다릴 뿐이었다.

그런데 미처 그 봄이 다하기도 전에 패왕의 허파를 뒤집는 듯한 소식이 들어왔다.

"한왕이 장량을 임치로 보내 한신을 제왕으로 세웠습니다. 한왕이 옥새와 백관의 인수에다 성대한 의장까지 내려보내 한신의 즉위에 격식과 위엄을 갖춰 주었다고 합니다."

"무어라? 유방 제 놈이 무엇이건대 또 함부로 왕을 봉한단 말이냐? 아무 데나 왕이란 글자만 새겨 넣으면 옥새란 말이냐? 아무렇게나 용상을 깎아 개나 소나 그 위에 앉히기만 하면 왕이란 말이냐?"

그러지 않아도 몇 달 전 장이를 조왕(趙王)에 세운 일로 한왕 유방을 별러 오던 패왕이었다. 그 전해 여름인가 이미 장이를 조왕으로 세웠다는 소문이 돌았으나 패왕은 그저 말로만 그리된 줄 알았다. 그런데 그해 동짓달 한왕은 서광무에서 궁색하게 몰리고 있으면서도, 멀리 장이에게 뒤늦게 옥새와 의장을 내려보내 보란 듯이 조왕에 즉위시켰다. 그 방자함만으로도 한왕 유방을 죽일 죄목이 하나 늘었는데, 이제 다시 제멋대로 한신을 제왕에 올려 앉혔다니 그냥 둘 수 없었다.

"장수들을 모두 불러 모아라. 내 반드시 유방을 사로잡아 그 방자한 죄를 묻겠다!"

그렇게 소리치며 좌우를 몰아대는데 군막 바깥에서 호위하던 낭중이 들어와 알렸다.

"무섭(武涉)이라는 막빈 한 사람이 대왕께 뵙기를 청합니다."

이름은 귀에 익지만 얼른 얼굴이 떠오르지 않는 막빈이었다. 범증이 죽은 뒤로는 책사를 믿고 쓰지 않는 패왕이라, 그저 식객처럼 군중을 따라다니는 무리 가운데 하나인 듯했다.

"무슨 일이라더냐?"

패왕이 별로 탐탁지 않은 얼굴로 물었다. 그 낭중이 머뭇거리며 대답했다.

"제나라의 일 때문이라고 합니다. 새로 제왕이 된 한신에 관해 아뢸 일이 있다고……."

그 말에 패왕은 자신도 모르게 주먹을 불끈 쥐었다. 다시 온몸이 후끈하며 울화부터 치밀었지만, 그렇다고 마구잡이로 화만 낼 수도 없는 일이었다. 억지로 화를 누르며 무섭을 불러들이게 했다.

"네가 한신에 관해 할 말이 있다고 그랬느냐?"

무섭이 군막 안으로 들어오자마자 패왕이 꾸짖듯 물었다.

"그렇습니다."

무섭이 별로 움츠러드는 기색 없이 대답했다. 그 당당함이 패왕에게 알 수 없는 기대를 품게 해 험악한 얼굴 표정부터 풀게 했다.

"한신을 얘기하려면 먼저 그를 알아야 한다. 너는 한신을 아느냐?"

"예, 관포지교(管鮑之交)랄 것까지는 없으나 그를 잘 압니다."

그런 무섭의 대답에 패왕이 다시 물었다.

"한신과 동향이냐?"

"저는 우이에서 나고 자랐지만 젊은 시절 한때를 회음에서 보낸 바 있습니다. 그때 회음 저잣거리에서 한신과 만난 적이 있습니다."

무섭이 별로 내세우는 기색 없이 그렇게 대답했다. 그 꿋꿋한 자세나 차분한 어조가 허튼수작을 부리러 온 것 같지는 않았다. 패왕이 한층 누어 든 목소리로 물었다.

"그래 봤자 한신은 칼을 차고도 백정 놈의 가랑이 사이를 기어 나간 겁쟁이에 지나지 않는다. 그런 한신에 관해 말하려는 것이 무엇이냐?"

"바로 그것입니다. 한신은 얻고자 하는 것을 얻을 수만 있다면, 당장은 아무리 욕된 일이라도 마다하지 않는 사람입니다. 그때 한신이 얻고자 했던 바는 하찮은 인간을 베어 살인자로 쫓기지 않고 떳떳하게 살아남아 장부의 큰 뜻을 펼치는 것이었습니다. 한신은 그걸 이루기 위해 서슴없이 저잣거리 불량배의 가랑이 사이를 기어 나갔고, 크게 공업을 이뤄 마침내는 제왕의 자리에까지 오르게 되었습니다. 신이 헤아리기에 한신의 그와 같은 기상은 지금도 마찬가지일 것입니다. 만약 자신이 얻고 싶은 것을 얻을 수만 있다면, 그는 세상의 이목이나 사람들의 비웃음 따위는 전혀 돌아보지 않을 것입니다."

"그래서 어찌 됐다는 것이냐?"

아직도 무섭이 자신에게 하려는 말이 뚜렷하게 잡혀 오지 않아 패왕이 다시 그렇게 물었다.

"지금 한신은 한왕의 명을 받들어 조, 연, 제 세 나라를 잇따라 쳐부수고 이제는 제왕이 되어 우리 서초를 노려보고 있습니다. 하오나 만약 대왕께서 한신이 원하는 것을 주실 수 있다면, 오히려 대왕께서 그를 손발처럼 부릴 수 있을 것입니다. 그때 신은 한신을 찾아가 옛정을 내세우고 대왕을 위해 그를 달래 보고자 합니다."

"과인이 무엇을 주면 한신이 내 사람이 되겠느냐?"

"대왕께서 천하의 셋 중에 하나를 한신에게 주신다고 하면 한신도 대왕을 위해 힘을 다할 것입니다."

그러자 그때까지 알 수 없는 기대로 무섭의 말을 듣고 있던 패왕 항우가 갑자기 버럭 소리를 지르며 꾸짖었다.

"무어라? 남의 빨래를 해 주고 그 삯으로 겨우 먹고사는 아낙에게까지 밥을 빌어먹던 그 비렁뱅이에게, 건달패의 가랑이 사이를 기어 나간 그 겁쟁이 놈에게 천하의 삼분지 일을 내주라고? 네 이놈! 지금 네놈이 제정신으로 하는 소리냐?"

그래도 무섭은 눈 한 번 깜빡하지 않았다. 가만히 패왕을 올려다보며 해 온 말투 그대로 일깨워 주듯 말했다.

"대왕의 천하를 보존하기 위한 길인데 아니 될 게 무엇이겠습니까? 더구나 한신은 이미 천하의 셋 가운데 하나를 스스로 차지하고 있습니다."

"그게 무슨 소리냐?"

패왕이 다시 거센 숨을 고르며 물었다.

"지금 한왕 유방은 파촉 한중과 삼진을 근거로 삼고 무관과 함곡관을 나와 한(韓), 위(魏)의 옛 땅을 거의 아울렀습니다. 천하를 셋으로 나누면 그 하나가 한왕의 것이 되었다 할 수 있습니다. 또 한신은 제나라 왕에 지나지 않고 조왕 장이와 연왕 장도가 따로 있으나, 조(趙), 연(燕), 제(齊)는 이미 한신의 손아귀에 든 것이나 다름없습니다. 그런데 그 세 나라를 합치면 다시 천하를 셋으로 나눈 가운데 하나가 됩니다.

그런 한왕 유방이 제왕 한신을 거느리고 우리 서초를 치면, 이는 천하 셋 가운데 둘을 들어 그 하나에 채 못 미치는 것을 치는 격이 되니, 대왕의 신무(神武)하심으로도 끝내 버텨 내기는 어려울 것입니다. 그러므로 한신을 한왕에게서 떼어 내 대왕의 편으로 만드는 것은 곧 대왕의 천하를 지킬 수 있는 유일한 길입니다. 거기다가 한신에게 줄 천하의 삼분지 일은 이미 그 자신이 힘으로 차지하고 있는 것인데, 그것을 그에게 내준다 해서 새삼 아까울 게 무엇이겠습니까?"

거기까지 듣자 패왕도 무섭이 무슨 말을 하는지 겨우 알아들었다. 듣고 보니 그럴듯했지만, 그래도 불근거리는 제 성을 이기지 못해 한참이나 씨근대다가 마지못한 듯 허락했다.

"좋다. 저 밉살스러운 유방 놈을 잡을 수 있는 길이 그뿐이라면 한번 해 보자. 하지만 과인을 욕되게 해서는 아니 된다. 반드시 한신을 달래 과인과 함께 유방을 치도록 만들라."

이에 무섭은 그날로 폐백을 갖추고 거창하게 사신의 행렬을 꾸며 제나라로 달려갔다.

며칠을 달려 제나라 경계에 이른 무섭이 관문을 지키는 제나라 장수에게 일렀다.

"나는 서초 패왕의 사신으로 제왕을 찾아 뵈러 임치로 가는 길이외다. 먼저 제왕께 그리 연통하고 길을 안내해 주시오."

그 말에 제나라 장수가 무섭에게 길을 열어 주는 한편 유성마를 놓아 임치에 그 일을 알렸다. 연통을 들은 제왕 한신이 한마디로 무섭을 내치게 했다.

"항왕의 사신이 과인에게 무슨 볼일이 있겠느냐? 듣는 귀만 시끄러울 것이니 임치로 들이지 말고 초나라로 돌려보내라."

그때 곁에 있던 괴철이 말렸다.

"나라와 나라 사이의 사행(使行)은 그리 함부로 막는 법이 아닙니다. 그 말을 들어 보고 내쳐도 늦지 않으니, 일껏 찾아온 사신을 만나 보지도 않고 내치지는 마십시오."

그러자 한신도 못 이기는 척 사신을 받아들이게 했다.

며칠 뒤 임치에 이른 무섭은 사신의 예를 마치기 바쁘게 한신을 올려다보며 물었다.

"제왕께서는 나를 알아보시겠습니까?"

"어디서 많이 본 얼굴인 듯은 하지만 누군지 잘 기억이 나지 않소. 사신은 과인을 어디서 만난 것이오?"

"회음 저잣거리였습니다. 이제는 기억하시겠습니까?"

그 말을 듣자 한신의 얼굴빛이 착잡하게 얽혔다. 회음 저잣거리라면 한신에게는 애틋한 그리움도 있지만 회한도 많은 곳이었다. 마침내 왕업에 이르게 된 큰 뜻을 키웠지만, 또한 가난하고 이름 없던 시절의 온갖 남루한 기억과 욕스러운 이력을 그곳 사람들의 머릿속에 쌓아 간 곳이기도 했다.

만약 한신이 뜻한 바를 다 이루었다고 할 만큼 입신한 뒤였다면 회음의 저잣거리를 여유롭게 추억할 수도 있었을 것이다. 실제로 뒷날 초왕(楚王)이 된 한신은 회음을 찾아보고 그곳을 떠도는 남루한 기억과 욕스러운 이력들을 너그럽게 감싸 휘황한 추억과 전설로 바꾸어 놓는다.

하지만 무섭이 찾아갔을 때만 해도 한신에게 회음은 아직 들추고 싶지 않은 상처와 회한이 더 많은 땅이었다. 마음 졸여 가며 겨우 제나라 왕이 되기는 했지만, 어려웠던 지난날을 그리움으로 돌아볼 만한 여유가 없었다. 따라서 자신의 회음 시절을 아는 무섭도 반드시 반갑지만은 않았다.

"위로는 천문, 아래로는 지리라고 하셨던가요? 머리 가득 차 있는 것이."

한신이 얼른 대답이 없자 무섭이 무언가를 일깨우듯 그렇게 말했다. 그제야 한신이 고개를 끄덕이며 받았다.

"가슴에는 큰 뜻이 가득하다고도 했소. 배 속은 늘 비어 있지만."

"앉아서 천 리, 서면 만 리를 바라볼 수 있다 하셨지요, 아마. 앉으면 무릎 사이가 사해(四海), 서면 어깨에 구름이라고도."

"그렇다면 우리가 만난 곳이 주부(朱負, 주씨 성 쓰는 아낙)네 술집이었겠구려. 그때 그 주씨 아주머니 참으로 무던한 사람이었지. 바깥양반 외상 인심은 고약했지만……."

비로소 그들이 만났던 밤을 기억해 낸 한신이 문득 감회에 젖은 얼굴이 되어 씁쓸하게 웃으며 무섭의 말을 받았다.

"저는 대왕께서 회음을 떠나신 뒤로도 여러 달 더 그 술집을 드나들었지요. 나중에는 외상술도 얻어 마셨는데, 결국은 그 술빚을 다 갚지 못하고 저 또한 회음을 떠나게 되었습니다."

무섭도 껄껄 웃으며 맞장구를 쳤다. 그래도 한신은 여전히 무섭이 찾아온 게 반가워지지 않았다. 자신이 떠난 뒤에도 여러 달을 더 회음 저잣거리를 떠돌았다면 그만큼 지난날의 상처와 약점도 많이 알고 있을 것 같아서였다.

"벌써 10년이 훌쩍 지났는가. 그때는 어리석고 터무니없는 짓도 많았을 것이오."

한신은 그렇게 앞질러 무섭의 입을 막아 놓고 말머리를 다른 쪽으로 돌렸다.

"옛 사람을 만나니 옛일이 새롭구려. 그래, 이번 사행길에는 어떤 가르침을 주시려고 오셨소?"

그러자 무섭도 정색을 하고 말했다.

"악인도 어린아이가 우물로 기어가는 것을 보면 막는 법입니다. 그런데 한때나마 흉금을 터놓고 벗 삼아 본 적이 있는 이가 어렵게 높은 자리에 오르고도 죽고 망할 길을 걷고 있는데 어찌 그냥 보아 넘길 수 있겠습니까?"

"그게 무슨 말씀이시오? 누가 죽고 망할 길을 걷고 있다는 것이오?"

한신이 무섭의 말뜻을 짐작은 하면서도 짐짓 못 알아듣겠다는 듯 그렇게 물었다. 무섭이 갑자기 근엄한 목소리가 되어 받았다.

"바로 그대[足下] 제왕 한신이외다. 그대는 한왕을 주군으로 골라 죽을 길로 접어들었고, 이제는 제나라 왕에 올랐으면서도 패망할 길만 고집스레 가고 있소."

상국(上國)이랄 수 있는 서초의 패왕이 보낸 사자다운 위엄까지 배인 말투였다.

무섭의 말에 한신이 속으로 쓰게 웃으면서도 겉으로는 여전히 시치미를 떼고 물었다.

"그건 또 무슨 말씀이시오?"

무섭이 기다렸다는 듯 목소리를 가다듬어 말했다.

"여정(呂政)이 사해를 아우르고 시황제가 되니 그로부터 10년이 넘게 온 천하 사람들이 진나라로부터 괴롭힘을 당하였소이다. 이에 참다 못한 호걸들이 모두 들고일어나 서로 힘을 합하여 진나라를 치게 되었소. 그리고 진나라가 무너지자 세운 공을 헤아려 땅을 나누고, 그 나누어진 땅에 왕을 봉하여 다스리게 함으로써, 그들의 사졸로 싸웠던 백성들을 쉬게 하였소.

그런데 오래잖아 한왕 유방이 다시 군사를 일으켜 동쪽으로 밀고 나와 남의 나라를 치고 땅을 빼앗기 시작했소이다. 한왕은 먼저 삼진을 깨뜨리고 다시 함곡관을 나와 관동의 제후들을 꺾은 뒤 그 군사들을 거두어 동쪽으로 초나라를 공격하고 있소. 천하를 모두 삼키기 전에는 멈추려 하지 않으니, 한왕의 만족할 줄 모름이 이다지도 심하외다."

무섭은 먼저 그렇게 한왕 유방의 야심을 나무라고 잠깐 한숨을 돌린 뒤 다시 말을 이었다.

"거기다가 한왕은 또 그 사람됨을 도무지 믿을 수가 없소이다. 지난날 그의 목숨이 여러 번 패왕의 손아귀에 들었으나, 패왕께서는 늘 그를 가엾게 여겨서 살려 주었소. 그런데도 한왕은 위태로운 지경을 벗어나기만 하면 번번이 약조를 어기고 다시 패왕을 공격하였소. 장부로서 그를 가까이하고 믿을 수 없는 까닭이 그와 같은 실신(失信)과 번복에 있소이다.

지금 제왕이 된 그대는 스스로 한왕과 교분이 두텁다 여기고, 그를 위하여 재주와 힘을 다하고 있소. 군사를 이끌고 창칼 아래를 내달아 수많은 제후와 왕을 사로잡고 그 땅을 아울렀지만, 끝내는 저버림을 받아 그에게 사로잡히게 될 것이오. 그대가 이제까지 살아남을 수 있었던 까닭은 우리 패왕께서 굳건히 버텨 주신 덕분이외다.

지금 패왕과 한왕 두 사람의 싸움에서 승리의 저울추가 어디에 놓이게 되는가는 오로지 그대에게 달려 있소. 그대가 오른쪽에 추 하나를 더 얹으면 한왕이 이기고, 왼쪽에 추 하나를 더 얹으면 패왕이 이기게 될 것이오. 하지만 추를 어느 쪽에 얹기에 앞서 그대가 반드시 헤아려 볼 일이 있소. 패왕이 오늘 망하면 한왕은 내일로 그대를 쳐 없앨 것이오. 거기다가 그대는 우리 패왕과 오래된 연고가 있고, 종리매를 비롯해 많은 초나라 장수들도 아직은 그대를 미쁜 벗으로 기억하고 있소. 그런데 그대는 어째서 한나라를 저버리고 초나라와 화친을 맺어 스스로 살길을 찾지 않으시는 것이오?"

그 말에 한신이 속을 떠보듯 무섭에게 물었다.

"하지만 한왕이 망해 없어진 뒤에 또한 패왕이 내게 칼끝을 겨누지 않으리라고 어떻게 믿을 수 있겠소?"

"그것은 누가 보장하는 것이 아니라 그대 스스로 확보하는 것이오. 그대에게 초나라와 화친을 맺으라는 것은 그리해서 패왕

아래로 들어가라는 뜻이 아니오. 지금 그대는 이미 천하의 셋 중 하나를 차지하고 있소. 그걸 밑천 삼아 어느 쪽도 편들지 않고 가만히 지키기만 해도 되는 것이오. 그러면 한왕, 패왕과 더불어 천하를 셋으로 나누어 그중 하나에서 왕 노릇 하는 셈이 되니 그보다 더 그대를 잘 지킬 수 있는 길이 어디 있겠소? 그런데도 지금 이 호기를 스스로 버리고 한나라를 믿어 초나라를 치려 하다니, 슬기로운 자는 원래 그렇게 하는 것이오?"

무섭은 말을 맺고 한신을 지그시 바라보았다. 얼음에 박 밀듯 거침없는 언변은 아니었으나, 자못 준엄하면서도 사람의 마음을 흔드는 데가 있었다. 한신의 얼굴에도 잠시 동요하는 기색이 떠올랐다. 하지만 이내 담담한 표정이 되어 무섭의 말을 받았다.

"사신의 말씀이 사뭇 억지스럽지만은 않지만, 자신의 주장에 이롭게 하려고 이로(理路)를 비튼 데가 있는 성싶소. 과인은 예전에 항왕을 섬긴 적이 있으나, 벼슬은 낭중에 지나지 않았고, 하는 일도 기껏 큰 창을 들고 항왕의 군막을 지키는 것이었소. 거기다가 항왕은 과인이 바른말을 해도 들어주지 않았으며, 그럴듯한 계책을 올려도 써 주지 않아 초나라를 버리고 한나라로 간 것이오. 그같이 불우(不遇)를 입었을 뿐인데, 그걸 어찌 옛 연고라 내세울 수 있겠소?

하지만 한번 과인이 한왕의 휘하에 들자 모든 것이 달라졌소. 한왕은 바로 과인에게 상장군의 인(印)을 내주었으며, 수만 명의 군사를 딸려 주었소. 자기의 옷을 벗어서 나에게 입히고, 자기의 음식을 내게 나눠 주었소. 내 말은 받아들이고 올린 계책은 써 주어 내가 오늘에 이를 수 있었던 것이오. 그런 한왕을 어찌 탐욕스럽고 믿을 수 없는 사람이라고만 나무랄 수 있겠소?

무릇 남이 나를 가깝게 여기고 믿어 주는데 그를 저버리는 것은 상서롭지 못한 일이오. 비록 그로 인해 죽게 될지라도 이 마음을 바꿀 수는 없으니, 나를 위해 항왕께 그렇게 전해 주시오."

그러고는 자리를 털고 일어나며 좌우를 돌아보고 말했다.

"여봐라, 사신을 객관으로 안내하여라. 그곳에서 하룻밤 편히 쉬게 하신 뒤에 국경 밖으로 모셔다 드리도록 하라."

무섭도 더 매달려 봤자 될 일이 아니라는 걸 깨달았다. 무안한 얼굴로 근시들의 안내를 받아 객관으로 갔다.

제왕 한신이 초나라 사신을 맞아 몇 마디 들어 보지도 않고 객관으로 내쫓았다는 말은 곧 제왕 궁궐 안에 널리 퍼졌다. 괴철이 그 말을 듣고 한신을 찾아왔다. 천하 패권의 향방이 한신에게 달린 것을 한 번 더 확인시켜 주고, 기이한 말과 계책으로 한신의 마음을 되돌려 볼 작정이었다.

"괴(蒯) 선생은 무슨 일로 과인을 찾아왔소?"

한신이 괴철이 찾아온 까닭을 짐작하고 그렇게 물었다. 괴철이 시치미를 떼고 대꾸했다.

"저는 일찍이 사람의 상을 보는 법을 배운 적이 있습니다. 군왕께서는 관상에 대해 궁금한 게 없으신지요?"

"선생의 상을 보는 법은 어떠합니까?"

느닷없는 괴철의 말에 한신이 약간 어리둥절해 물었다. 괴철이 그럴 줄 알았다는 듯 줄줄 늘어놓았다.

"사람이 고귀하게 되느냐 비천하게 되느냐는 골상(骨相)에 달려 있고, 걱정거리가 생기느냐 기쁜 일이 찾아오느냐는 얼굴빛과 모양에 달려 있으며, 뜻을 이루느냐 이루지 못하느냐는 결단에 달려 있습니다. 이러한 것들을 바탕으로 살피면 만에 하나도 어긋남이 없습니다."

"좋소. 그럼 선생께서는 과인의 관상을 어떻게 보시오?"

이번에는 괴철의 말을 재미있게 여긴 한신이 불쑥 물었다. 괴철이 갑자기 엄숙해진 얼굴로 말했다.

"제게 잠시 틈을 주시고, 좌우를 물리십시오."

"다들 물러가라!"

한신이 그렇게 소리쳐 좌우를 물리쳤다. 방 안에 두 사람만 남게 되자 괴철이 나지막하지만 진지하게 말했다.

"대왕의 상을 보니 높아야 제후에 지나지 않는데, 그나마 위태로워 안정된 상이 못 됩니다."

"그게 무슨 소리요?"

한신이 떨떠름해져 물었다. 괴철이 몸을 바로 하고 목소리를 가다듬어 말했다.

"세상이 처음 어지러워졌을 때, 영웅호걸들이 스스로 왕을 일컬으며 크게 외치자 천하의 뜻있는 선비들이 구름처럼 몰려들었습니다. 그들이 겹치기는 물고기 비늘 같고 기세는 불길이나 바람처럼 거세게 일어났습니다. 그때 그들이 걱정한 것은 오직 진나라를 쳐 없애지 못할까 하는 것뿐이었습니다.

그런데 진나라가 무너져도 그들의 걱정은 없어지지 않고, 세상은 전보다 더욱 끔찍해졌습니다. 초나라와 한나라가 서로 다투게 되면서, 죄 없는 사람들이 헛된 싸움으로 내쏟은 간과 뇌수가 땅바닥을 덮었으며, 들판에 나뒹구는 아비와 자식의 가여운 해골이 또 얼마나 되는지 이루 헤아릴 수가 없을 정도입니다.

초나라 사람 항우가 서초 패왕을 일컬으며 팽성에서 일어나, 여기저기서 맞서는 이들을 쳐부수고 달아나는 적을 쫓아 형양에 이르렀을 때는 머지않아 천하대세가 판가름 날 것처럼 보였습니다. 그가 진나라를 멸망시킨 승세를 타고 멍석 말듯 하는 기세로 곳곳을 휩쓰니, 그 위세는 천하를 벌벌 떨게 할 만큼 대단했습니다. 하지만 그와 같은 항왕의 군사들도 경현과 삭현 사이에서 곤경에 빠지고 서산에 가로막혀 더 앞으로 나아갈 수 없게 된 지 이제 3년이나 되었습니다.

한왕은 수십만 대군을 거느리고 공현과 낙현 사이에서 험준한 산과 물을 방패 삼아 하루에도 여러 차례 전투를 벌였으나 작은 공도 세우지 못했습니다. 군사가 꺾이고 싸움에 져도 누구 하나 달려와 도와주는 이가 없어 형양에서 지고 성고에서 군사를 잃은 채 드디어 완성과 섭성 사이로 달아났습니다. 그러다가 다시 형양, 성고로 돌아가 지금은 광무산 한 모퉁이에 진채를 얽고 있으나, 그 고단함은 원병을 요청하러 달려오는 한왕의 사자로 미루어 군왕께서도 잘 알고 계실 것입니다.

이와 같이 슬기로운 한왕도 용맹스러운 항왕도 지금 괴롭기는 마찬가지입니다. 군사들의 날카로운 기세는 험준한 요새를 만나 꺾이고, 양식은 창고에서 다 떨어졌습니다. 둘 사이에 끼인 백성들은 이쪽저쪽에 번갈아 빼앗겨 날로 원망이 커지고, 민심은 기댈 곳이 없어 흔들리고 있습니다. 신이 헤아리건대, 이러한 형세는 참으로 하늘이 내리신 성현이 아니면 천하를 재화에서 구할 수가 없을 듯합니다."

"그럼, 그런 성현이 있다는 것이오? 그게 누구요?"

듣고 있던 한신이 불쑥 그렇게 물었다. 괴철의 얘기가 너무 장황하게 변죽만 울리고 있는 것 같아 말허리를 자른 셈이었다. 그래도 괴철은 그때껏 해 오던 말투를 바꾸지 않았다. 오히려 더 위압적으로 하던 얘기를 이어 갔다.

"지금 한왕과 항왕의 명운은 모두 그대[足下]에게 달려 있습니다. 그대가 한나라를 편들면 한나라가 이길 것이요, 초나라를 편들면 초나라가 이기게 될 것입니다. 신은 이제 속마음을 터놓고 어리석은 계책을 말씀드리려 하거니와, 참으로 걱정스러운 바는 그대가 그 계책을 써 주지 않는 것입니다."

괴철은 스스로 신이라 일컬으면서도 제왕 한신에게 그대라는 호칭을 써 자신이 내놓으려 하는 계책에 무게를 더하였다. 한신이 자세를 고쳐 앉으며 다음 말을 재촉했다.

"말해 보시오. 그게 어떤 계책이오?"

"한나라와 초나라를 함께 이롭게 하고 두 임금을 모두 살려, 천하를 셋으로 나누고 그 하나를 차지하는 계책입니다. 한왕과 항왕에다 그대까지 세 세력이 솥발[鼎足]처럼 버티어 서면 어느 편에서도 먼저 움직이지 못할 것입니다.

그때 그대처럼 밝고 어진 사람이 수많은 갑병을 거느리고 강대한 제나라에 의지하여 연나라와 조나라를 따르게 한 뒤, 주인 없는 땅으로 나아가 그들 두 나라의 뒤를 제압한다면 안 될 일이 무에 있겠습니까? 그런 다음 다시 백성들이 바라는 대로 서쪽으로 나아가 초나라와 한나라의 싸움을 끝내게 함으로써 싸움터에서 스러질 무고한 백성들의 목숨을 구해 준다면, 천하는 바람처럼 그대에게 달려올 것이요, 메아리처럼 호응할 것입니다. 누가 감히 그런 그대의 명을 듣지 않을 수 있겠습니까?

이렇게 되면 큰 나라는 나누어지고, 강한 나라는 약해져 새로운 제후를 많이 세울 수 있게 됩니다. 그리고 제후들이 서면 그곳 백성들은 그 명을 따를 것이요, 그 제후들은 그렇게 된 은덕을 제나라에 돌릴 것입니다. 그때 그대는 교하(膠河)와 사수(泗水) 인근이 옛 제나라 땅임을 내세워 그곳에 자리 잡고 덕으로 제후들을 달래고 끌어들이십시오. 공손히 두 손 모아 읍하면서 겸양의 예를 지키면, 천하의 군왕들이 서로 사람들을 끌고 와서 그대의 제나라에 입조(入朝)할 것입니다."

괴철이 거기까지 말하자 낯빛이 변해 듣고 있던 한신이 두 손을 내저어 괴철을 말리며 말했다.

"선생, 그만하시오. 항왕이 비록 과인을 제대로 써 주지 않았으나 그래도 한때 과인이 주군으로 모셨던 사람이외다. 또 한왕은 과인을 대장군으로 세웠고, 지금은 제나라의 왕위에까지 올려 주신 엄연한 과인의 주군이외다. 어찌 그런 이들과 어깨를 나란히 남면(南面)하여 천하를 다툴 수 있겠소? 특히 한왕께 맞서는 것은 그 대장군이었던 내게는 바로 반역이 되니, 선생은 이제 과인에게 반역을 권하고 있는 것이오?"

한신은 정말로 두렵고 걱정스러운 듯했다. 괴철이 얼굴이 갑자기 굳고 어두워졌다.

"옛말에 이르기를, '하늘이 주는 것을 받아들이지 않으면 도리어 그 나무람을 듣게 되고[天與弗取 反受其咎] 때가 이르렀는데 결행하지 못하면 거꾸로 그 재앙을 입게 된다[時至不行 反受其殃].' 고 했습니다. 아무쪼록 그대는 깊이 헤아려 계책을 고르십시오."

그렇게 결연히 말하고는 나무라는 듯한 눈길로 한신을 쳐다보았다. 그러나 한신도 그와 같은 괴철의 권유에 대해서는 태도를 분명히 했다. 더 깊이 생각해 볼 것도 없다는 듯 바로 그 말을 받았다.

"한왕께서는 나를 두터운 은덕으로 대해 주셨소. 자기의 수레로 나를 태워 주었고, 자기의 옷으로 나를 입혀 주었으며, 자기가 먹을 것으로 나를 먹여 주었소. 내가 들으니 '남의 수레를 타는 자는 그의 걱정을 제 몸에 싣고, 남의 옷을 입는 자는 그의 걱정을 제 마음에 품으며, 남의 밥을 먹는 자는 그의 일을 위해 죽는다[食人之食者 死人之事].'고 했소이다. 내 어찌 이익을 바라 의리를 저버릴[鄕利而倍義] 수 있겠소?"

그런 한신의 말을 듣자 괴철의 얼굴은 더욱 굳고 어두워졌다. 이제는 결연한 기세까지 보이며 숨결을 가다듬어 말했다.

"그대는 스스로 한왕과 친분이 두텁다 여겨 그를 위해 만세(萬世)가 지나도 잊어지지 않을 공업을 세우려 하시지만 신이 보기에는 그것이 큰 잘못인 듯합니다. 처음 상산왕 장이와 성안군 진여가 벼슬이 없었을 때에는 서로를 위해 목이 잘려도 마다하지 않을 만큼 가깝게 지냈습니다. 그러나 나중에 장염과 진택이 죽게 된 일로 다투게 되면서 서로를 원망하게 되었습니다.

먼저 진여가 제나라 왕 전영과 짜고 상산왕 장이를 쳐부순 뒤, 그 땅을 빼앗아 헐(歇)을 다시 조왕(趙王)으로 세웠습니다. 그러자 장이는 처음 항왕에게로 달아나려다 오히려 항왕을 저버리고 사자로 온 항영(項嬰)의 목을 베어 한왕에게로 의지해 갔습니다. 이에 한왕이 장이에게 군대를 나눠 주어 지수 남쪽에서 조나라 대군을 쳐부수고 성안군 진여를 목 베게 하였습니다.

상산왕 장이는 이른바 문경지교(刎頸之交)를 뒤집어 오히려 성안군 진여를 목 베고, 성안군은 아비같이 따르던 상산왕에 의해 머리와 몸통이 따로 떨어지니, 둘 모두 천하의 웃음거리가 되기는 마찬가지였습니다. 온 세상이 모두 알아줄 만큼 지극하던 사이가 마침내 서로 잡아 죽이려고 하게 된 까닭은 무엇이겠습니까? 걱정거리는 욕심이 많은 데서 생기고, 사람의 마음은 헤아려 짐작하기 어려운 데가 있기 때문입니다[患生於多欲而人心難測也].

지금 그대는 충성과 믿음으로 한왕과 가까워지고자 하시지만, 아무래도 그 사귐은 장이와 진여가 서로 마음을 터놓고 사귈 때만은 못할 것입니다. 거기다가 그대와 한왕 사이가 틀어질 일은 저 장염과 진택의 일보다 많고 큽니다. 따라서 신이 보기에는 한왕이 결코 그대를 해치지 않을 것이라 믿는 것은 크게 틀린 일입니다.

옛적에 대부 문종(文種)과 범려(范蠡)는 망해 가는 월(越)나라를 붙들고 그 왕 구천(句踐)을 도와 패자(覇者)로 만들어, 공을 세우고 이름을 드날렸지만 끝내 자기 몸은 죽게 되었습니다. 들짐승이 다 없어지면 사냥개도 쓸모없어져 삶아 먹히기 마련입니다. 사귐으로 보아도 그대와 한왕은 장이와 진여의 지극함에 미치지 못하고 충성과 믿음으로 보더라도 대부 문종과 범려가 월왕 구천에게 바친 것보다 못합니다. 따라서 그대는 그 두 가지 일을 거울 삼아 깊이 살피고 헤아리셔야 합니다.

거기다가 신이 듣기로, '용맹과 지략이 주군을 떨게 하는 자는 그 몸이 위태롭고[勇略震主者身危] 공로가 천하를 뒤덮을 만한 자는 그 상을 받지 못한다[功蓋天下者不賞].' 했습니다……."

그러자 그때껏 말없이 듣고 있던 한신이 불쑥 물었다.

"그것은 또 무슨 소리요? 누가 주군을 떨게 하고, 세상을 뒤덮을 공을 세웠다는 것이오?"

"그대 스스로 아시지 못하는 듯하니, 신이 대왕의 공로와 용략(勇略)을 하나하나 들어 보겠습니다. 처음 그대가 한중에서 진창(陳倉)으로 빠져나와 삼진을 차례로 둘러엎은 공이나 함곡관을 나와 다섯 왕을 사로잡고 항복받은 일만 해도 세상을 놀라게 하기에 넉넉했습니다. 어떤 이는 그 공이 무모한 팽성 공략과 이어진 수수 가의 참패로 지워졌다 하나, 그래도 남는 것이 있습니다. 그대가 흩어진 군사를 모아 경현과 삭현 사이에서 항왕의 날카로운 기세를 꺾고 낙양 서쪽으로 초나라 군사들이 들어오지 못하게 한 공은 오래오래 기억될 것입니다.

그 뒤 그대는 서하(西河)를 건너가서 한 싸움으로 위왕 표를 사로잡고, 다시 대(代)나라로 밀고 들어가 그 상국 하열(夏說)을 잡아 죽였습니다. 정형(井陘)으로 들어가서는 배수(背水) 일진(一陣)으로 조나라 20만 대군을 쳐부수었으며, 성안군을 목 베고 조왕 헐을 사로잡았습니다. 연나라를 위압하여 항복받았으며, 역하에서 제나라 대군을 깨뜨리고 전해와 화무상을 잡아 죽였습니다.

임치를 떨어뜨린 뒤 남쪽으로 내려가 항왕이 보낸 대군을 쳐부수었고, 동쪽 유수 가로 가서는 초나라의 맹장 용저를 목 베었습니다. 그런 다음 이제 서쪽을 향해 한왕에게 승리를 아뢰고 있으니, 이는 이른바 '공로는 천하에 둘도 없고 지략은 불세출이다.'라는 것입니다.

이제 그대는 주군을 떨게 할 위엄을 지녔으며, 상을 받을 수 없는 공을 세웠습니다. 그대는 초나라로 돌아가려 해도 초나라 사람들이 믿지 않을 것이고, 한나라로 돌아가더라도 한나라 사람들이 떨며 두려워할 것입니다. 그와 같이 감당할 수 없는 공로와 위엄을 지니고 그대가 갈 수 있는 곳이 어디겠습니까? 남의 신하로 있으면서 주군을 떨게 할 만한 위엄이 있고, 그 이름은 천하가 우러를 만큼 드높아졌으니, 그래서 나는 그런 그대를 위태롭게 여기는 것입니다."

괴철이 그렇게 말을 마치자 마침내는 한신도 깊이 헤아리고 따져 보는 얼굴이 되었다. 한참을 말없이 앉았다가 문득 자리를 털고 일어나며 말했다.

"오늘 참으로 귀한 말씀 많이 들었습니다. 이제 선생께서는 잠시 돌아가 쉬시지요. 과인도 이 일에 관해 곰곰 생각해 보겠습니다."

하지만 한신의 마음이 흔들린 것도 그때 잠깐뿐이었던 듯했다. 패왕의 사자로 온 무섭이 떠나가고 며칠이 지나도록 한신은 괴철을 부르지 않았다. 기다리다 못한 괴철이 다시 제왕 한신을 찾아보고 간곡하게 말했다.

"'남의 좋은 꾀를 잘 들으면 일의 성패를 미리 살펴볼 수 있고, 헤아림이 좋으면 존망의 기미를 알 수 있다[聽者事之侯也 計者存亡之機也].' 했습니다. 듣기를 잘못하고 헤아림이 틀렸는 데도 오래 평안히 지낼 수 있는 이는 드뭅니다. 남의 말을 잘 분별하여 판단을 그르치지 않으면 자잘한 말로는 어지럽게 만들 수가 없고, 헤아림이 앞뒤를 잃지 않으면 교묘한 말재주로도 헝클지 못하는 법입니다."

"선생께서는 대체 과인에게 무슨 가르침을 내리시려는 게요?"

괴철이 말을 어지럽게 돌려 하자 한신이 말허리를 자르며 가만히 물었다. 그래도 괴철은 말투를 바꾸지 않고 이어 갔다.

"무릇 '말 기르는 일 따위에 마음을 쏟는 자는 천자의 권위를 잃게 되고[夫隨廝養之役者 失萬乘之權], 한두 섬의 봉록이나 지키기에 급급한 자는 경상(卿相)의 자리를 지켜 내지 못한다[守儋石之祿者 闕卿相之位].'고 하였습니다. 지혜는 일을 결단하는 힘이 되며 의심은 일을 방해하는 걸림돌일 뿐입니다. 터럭같이 작은 일이나 꼼꼼하게 헤아리고 있다 보면 천하대세를 잊어버리며, 깊이 헤아려 잘 알고 있으면서도 결단하여 감행하지 않는 것은 모든 일의 화근이 됩니다. 그래서 이런 말이 있습니다.

'아무리 사나운 범이라도 머뭇거리고만 있으면 벌이나 전갈이 쏘는 것만 못하고, 아무리 준마라도 닫지 않으면 늙고 느린 말이 천천히 가는 것만 못하다. 맹분(孟賁)과 같은 용사도 쓸데없는 의심으로 망설이기만 한다면 어린아이가 일을 내는 것보다 이룸이 적고, 순임금이나 우임금 같은 지혜가 있어도 입을 다물고 말하지 않으면 벙어리나 귀머거리가 손짓 발짓으로 말하는 것보다 못하다.'

이것은 무엇이든 결단하여 실행함이 귀하다는 말입니다. 무릇 공은 이루기는 어려워도 그르치기는 쉬우며, 때는 얻기는 어려워도 잃기는 쉽습니다[夫功者難成而易敗 時者難値而易失]. 좋은 때를 만나기는 두 번 다시 어려우니 그대는 부디 넓게 살펴 결단하십시오."

그제야 한신은 괴철이 하려는 말뜻을 알아들었다. 하지만 전날과 마찬가지로 한신의 마음은 바뀌지 않았다.

"선생의 간곡한 뜻은 알겠으나 과인은 차마 한왕을 저버릴 수가 없소. 한왕도 또한 그러할 것이오. 과인이 이제까지 그를 위해 세운 공이 적지 않은데 설마 과인에게 이미 내린 것을 다시 거두어 가기야 하겠소?"

그러면서 괴철의 권유를 물리쳤다. 괴철은 그 뒤로도 몇 번 더 한신을 찾아갔으나 끝내 자신의 말이 받아들여지지 않자 깊이 탄식했다.

'제왕 한신은 반드시 한왕에게 사로잡혀 욕스럽게 죽으리라.

그런데 이 며칠 내가 한신에게 하는 말을 엿들은 사람이 적지 않으니, 그가 죽게 되면 틀림없이 내가 그를 부추긴 것도 드러날 것이다. 한신이 죽는 거야 망설이고 머뭇거린 죄라 쳐도, 나는 이게 무슨 꼴이냐. 어리석은 사냥개를 깨우쳐 주다가 간사한 토끼가 죽은 뒤에는 나까지 그 사냥개와 함께 삶기게 되겠구나.'

그러면서 무언가 골똘한 생각에 잠겨 있던 괴철은 어느 날부터인가 갑자기 미친 짓을 하기 시작했다. 임치성 안을 히죽거리고 돌아다니며 말도 안 되는 소리를 지껄이다가 갑자기 울고 웃고 하여 사람들이 괴이쩍게 보도록 만들었다. 나중에는 무병(巫病)이 든 양, 점도 쳐 주고 푸닥거리까지 해 주더니 어느 날 임치성 안에서 사라져 버렸다.

"괴철 선생이 없어졌습니다. 사람을 풀어 찾아볼까요?"

한신이 괴철을 아끼는 것을 잘 아는 한 장수가 한신을 찾아와 그렇게 물었다. 한신이 가만히 고개를 저으며 말했다.

"그럴 것 없다. 괴철은 과인에게서 스스로 떠나갔느니라."

동트는 제국

초나라와 한나라 어느 쪽도 자신이 없어 광무간(廣武澗)을 가운데 두고 노려보기만 하는 사이에 봄이 다하고 여름 4월로 접어들었다. 서광무 꼭대기에서 멀리 누렇게 익어 가는 벌판을 바라보던 한왕이 곁에 있던 진평을 돌아보며 문득 걱정스러운 듯 말했다.

"밀이 익을 때가 가까워 온다. 밀이 익으면 초나라 군사들은 가까운 들판에서도 군량을 거둘 수 있으니 다시 사납고 거세질 것이다. 어찌할 것인가? 이대로 오지도 않는 원병을 기다리며 마냥 버텨 볼 것인가? 아니면 초나라 군사가 더 사나워지기 전에 광무산을 빠져나가 공현과 낙양 사이로 물러날 것인가?"

하지만 진평은 언제나 그렇듯 태평스럽기 짝이 없는 얼굴이었다. 목소리도 유들유들하게 한왕의 말을 받았다.

"초나라 군사들 가운데 강동에서 온 자들은 주로 쌀을 먹고 살아온 족속들입니다. 밀만으로는 군량을 삼을 수 없으니 밀이 익는 것은 그리 걱정할 일이 아닙니다. 하지만 아직은 계포가 팽성에서 보내 주는 쌀이 있어 초나라 군사들이 맹탕으로 굶고 있지는 아니합니다. 거기다가 항왕이 시퍼런 기세로 그들을 이끌고 있으니, 저들의 에움에서 벗어나기는 쉽지 않을 것입니다. 조참과 관영이 이르기를 재촉하는 한편 팽월에게도 사람을 보내 보다 활발한 유격(遊擊)을 당부하십시오. 팽월이 초군의 양도(糧道)만 온전히 끊어 놓을 수 있다면, 대왕께서 구차하게 물러나지 않으셔도 될 것입니다."

"팽월을 어떻게 믿을 수가 있는가? 겉으로만 과인의 명을 받드는 척할 뿐, 군사를 내고 거두는 게 도무지 제멋대로이다. 거기다가 이제는 한신에게 지고 쫓겨 간 전횡까지 받아들여 보살펴 주고 있다. 한신을 대장군으로 부리는 과인에게 대드는 것과 무엇이 다른가?"

한왕이 한층 어두워진 얼굴로 그렇게 탄식처럼 말했다. 이번에는 그 자리에 함께 있던 장량이 나섰다.

"그래도 팽월은 대왕께서 보내신 유가와 노관을 받아들여 지금까지 서로 도우며 잘 싸워 왔습니다. 우리가 광무산에서 이나마 버틸 수 있었던 것도 다 팽월의 공이라 할 수 있습니다. 전횡을 받아들인 것은 그 형 전영이 살아 있을 때의 옛 연고 때문이니 너무 나무라지 마십시오."

그러고는 한왕 곁으로 다가와 나직하게 일러 주었다.

"또 팽월이 대왕을 거슬러 전횡을 받아들였다 한들, 이렇게 군색한 처지에 빠져 있는 대왕께서 무얼 할 수 있겠습니까? 지금은 칼끝을 거꾸로 겨누고 덤비지 않는 것만도 다행으로 여기고 팽월을 다독여야 합니다."

한왕도 듣고 보니 장량의 말이 옳았다. 서둘러 위태로운 싸움을 벌이는 대신, 불안한 마음을 누르고 느긋하게 형세를 살피며 기다리기로 했다.

그런데 그날 저녁 삼경 무렵이었다. 갑자기 진채 안이 술렁거리더니 한 시중이 달려와서 알렸다.

"적장 하나가 백여 명의 군사를 이끌고 찾아와서 항복을 청합니다."

자리에 누웠던 한왕이 반가움을 감추지 못하고 몸을 일으키며 말했다.

"들게 하라. 과인이 그를 보겠다."

그러자 오래잖아 한 초나라 장수가 한왕의 군막 안으로 이끌려 들어왔다.

"그대는 어디 사는 누구이며 항왕 밑에서는 무슨 일을 하였는가?"

한왕 유방이 항복해 온 초나라 장수에게 부드럽게 물었다. 그 초나라 장수가 머리를 조아리며 대답했다.

"저는 회계에서 나고 자란 여마동(呂馬童)이라고 합니다. 일찍이 무신군 항량이 오중을 떠날 때 향당(鄕黨)의 또래 백여 명과 함께 말 한 필을 구해 타고 따라나섰습니다. 그 뒤 항왕을 따라 함곡관 안으로 들어갔고, 다시 팽성으로 돌아와서는 낭중으로 항왕을 모셔 왔습니다."

"그렇다면 항왕이 늘 아끼고 내세우는 강동의 자제겠구나. 어떻게 하여 이렇게 과인을 찾아오게 되었는가?"

"백성들은 먹을 것을 하늘로 여긴다[民以食爲天]는 말도 있습니다만, 군대에게는 먹을 것이 곧 싸우는 힘입니다. 군사들은 먹여 주지 않으면 싸우려 들지 않을 뿐만 아니라 싸울 수도 없습니다. 그런데 항왕은 이미 군사들을 먹이지 못하고 있습니다."

"하지만 동광무의 초나라 진채에서는 때가 되면 언제나 밥 짓는 연기가 피어오르고, 초나라 군사들의 사기도 만만치 않았다. 그런데 항왕이 제 군사를 먹이지 못하고 있다니 그게 무슨 말인가?"

한왕이 한편으로는 기쁘면서도 한편으로는 믿을 수가 없어 그렇게 물었다. 여마동이 수척한 얼굴을 불빛에 드러내며 힘없는 목소리로 대꾸했다.

"지난가을 계포 장군이 팽성으로 돌아가 양도를 잇자 초군 진영에도 제때에 군량이 이르게 되었습니다만 그것도 잠시였습니다. 이 겨울 들어 한나라 장수 유가와 노관이 팽월과 연결하여 다시 양도를 끊으니 동광무의 초나라 군사들은 제대로 먹을 수가 없었습니다. 세 끼가 두 끼로 줄고, 군마를 잡아 허기를 돕기도 했으나, 이 봄 들어서는 그마저도 어렵게 되었습니다. 멀건 죽으로도 하루 두 끼를 잇기 어려우니 이미 초나라 군사는 싸울 수 있는 군사가 아닙니다. 그래도 저는 명색 장수라 견딜 만하지만 저 가여운 사졸들이야 무슨 죄가 있습니까? 거기다가 대왕의 군대는 나날이 강해지고 군량도 넉넉하다 하니 싸우기도 전에 굶어 죽게 된 사졸들이라도 살리고자 이렇게 도망쳐 나왔습니다. 저희들을 불쌍히 여겨 거두어 주십시오."

한왕은 원래가 거창하게 대의명분을 내세우는 유자나 세객들을 좋아하지 않았다. 여마동이 솔직하게 배고픔을 앞세우며 빌고 드니 오히려 미덥게 여겨졌다.

"사냥꾼도 품 안으로 날아드는 새는 쏘지 않는다 했다. 과인이 명색 한 나라의 군왕인데 갈데없어 찾아오는 그대들을 어찌 내치겠는가. 그대를 기사마(騎司馬)로 삼을 터이니 앞으로는 과인을 위해 힘을 다하라. 그대를 따라온 사졸들도 우리 한나라의 기치 아래 싸우겠다면 모두 받아 주겠다."

한왕은 그렇게 말하며 여마동과 그를 따라온 졸개들을 받아들였다. 그리고 다음 날 일찍 장량과 진평을 불러들이게 해 제법 호기롭게 말했다.

"자방, 아무래도 때가 된 것 같소. 내일은 일찍 군사를 산 아래로 내려보내 적의 세력을 한번 떠봅시다. 광무산에 이렇게 갇혀 있기도 이젠 지긋지긋하오."

"대왕, 갑자기 그게 무슨 말씀이십니까?"

장량이 때 아닌 한왕의 호기에 어리둥절해 말했다. 한왕이 간밤 여마동이 항복해 온 일을 말하며 한층 기세를 올렸다. 장량도 그 일을 전해 들은 듯했지만 한왕과는 달리 담담한 표정으로 받았다.

"그럴수록 나가 싸워서는 아니 됩니다. 오히려 대왕께서 급히 군사를 이끌고 나가시는 것이야말로 지금 항왕이 가장 바라는 일일 것입니다."

"아무리 천하의 패왕이라지만 굶주려 싸울 힘도 없는 군사를 거느리고 무얼 한단 말이오?"

"막다른 골목에 몰린 짐승이 돌아서서 대들 때가 가장 위험한 법입니다. 초나라가 군량이 모자라는 것은 사실이나 아직 싸울 힘까지 모두 잃었을 정도는 아닙니다. 싸움은 한 시진이면 대세가 정해집니다. 항왕은 싸움의 기미에 밝은 사람, 한 시진의 예기(銳氣)를 짜낼 수도 없을 만큼 굶주린 군사를 이끌고 억지를 부릴 사람이 아닙니다."

장량이 그렇게 말해 놓고 다시 달래듯 덧붙였다.

"조금만 더 참고 때가 무르익기를 기다리십시오. 곧 때가 이를 것입니다."

"과인은 벌써 여섯 달째 이곳 광무산에 묶여 몸만 다치고 분주하기만 했을 뿐, 한 발도 동쪽으로 내딛지 못했소. 그런데 언제까지 기다려야 한단 말이오?"

한왕이 못마땅한 듯 볼멘소리를 했다. 그때 진평이 슬며시 끼어들었다.

"그냥 기다리시는 게 아니라 대왕께서 그 때를 불러들이셔야 하겠지요. 항왕의 군사들이 배불리 먹고도 우리를 업신여기지 못하는 형세를 만드셔야 합니다."

"이렇게 진채 안에 갇혀 있으면서 무슨 일을 어떻게 한단 말인가?"

한왕이 다시 불평처럼 그렇게 물었다. 진평이 느긋하게 대답했다.

"우리가 대군을 내어 힘으로 항왕의 군사를 쳐부술 수는 없지만, 항왕 또한 더는 우리를 서광무에 가둬 놓을 힘이 없습니다. 대왕께서는 이제 사방으로 사람을 보내 이 답답한 형세를 우리에게 이롭게 뒤집어 놓으실 수 있습니다."

"누구에게 사람을 보낸단 말인가? 어떻게 하면 이 형세를 다시 한번 뒤집을 수 있는가?"

한왕이 드디어 불평을 거두고 기대에 찬 눈빛으로 진평을 보며 물었다. 진평이 무언가 가슴에 품고 있는 계책이 있어 그렇게 나선 것임을 알아차린 까닭이었다.

"대왕께서는 어찌하여 구강왕 경포를 잊고 계십니까? 경포는 수하(隨何)를 따라 대왕의 슬하로 드는 바람에 처자와 나라를 잃었습니다. 거기다가 대왕께서는 그에게 회남왕(淮南王)을 약속하시고 적지 않은 군사까지 나눠 주셨는데, 무슨 까닭으로 그를 불러 쓰지 않으십니까?"

"회남은 여기서 먼 데다 경포도 여러 고을을 회복했다지만 구강 땅을 다 차지하지는 못했다. 지난번에 항왕이 용저를 보내 그 땅을 휩쓸며 겁을 준 까닭에 그곳 백성들이 아직 항왕을 두려워하고 있는 까닭이다. 따라서 제 앞을 닦기도 급한데 멀리 군사를 보내 과인을 도울 수 있겠는가?"

한왕이 겨우 그것뿐이냐고 힐문하듯 진평에게 그렇게 되물었다. 진평이 조금도 자신을 잃지 않고 한왕의 말을 받았다.

"회남왕 경포가 굳이 군사를 이끌고 이리로 와야 할 까닭은 없습니다. 구강 땅은 서초로 보면 등줄기나 발밑과도 같습니다. 구강이 적의 땅이 되면 서초는 등줄기에 칼이 들이대이고 발밑에 구덩이가 파이는 것이나 다름없게 됩니다. 그 때문에 항왕은 그 때로서는 가장 심복이던 경포를 구강왕으로 세웠습니다. 따라서 이제 항왕의 원수가 된 경포가 구강 땅을 온전히 되찾는 것만으로도 항왕의 근거지가 되는 서초에게는 커다란 위협이 될 것입니다. 대왕께서는 다만 회남왕 경포를 도와 그가 구강 땅을 모두 되찾을 수 있도록 돕기만 하면 됩니다."

한왕이 다시 그런 진평의 대답에 실망한 표정으로 말했다.

"과인은 여기서 항왕으로부터 스스로를 지키기에도 힘겹다. 무슨 힘으로 멀리 있는 경포를 도울 수 있단 말인가?"

"대왕께서는 회남왕 경포를 돕기 위해 용맹한 장수와 날랜 군사를 갈라 보내지 않으셔도 됩니다. 몇 필의 빠른 말로 두 갈래 사신만 갈라 보내면 회남왕은 오래잖아 구강 땅을 모두 되찾고 서초의 등 뒤를 노려볼 수 있을 것입니다."

두 갈래 사신이란 하나는 회남왕 경포에게로 가는 사신이요, 다른 하나는 양 땅에 가 있는 장군 유가(劉賈)에게로 가는 사신이었다.

한왕은 전해 경포를 회남왕으로 삼았으나, 말로만 가임한 것에 지나지 않았다. 그런데 이제 사신을 보내 제왕 한신에게 그랬듯 경포에게도 격식을 차려 회남왕에 오를 수 있게 해 주었다. 옥새를 새기고 의장과 인수를 갖춰 성대하게 즉위하게 함으로써, 구강 백성들에게 왕으로서의 위엄과 정통성을 인정받게 하려 함이었다.

다른 한 갈래 사신은 장군 유가에게 노관과 헤어져 구강으로 가라는 한왕의 밀명을 전하게 했다. 노관은 양 땅에 남아 팽월이 초나라 군사의 양도를 끊는 일을 돕게 하고, 유가는 경포를 도와 구강 땅을 평정하게 함으로써 패왕의 등 뒤를 불안하게 만들기 위함이었다.

진평이 그 두 갈래 사행(使行)의 임무를 차분히 들려주자 한왕도 비로소 그것들이 뜻하는 바를 알아들었다. 그제야 고개를 끄덕이며 그 말에 따를 뜻을 나타냈다. 힘을 얻은 진평이 또 다른 계책을 내놓았다.

"제(齊), 초(楚) 사람들이 누번(樓煩) 사람들을 많이 불러 쓰듯 우리도 북맥(北貊) 사람들을 불러 써 보는 게 어떻겠습니까? 그들의 효기(梟騎)는 용맹스러울 뿐만 아니라 움직임이 빨라 천 리 밖에 있어도 이웃의 병마처럼 우리에게 도움이 될 수 있습니다. 또 연왕 장도(臧荼)는 비록 우리에게 항복하였으나, 군사를 보내 우리를 도울 생각은 없어 보입니다. 그런데 연나라에는 장도를 따르기를 마다하는 무리가 작지 않은 세력을 이루고 있다고 합니다. 그들에게도 사람을 보내 그 기마를 빌릴 수 있다면 장차 크게 쓸모가 있을 것입니다."

북맥은 동북에 있는 삼한의 족속이며[在東北 三韓之屬] 동이(東

夷)의 하나라고 하니, 바로 옛 고구려를 이룬 족속의 하나이다. 당시에는 요하(遼河) 주변에 흩어져 살던 강대한 기마족으로 때로는 중원의 풍운에도 간여했음을 알 수 있다. 또 연왕 장도의 다스림 밖에 있는 기마대를 빌려 쓴 일은 나중 장도가 모반을 일으키는 원인 가운데 하나가 되지만, 그때의 한왕에게는 가뭄에 단비 같은 도움으로만 느껴졌다.

"천하는 모두가 함께 쓰는 물건[公器]이라고 들었다. 구이(九夷)에겐들 천하가 다르랴. 항왕의 포악한 다스림으로부터 함께 지켜내야 할 것이다. 그러하되, 만약 북맥과 연나라의 효기가 와서 과인을 돕는다면 그것은 모두 진(陳) 호군의 가르침 덕분이다."

한왕은 그렇게 말하며 진평이 시키는 대로 사신을 흩어 보내게 했다. 장량도 한왕이 제쳐 놓고 있던 군세 한 갈래를 깨우쳐 주었다.

"이미 한(韓)나라에서 관중으로 쳐들어갈 적은 없으니 왕릉(王陵)도 무관에서 불러내도록 하십시오."

왕릉은 한왕과 같은 패현 사람으로 한왕이 저잣거리 건달 유계(劉季)였던 시절에는 형으로 모신 적이 있는 사람이었다. 뒤에 패공(沛公)이 되어 그를 불렀으나 그 밑에 들기를 마다하다가, 패공이 한왕이 되어 패왕 항우를 치러 함곡관을 나왔을 때야 비로소 무리를 이끌고 한왕을 따랐다. 왕릉이 한왕을 위해 먼저 하게 된 일은 가만히 풍읍으로 가서 태공 내외와 한왕의 가솔들을 구해 오는 것이었다. 그런데 패왕이 알고 그 어머니를 인질로 잡은 뒤 왕릉을 제 편으로 불렀다. 놀란 왕릉이 패왕에게 사자를 보내

어머니를 만나 보게 하였으나, 그 어머니는 오히려 사자 앞에서 목을 찔러 왕릉에게 한왕을 섬기도록 권했다. 이에 왕릉은 태공 내외와 한왕의 가솔을 보호해 관중으로 들어갔다.

한왕은 왕릉의 장재(將材)를 높이 치고, 그 어머니의 일을 안타깝게 여겨 장군으로 삼았다. 그러나 옛적과 위아래가 바뀐 사이의 어색함이 있는 데다, 왕릉은 또 이름만 들어도 치가 떨리는 옹치(雍齒)와 몹시 친한 터라 곁에 두고 부리기가 마땅치 않았다. 그 막하에 들기는 해도 한왕 가까이 다가들지는 못하고 겉돌기는 왕릉도 마찬가지였다. 이에 한왕은 왕릉에게 군사 만 명을 주고 무관에 머물러 한(韓) 땅으로부터 관중으로 침입해 오는 적을 막게 하였다. 그러나 한나라는 한왕(韓王) 신(信)이 패왕에게 사로잡혔다가 도망쳐 온 뒤로는 줄곧 한왕 유방의 세력 아래 있어 무관에는 전혀 위협이 되지 않았다.

"알겠소. 이번에는 왕릉도 불러내 쓰도록 하겠소."

진평 때문에 귀가 열린 한왕은 장량의 말도 기꺼이 따랐다. 사람을 무관으로 보내 왕릉과 그 군사들을 불러오게 하였다.

여름 6월에 먼저 왕릉이 1만 군사를 이끌고 무관을 나와 광무산 아래에 이르렀다. 왕릉은 오창 남쪽에 새로 진채를 세워 서광무에 있는 한왕의 진채와 기각지세를 이루게 했다. 그사이에 번쾌가 지키는 산성이 있어 한왕의 진채는 이제 한 겹 더 두터운 철갑을 두른 듯했다.

가을 7월에는 경포가 떠들썩하게 회남왕에 올라 새로운 기세로 구강 땅을 휩쓸어 가기 시작했다. 그때까지는 초나라 대사마 주은(周殷)이 경포를 잘 막아 내고 있었으나, 한왕 유방이 사신을 보내 경포를 왕으로 삼자 경포를 보는 구강 사람들의 눈길이 달라졌다. 거기다가 다시 양 땅에 있는 장군 유가까지 구강으로 내려오고 있다는 소문이 돌자 민심이 흔들리기 시작했다.

다시 8월에는 북맥의 효기 3천이 달려와 한나라 진채에 들었다. 연왕 장도를 따르지 않는 무리 5천도 기마를 갖춰 한왕에게 찾아와 돕기를 원했다.

그 모든 일을 있게 한 장량과 진평에게서 배웠는지 한왕도 눈길을 안으로 돌려 남의 임금 노릇 하려는 자로서 해야 할 일을 스스로 찾아냈다. 사방의 민심을 끌어모으고 장졸들의 충성을 북돋울 일들이었다. 어느 날 한왕이 가까이 두고 부리는 이졸들을 불러 말했다.

"지난겨울부터 이 여름까지 이 부근에서 싸우다 죽은 장졸들을 알아보고 먼저 그 시신부터 거두어들이도록 하라. 그들을 정성 들여 염습(殮襲)하고 좋은 수의를 입힌 뒤에 관에 담아 고향집으로 보내 주어라. 뒷날 이 고약한 싸움이 끝나면 여기뿐만 아니라 모든 싸움터에서 과인을 위해 죽은 이들의 유해를 거두어 그 부모처자에게 돌려보내리라."

한왕이 그렇게 영을 내리자 이졸들이 광무산 위아래와 형양, 성고 부근까지 뒤져 제대로 수습하지 못한 한군의 시체를 거두었다. 그리고 한왕이 시킨 대로 염하여 관에 넣은 뒤 고향집으로 돌려보냈다. 그걸 본 한나라 장졸들은 눈물을 흘리며 다짐했다.

"죽어 쓸모없는 주검까지 저리 인정을 베푸시니 살아 대왕을 위해 싸우는 우리들에게는 어떠하겠는가. 이 한 몸 돌보지 않고 싸워 반드시 우리 대왕의 날을 보리라!"

한왕은 또 자신을 위해 공을 세우고 죽은 이들에 대한 보훈(報勳)에도 힘을 쏟고 정성을 다했다.

한왕은 먼저 지난해 형양성에서 자신으로 가장하고 거짓 항복으로 패왕을 속인 뒤에 붙잡혀 불타 죽은 기신(紀信)의 혈육을 찾아보게 했다. 안타깝게도 군중에는 기신에게 가까운 피붙이가 전혀 없었다. 이에 한왕은 그 고향집에 사람을 보내 그 가솔들에게 많은 금은을 내렸다.

한왕이 그다음으로 찾은 것은 역시 형양에서 끝까지 성을 지키다가 패왕에게 사로잡혔으나 끝내 항복하기를 마다하고 솥에 삶겨 죽은 주가(周苛)의 혈육이었다. 마침 진중에는 주가의 종제(從弟)인 주창(周昌)이 중위(中尉)로 일하고 있었다. 한왕은 주창을 어사대부로 올려 세움으로써 그 종형 주가의 공을 기렸다.

역상(酈商)을 양나라 승상으로 올려세우고 4천 호의 식읍을 약속한 것도 그 무렵이었다. 한왕을 위해 제나라를 달래러 임치로 갔다가 뜻 아니한 한신의 공격으로 화가 난 제왕에게 삶겨 죽은 그 형 역이기에 갈음한 포상이었다. 뒷날의 일이지만, 역이기의 아들 개(疥)도 장수로 싸웠는데, 크게 세운 공이 없이도 자주 후한 상을 받고 제후로 봉해졌다.

한왕은 주가와 함께 형양성을 지키다가 역시 함께 패왕에게 사로잡혀 죽음을 당한 종공(樅公)도 잊지 않았다. 진중을 뒤져 종공의 혈육을 찾다가 끝내 가까운 혈육이 없자 기신에게 했듯 그 고향집에 두터운 포상을 내려보냈다. 그리고 이름이 별로 알려지지 않은 다른 많은 영령들도 크게 제사를 올려 위로한 뒤 울며 다짐했다.

"만일 하늘이 도와 과인이 천하를 평정하면 이들을 위해 사당을 세우고 사철 향화가 끊어지지 않게 하리라."

그걸 보고 있던 장상과 사대부들까지 새삼 옷깃을 여미며 각오를 새롭게 했다.

"지사는 나를 알아주는 사람을 위해 죽는다 했다. 이제 우리는 우리를 알아주는 주군을 만났으니, 간과 뇌를 쏟아 땅을 덮고 죽은들 아깝고 두려울 게 무엇이겠는가!"

그렇게 되자 한군의 기세는 안팎, 위아래로 다시 크게 떨쳤다. 한왕이 호기를 되찾아 패왕의 진채를 바라보며 말했다.

"됐다. 이만하면 군사를 내어 항왕과 한번 겨뤄 볼 만하다. 반드시 싸워 이기지는 못한다 해도 이 지긋지긋한 에움에서 벗어날 수는 있을 것이다."

그러다가 문득 어두운 표정이 되어 한탄하듯 이었다.

"하지만 초나라 군중에 붙잡혀 계시는 아버님, 어머님 때문에 그도 어렵겠구나. 실로 이 일을 어찌해야 할지 모르겠다."

그때 한나라 군중에는 육가(陸賈)란 막빈이 있었다. 육가는 초나라 사람으로 유자였으나 구변이 좋아 늘 한왕 곁에서 일했다. 그 육가가 세객을 자청했다.

"신이 항왕을 찾아보고 태공 내외분과 왕후마마를 돌려보내도록 달래 보겠습니다."

원래 한왕은 유자들을 그리 좋아하지 않았다. 입만 살아 있는 나약한 자들이라 하여 그 관에 오줌을 싸며 짓궂게 놀린 적도 있을 만큼 유자를 얕보았다. 하지만 기신과 주가가 자신을 위해 죽은 뒤로 한왕은 그들을 달리 보게 되었다. 그러다가 역이기가 제나라에서 삶겨 죽은 뒤부터는 유자를 함부로 대하는 일이 아예 없어졌다.

"그 미련하고 사나운 항왕이 공의 말을 들어주겠는가?"

오히려 걱정하는 눈으로 육가를 보며 그렇게 물었다. 육가가 늠름하게 대답했다.

"비록 인욕(人慾)의 검은 구름에 가려져 있으나 항왕에게도 보름달같이 밝고 이지러짐 없는 본성이 있을 것입니다. 오상(五常)의 이치 가운데 으뜸인 효로 달래 인욕의 검은 구름을 걷어 내면 본성의 비 갠 하늘에 뜬 달[霽月]처럼 환히 드러날 것입니다. 아무리 미련하고 사나운 항왕이라 하나 어찌 성현의 가르침을 마다할 수 있겠습니까?"

그러고는 다음 날로 말 한 필에 시중꾼 하나만을 딸린 채 초나라 진채로 갔다. 평소 그의 능란한 언변을 잘 알고 있는 한왕은 걱정스러운 대로 한 가닥 기대를 걸고 패왕에게 보낼 예물을 갖춰 육가를 보냈다. 육가가 초나라 진채로 가는 까닭을 아는 한나라 장졸들도 그가 태공 내외와 여후를 무사히 되찾아오기를 한결같이 바랐다.

그런데 한 사람 싸늘한 눈초리로 육가를 바라보는 이가 있었다. 산양에서 온 후성(侯成)이란 사람으로, 육가처럼 한왕의 막빈이었다. 후성은 자를 백성(伯盛)이라 썼는데, 군중에서는 모두 그를 후공(侯公)이라 불렀다. 그날도 일없이 진중을 어슬렁거리다가 진문을 나서는 육가의 뒷모습을 보며 차갑게 쏘아붙였다.

"저 덜된 선비 놈이 제 잘난 척 우쭐거리며 충신효제(忠信孝悌)를 떠들다가 공연히 풀숲을 건드려 뱀만 놀라게 하겠구나. 세 치 혀만 믿고 나서는 모양인데, 그 혀나 성하게 돌아와도 그보다 더한 다행이 없을 것이다."

그런데 그 말을 들은 이졸이 있어 가만히 장량에게 전해 주었다. 듣고 난 장량이 무슨 까닭인지 갑자기 엄한 표정을 지으며 그 이졸을 단속했다.

"육가에게는 육가의 수단이 있을 터, 두 번 다시 후공이 한 말을 다른 사람에게 전해 둘 사이를 이간하는 일이 없도록 하라."

그러고는 한왕과 함께 육가의 일이 어찌 되는가를 가만히 지켜보았다.

그때 패왕 항우는 아직도 동광무에 머물러 한왕 유방의 본진이 든든한 산성으로 바꿔 놓다시피 한 서광무를 노려보고만 있었다. 처음 한왕과 광무간을 사이에 두고 맞서게 된 날로부터 1년에 가깝고, 맹장 용저가 한신에게 죽은 날로부터도 일곱 달이나 지난 때였다.

그런데 뒷사람들에게 참으로 알 수 없는 일은 한나라와 초나라 양군 사이의 그와 같이 길고도 지루한 교착(膠着)이다. 그 열

달 남짓 한왕은 곧 죽어 가는 시늉을 하고, 때로는 온 세상이 다 들을 만큼 비명을 질러 대면서도 끝내 서광무를 끌어안고 있었다. 패왕은 패왕대로 금세라도 전군을 들어 서광무를 때려 엎을 듯한 기세였지만, 동광무를 버리고 한왕과 결판을 내려 들지는 않았다.

거기다가 더욱 기가 막히는 일은 그런 외형과는 상반된 그 교착의 결과였다. 언제나 밀리고 쫓기면서도 그 1년 한왕은 실상 사방에 자기 사람을 풀어 천하를 주무르고 있었던 셈이었고, 기세는 요란해도 패왕은 그사이에 손발 같고 날개 같은 사람들을 하나하나 꺾이며 시들어 가고 있었기 때문이었다. 패왕을 아끼는 사람들에게는 안타까움을 넘어 어떤 불길한 주술에라도 걸려든 게 아닌가 싶을 만큼 이해 안 되는 패왕의 주저와 부동(不動)이었다.

하지만 사람의 기억이나 기록은 이긴 쪽에 유리하게 편성되기 일쑤이다. 거창하게 역사를 승자의 전리품이라고 단언하지 않아도, 그와 같은 시대 감정이 역사에 착색되는 것은 어쩔 수 없는데,『사기』도 예외는 아닐 것이다. 사마천의 엄정한 붓끝도 다 드러내지 못한 그 시대의 진상은 있을 것이고, 뒷사람은 어쩔 수 없이 행간(行間)에서 그걸 읽어 내야 한다.

여러 가지로 미루어 보면 패왕 항우는 전투에는 타고난 감각을 지니고 있었으며, 마지막 순간까지도 그걸 잃지 않았던 듯하다. 따라서 패왕이 군사적 재능에 대한 자부나 자기 무오류(無誤謬)의 고집에 갇혀 자기도 모르게 내리막길로 굴러 떨어진 것 같지는 않다. 오히려 그때 패왕을 돌이키기 어려운 국면으로 몰아 간 주저와 부동은 유별나게 뛰어난 전투 감각에서 원인을 찾아야 할지도 모른다.

광무산에서 서로 견고한 진채를 세우고 맞서게 되면서부터 패왕은 본능적으로 그러한 상태가 자신에게 유리하지 않다는 것을 깨닫고 있었다. 그 때문에 패왕은 여러 번 그 상황에서 벗어나기 위한 시도를 한다. 그러나 그때 이미 패왕의 전투력은 개별적인 전투에서도 한나라에 비해 압도적인 우세를 확보하지 못하고 있었다.

만약 패왕 쪽에 기회가 있었다면 양 땅에서 팽월을 멀리 쫓고 돌아온 처음 한 달 안팎이었다. 그때는 이기고 돌아온 기세에다 후방의 안전과 양도가 확보되어 들판에서의 전면전이었다면 패왕이 한왕의 대군을 이길 수 있었다. 그러나 한왕은 서광무에 견고한 진채를 세워 급전을 피하고 싸움을 지루한 진지전으로 이끌었다.

그다음으로 패왕에게 다시 기회가 있었다면 한왕 유방을 유인해 쇠뇌로 가슴을 맞춘 때였을 것이다. 그때 한왕이 적절한 대처를 하지 못해 한나라 군사들의 사기가 떨어지고, 또 패왕이 그걸 알아차려 맹렬하게 치고 들었다면, 일시적 우세를 넘어 철저하게 한군을 쳐부술 수도 있었다. 하지만 한왕은 교묘한 연출로 한군의 동요를 막았고, 패왕까지 속여 위기를 넘겼다.

한왕 유방이 성고성 안에서 상처를 치료하고 있을 때 패왕이 전력을 모아 성고성을 들이쳐 보는 것도 한왕을 사로잡아 전국

(戰局)을 유리하게 돌려 놓는 계기가 될 수 있었다. 그러나 며칠 머뭇거리는 사이에 제나라의 사신이 달려옴으로써 패왕은 그 기회마저 잃고 말았다. 용저가 제나라를 구하기 위해 5만 군사를 빼내 간 뒤로 초군의 압도적 우세는 두 번 다시 회복되지 않았다.

그런 패왕에 비해 그 열 달 한군은 계속해 부풀어 오르고 있었다. 먼저 관중으로 돌아간 한왕이 보름도 안 돼 군사 1만을 이끌고 나와 성고성에 보태더니 다시 보름도 안 돼 소하가 보낸 2만 군사가 광무산에 이르렀다. 그리고 2월에는 제왕이 된 한신이 장량에게 1만 군사를 딸려 보내 서광무에 더했다.

물론 패왕도 그동안 두 손 놓고 구경만 한 것은 아니었다. 밀이 익어 가면서 군량에 여유가 생기자 패왕은 곧 이전의 투지와 자신감을 되찾았다. 패왕은 먼저 팽성에 사람을 보내 그곳을 지키는 계포와 항타에게 더 많은 군사와 물자를 보내 주기를 재촉하는 한편, 날카롭게 변화를 살피면서 자기에게 유리하게 판을 흔들어 볼 전기(戰機)를 노렸다.

그러나 이번에는 유별난 패왕의 전투 감각이 무리한 출격을 막았다. 그사이 한군의 세력은 한층 부풀어 올라 초나라가 형양에 있는 종리매의 군사들까지 다 동광무로 긁어모은다 해도 스스로 지켜 내기조차 어려울 지경이 되어 있었다. 거기다가 그때는 이미 패왕에게서도, 초나라 장졸에게도 5만 군사로 하루 아홉 번의 싸움을 치르며 왕리의 20만 군을 쳐부수던 거록의 기세와 투지를 바라기는 어려웠다.

그리하여 괴롭게 바라보고 있는 사이에 한군은 또 한 번 부풀어 올랐다. 6월에 무관을 지키던 왕릉이 군사 1만을 이끌고 오창 남쪽에 진채를 벌였고, 8월에 접어들기 바쁘게 북맥(北貊) 기마대와 연나라 군사들이 앞서거니 뒤서거니 한왕을 도우러 왔다. 거기다가 양 땅에서는 팽월이 다시 노관과 함께 초군의 양도를 끊고, 구강에서는 경포가 유가와 손잡고 초나라의 등줄기를 노린다는 소문이 돌았다.

어떻게 보면 패왕 항우의 비극은 진나라 말의 왕조 교체기에서 전투력이 정치적인 역량보다 우위였던 국면이 끝나면서 이미 시작되고 있었다. 관중에서 나온 뒤의 지난 3년은 패왕의 눈부신 전투력이 획득했던 모든 것을 정치력의 부재로 잃어 가는 과정에 지나지 않았는지도 모를 일이었다. 하지만 패왕은 아직도 막연하게 불길한 예감뿐, 자신이 무엇을 왜 잃고 있는지 뚜렷이 알지 못하였다.

그런데 그해 8월 중순, 패왕에게도 드물게 기쁜 일이 있었다. 팽성에 가 있던 계포가 주국(柱國) 항타(項佗)에게 팽성을 맡기고 1만 군사와 더불어 쌀 3천 곡(斛)을 운반해 왔다. 초나라 군사들로 보아서는 참으로 오랜만에 있게 되는 병력 증강이요, 넉넉한 군량 보급이었다. 육가가 패왕을 찾아간 것은 그 때문에 동광무 진채가 한창 들떠 있을 때였다.

"한왕의 사신이라고? 내일이면 모두 사로잡혀 땅에 묻힐 놈들이 사신은 무슨 놈의 사신이냐? 흠씬 두들겨 내쫓아 버려라!"

육가가 왔다는 말을 듣자 다시 천 길, 만 길 호기가 치솟아 있던 패왕이 그렇게 말했다. 그때 계포가 가만히 패왕을 말렸다.

"창칼이 부딪치고 화살과 돌이 날고 있는 가운데라도 사신은 막는 법이 아닙니다. 한왕이 무슨 소리를 하려는지 한번 들어 보고 사신을 내쫓아도 늦지 않습니다."

팽성에서 군사와 군량을 끌고 먼 길을 온 공이 있어서인지 패왕이 그런 계포의 말을 선선히 받아들였다.

"좋다. 그럼 한왕의 사신을 들게 하라."

그렇게 육가를 불러들였으나, 그의 말을 귀담아들을 마음은 애초부터 없었다. 패왕은 육가가 군막 안으로 들어서자 눈을 부라리며 윽박지르기부터 먼저 했다.

"한왕은 어찌하여 항복하지 않는가? 기어이 그 목이 성고성 문루에 높이 매달려야 천명을 깨달으려는가?"

"군명(君命)을 받고 온 사신에게 온당한 물음이 못 됩니다만 물으시니 대답하겠습니다. 천명은 호기나 허세로 정해지는 것이 아닙니다."

육가가 조금도 겁먹는 기색 없이 그렇게 받았다. 큰 키와 희멀쑥한 얼굴도 육가의 응대에 알 수 없는 품위를 더하였다. 패왕이 무턱대고 윽박지른 데에서 벗어난 말투로 다시 물었다.

"그럼 천명은 어떻게 정해지는가?"

"남의 왕 노릇 하는 이[王者]에게는 반드시 그렇게 된 까닭[所以然]이 있고, 또 반드시 가야 할 길[王道]이 있습니다. 그 까닭을 갖추고, 그 길을 가는 이에게 마침내 천하가 돌아가는 법입니다."

"틀림없이 그대는 실속 없이 말만 많은 유가의 무리 가운데 하나겠구나. 그대는 한왕을 위해 과인에게 인의예지라도 가르치려

온 것이냐?"

그와 같은 육가의 말에 패왕이 다시 실쭉해진 얼굴로 그렇게 물었다. 그래도 육가는 별로 움츠러드는 기색 없이 받았다.

"우리 대왕을 위해서가 아니라 천하 창생을 위해서입니다. 또 인의예지가 아니라 왕도를 말하고자 함입니다."

"말하라. 무엇이 천하 창생을 위한 왕도냐?"

그러자 육가가 기다렸다는 듯 목소리를 가다듬어 말했다.

"지금 천하는 무도한 진나라의 폭정에서 벗어나자마자 모진 전란에 휩쓸려 여러 해째 시달리고 있습니다. 땅은 애꿎은 젊은 이들의 피로 젖고, 하늘은 집과 재물을 불사르는 연기로 어둡습니다. 이때 천하 창생의 임금 노릇을 할 수 있는 이는 무엇보다도 먼저 전란의 고통으로부터 창생을 구해 주는 이일 것입니다. 왕도가 달리 있지 아니합니다."

"외손바닥으로는 손뼉 소리를 낼 수가 없다. 전란이라면 맞서 싸우는 쪽이 있기 마련, 혼자서는 그만두지 못한다. 그런데도 전란을 끝내라면 누가 누구에게 항복하라는 것이냐?"

패왕이 다시 무언가를 참아 주고 있다는 얼굴로 그렇게 물었다. 육가가 어딘가 허둥대는 목소리로 받았다.

"어느 한편이 항복하는 것이 아니라, 화평을 맺고 각기 군사를 물리는 것입니다."

"그렇다면 구태여 사신을 보내 화평을 요청할 것도 없지 않느냐? 한왕이 스스로 군사를 물려 관중으로 돌아간다면 이곳의 싸움은 끝난다."

"우리 대왕의 부모님 되시는 태공 내외분과 왕후 되시는 여후께서 초나라 군중에 갇혀 계신 지 벌써 두 해가 넘었습니다. 두 나라 사이에 화평이 이루어지려면 먼저 태공 내외분과 여후께서 풀려나야 할 것입니다."

"그다음은?"

"또 초나라와 한나라 두 군대 사이에 화평이 믿을 수 있게 되려면 서로 돌아서는 등 뒤를 치지 않는다는 약조가 먼저 있어야 합니다. 싸움터에서는 속임수를 마다하지 않는다 하였으나, 화평에 속임수가 있어서는 아니 됩니다."

육가가 거기까지 말하자 패왕이 이제는 완연히 으르렁거리듯 말했다.

"그렇다면 과인은 일껏 손에 넣은 귀한 볼모를 모두 놓아 보내고, 제 소혈로 달아나는 너희를 쫓지 않겠다는 다짐까지 해야 한다는 말 아니냐? 그게 네가 말한 왕도며 천명을 받는 길이란 말이냐?"

육가가 무언가에 움찔하는 것 같으면서도 애써 기죽지 않는 목소리로 언변을 풀었다.

"군자는 남의 사친(事親)을 가로막지 않고 오히려 그 효도를 이루게 하며, 그 지아비, 지어미를 가르지 않아 부부의 도리를 다하게 돕는다고 하였습니다. 하물며 남의 임금 노릇 하려는 이이겠습니까? 거기다가 패왕과 우리 대왕께서는 돌아가신 무신군 앞에서 형제의 의를 맺은 적이 있습니다. 어찌 태공 내외분과 여후가 한낱 볼모에 그치겠습니까? 화평의 약조도 그러합니다. 지금 천하 뭇 백성들은 제후들이 전쟁을 멈추고 싸움터에 끌려간 자식과 형제와 지아비가 돌아올 날만을 애타게 기다리고 있습니다. 따라서 화평을 이루는 것은 곧 민심에 따르는 것이요, 민심을 따름은 또한 천명을 받드는 일입니다……."

그때 갑자기 패왕이 시뻘건 얼굴로 소리쳤다.

"닥쳐라. 그 머리를 어깨 위에 붙여 돌아가려거든 이제 더는 혀를 놀리지 말라!"

그러고는 육가가 무어라 대꾸할 틈도 주지 않고 벼락 치듯 꾸짖었다.

"네놈이 사신이 아니었더라면 과인은 네놈을 목 베어, 임금을 속이고 윗사람을 놀린 죄를 벌하는 본보기로 삼았을 것이다. 돌아가거든 네 주인 유방에게도 전하거라. 과인은 반드시 이 싸움을 끝내고 천하를 평온하게 할 것이나, 그날은 유방의 목이 저잣거리에 높이 매달리는 날이 될 것이라고. 또 전하거라. 과인의 칼이 더러워지지 않게 유방은 그 목을 씻고 기다리라고. 여봐라, 무엇들 하느냐? 어서 저놈을 끌어내 광무간 아래로 내던져 버려라!"

패왕은 그러고도 분이 풀리지 않는지 불길이 뚝뚝 듣는 듯한 두 눈을 부릅떠 육가를 노려보았다. 그 바람에 육가는 다치지 않은 것을 다행으로 여겨야 할 만큼 무참하게 초나라 진채에서 내쫓겼다. 육가가 무안한 얼굴로 돌아가자 한왕의 얼굴은 실망과 걱정으로 어두워졌다. 그때 장량이 가만히 한왕을 위로했다.

"태공 내외분을 구하고 화평을 얻어 관중으로 돌아가는 일이라면 너무 걱정하지 마십시오. 무엇 때문에 그토록 뻗대는지 알 수 없으나, 머지않아 항왕은 싫어도 대왕의 뜻을 받들지 않을 수 없게 될 것입니다."

"그건 또 무슨 말씀이오? 어째서 그리될 수 있단 말이오?"

한왕이 다시 기대에 찬 눈빛으로 장량을 보며 물었다. 장량이 차분하게 대답했다.

"조참과 관영의 소식이 들어왔습니다. 지금 두 길로 서초의 가슴이나 배 같은 땅을 가로질러 오고 있는데 그 기세가 볼만한 모양입니다. 조참은 제북에서 하수를 따라 내려오며 서초의 서북 변두리를 휩쓸고 있고, 관영은 설군 쪽으로 내려가 서초 동남의 여러 성을 떨어뜨린 뒤, 이제는 회수를 건너려 하고 있다고 합니다. 관영에게 사자를 보내 팽성을 들이치게 하시면 항왕은 이곳 광무산에서 더 버티기가 어려울 것입니다."

장량의 말은 옳았다.

장량이 서광무에서 한왕 유방에게 조참과 관영의 움직임을 그같이 들려주고 있을 무렵 동광무의 패왕 항우는 팽성의 항타가 보낸 유성마를 통해 한층 자세히 그곳의 전황을 듣고 있었다.

"제왕 한신이 한나라 장수 조참과 관영을 풀어놓아 산동이 어지럽기 짝이 없습니다. 조참은 제북에서 내려와 창읍과 안양을 휩쓴 뒤, 정도를 노리고 있는데 그 기세가 여간 날카롭지 않습니다. 대군을 원병으로 보내지 않으면 정도는 곧 서초의 땅이 아니게 됩니다.

한나라 기장 관영은 한왕을 구하러 광무산으로 가지 않고 설군으로 밀고 들어 그 군장(郡長)을 쳐부수고 기장 한 명을 사로잡아 갔습니다. 이어 관영은 사수군을 가로지르며 부양, 하상, 서, 취로를 휩쓴 뒤에 회수를 건너 광릉에 이르렀다고 합니다. 신은 항성과 설공, 담공에게 군사를 주고 회수 북쪽으로 보내 관영을 막게 하였으나, 그 군세가 만만치 않다고 합니다. 하비 남쪽에서 관영을 막지 못하면 다시 팽성이 위태롭게 될 것입니다."

그와 같은 말을 듣자 계포가 군사들을 이끌고 군량을 날라 와 치솟았던 패왕의 기세는 일시에 가라앉았다. 곁에서 장졸들이 듣고 있는 것도 잊고 큰 소리로 탄식했다.

"쥐새끼 같은 것들이 사방에서 날뛰는구나. 과인의 사나운 장수들과 날랜 병사들은 모두 어디로 갔는가. 어찌 이리도 과인을 외롭게 하는가!"

그러면서도 광무산의 진채를 거두고 근거지인 서초로 돌아갈 생각은 않았다. 그 바람에 광무간을 사이에 둔 초(楚), 한(漢) 양군의 억지스러운 교착 상태는 다시 이어졌다. 폭발적인 전투 능력은 탁월하나 긴 전쟁을 경영할 능력이 없는 패왕 때문에 이전과 마찬가지로 날이 갈수록 초군만 사그라지고 말라 가는 묘한 소강상태였다.

참으로 오랜만에 팽성에서 온 증원군은 틀림없이 초나라 장졸들의 사기를 올려 주었으나 오래가지는 못했다. 나날이 부풀어 오르는 한군의 군세가 실감되면서 자라난 두려움과 불안이 그 효과를 지워 버린 탓이었다. 3천 곡의 군량도 이미 오랫동안 굶주려 온 10만 가까운 대군에게는 대단한 것이 못 되었다. 처음 쌓아 두었을 때는 산더미 같던 쌀가마도 보름이 안 돼 절반으로 줄어들었다.

거기다가 다시 팽성에서 날아든 소식이 광무산에 있는 초군의 사기에 찬물을 끼얹었다.

그사이 회수를 건넌 관영은 초나라의 여러 성을 차례로 떨어뜨리며 오중으로 내려갔다. 광무산에 묶여 있는 한왕 유방에게는 당장 도움이 되지 않았으나, 초나라의 심장부를 휩쓸고 다님으로써 멀리 나가 있는 패왕을 혼란시키고 불안하게 만들 수는 있었다. 그런데 광릉에 이르렀을 무렵 탐마가 반갑지 않은 소식을 전해 왔다.

"팽성을 지키는 초나라 주국 항타가 장군 항성과 설공, 담공을 회수 북쪽으로 보내 우리가 돌아갈 길을 끊으려 하고 있습니다."

그 말을 들은 관영은 얼른 군사를 돌려 회수를 건넌 뒤 다시 탐마를 풀어 초나라 군사들이 있는 곳을 알아보게 했다. 오래잖아 탐마가 돌아와 알려 주었다.

"담공과 설공은 하비 남쪽에서 나누어 진채를 벌이고 있고, 항성은 하비성 안에서 그 둘과 호응하는 형세를 이루고 있다고 합니다."

하비라면 팽성에서 날랜 군사로 하룻길이면 달려갈 수 있는 거리였다. 항타가 하비에다 세 갈래 군사를 모두 몰아 두었다는 것은 그만큼 팽성이 위협을 느낀다는 뜻이었다.

'하비를 팽성의 동쪽 외성(外城)쯤으로 쓰려고 하는구나. 하비

성만 떨어뜨려도 광무산의 우리 군사들이 받고 있는 압력은 크게 줄어들겠다.'

관영은 그렇게 중얼거리며 군사를 몰아 먼저 하상으로 달려갔다. 얼마 전에 한번 관영의 군사들에게 떨어져 본 적이 있는 하상은 아무 저항 없이 그들을 받아들였다. 관영은 거기서 하룻밤, 하루 낮 군사들을 편히 쉬게 한 뒤 그 특유의 불같은 투지를 되살려 벼락같이 하비로 치고 들었다.

관영이 이끄는 군사들은 한나라의 낭중기병을 주력으로 하고 있어 남다른 기동력을 자랑하고 있었다. 성안에서 푹 쉰 인마를 휘몰아 하비까지 백 리도 안 되는 길을 새벽같이 달려가니 그들이 오고 있다는 소문보다 인마가 먼저 하비에 닿았다.

그때 담공과 설공은 하비성 밖 30리 되는 곳에 각기 진채를 벌이고 서로 의지하는 형세를 이루고 있었다. 동쪽에 있던 담공의 진채에서 풀어놓은 탐마가 먼저 관영이 쳐들어오는 것을 보고 저희 장수에게 달려가 알렸다. 그러나 그때 이미 관영이 이끄는 기마대의 선두는 탐마의 꼬리를 물고 달려온 듯 담공의 진채로 뛰어들고 있었다.

관영이 멀리 광릉에서 올라오자면 며칠은 걸리리라고 보아 느긋하게 진채를 벌이고 있던 담공은 그 갑작스러운 강습에 크게 놀랐다. 겨우 갑옷투구를 걸치고 말 위에 올랐으나 홍수처럼 진채를 휩쓸고 있는 관영의 기마대를 보자 맞서 싸울 엄두가 나지 않았다. 10리도 안 되는 설공의 진채에 전갈을 보낼 겨를도 없이 진채를 버리고 달아났다.

설공도 느긋하게 기다리기는 담공이나 큰 차이가 없었다. 그러나 담공보다 10리 서쪽에 진채를 내린 바람에 담공보다는 조금 일찍 관영이 쳐들어오고 있다는 것을 알게 되었다. 관영의 군사들에게 담공의 진채가 무너지면서 일으키는 소란 때문이었다.

하지만 결과로 보아서는 관영이 오는 것을 담공보다 미리 안 것이 설공에게는 오히려 재앙이 되었다. 설공이 겁먹고 놀란 군사들을 꾸짖어 관영의 군사를 막아 보려 했으나 이미 담공의 진채를 짓밟고 덮쳐 오는 그 기세를 당해 낼 수 없었다. 오래잖아 진채는 무너지고 설공은 관영에게 사로잡혀 목이 잘렸다.

관영이 설공의 잘린 머리를 창대에 꿰어 앞세우고 하비성을 에워싸니 성을 지키던 항성은 겁을 먹었다. 겨우 이틀을 버티다가 밤중에 몰래 성을 버리고 팽성으로 달아나 버렸다. 팽성을 지키던 항타가 항성의 말을 듣고 놀라 그 소식을 패왕에게 전하니 동광무의 초군은 더욱 기세가 가라앉을 수밖에 없었다.

동광무의 초군 진채와는 달리 서광무의 한군 쪽은 그 며칠 사이에도 하루하루 눈에 띄게 기세가 살아났다. 그리하여 강한 적군에게 에워싸여 있는 답답함과 억눌린 느낌이 차츰 은근한 사기로 바뀌고 있는데, 다시 산 아래 왕릉의 진채에서 뜻밖의 전갈이 왔다.

"옹치가 군사 5백 명을 이끌고 항왕에게서 달아나 신의 진중으로 찾아왔습니다. 지난날 대왕께 거역한 일을 진심으로 뉘우치며 받아들여 주시기를 간절하게 빌고 있습니다."

옹치란 이름을 듣는 순간 한왕은 자신도 모르게 이를 악물었다. 가슴에는 그대로 활활 불길이 이는 듯하고 얼굴의 살점이 떨려 왔다. 돌이켜 볼수록 끔찍한 악연이었다.

패현 저잣거리를 떠돌던 무렵부터 옹치는 한왕에게 숨어 있는 저주와도 같은 존재였다. 저잣거리 건달들이 한왕의 기이한 풍채나 출생의 신비 같은 것에 하나같이 감탄할 때도 옹치는 싸늘한 비웃음으로 쏘아볼 뿐이었고, 가깝게 둘러싼 무리 모두가 한왕의 너그러움이나 알지 못할 기품에 고개 숙일 때에도 옹치만은 빳빳이 머리를 쳐들고 무리에서 겉돌았다. 왕릉은 하늘같이 여기면서도 한왕은 나이가 한 살 위인 것조차 인정하려 들지 않았다.

그러다가 한왕이 패공에 추대되자 옹치는 겨우 그 밑에 드는 시늉을 했으나, 그 시늉마저 오래가지는 못했다. 한왕이 믿고 맡긴 풍읍을 들고 위나라에 항복해 버려 천하를 향해 내닫던 한왕의 불같은 기세에 찬물을 끼얹었다. 풍읍을 되찾으려는 한왕을 그렇게 격분하게 만들던 옹치의 집요하고도 간교한 저항. 그 밉살맞은 옹치를 잡기 위해 한왕은 마음에도 없는 경구(景駒)를 찾아가고 스스로 항량(項梁) 밑에 드는 굴절을 겪어야 했다.

한왕이 항량의 군사를 빌려 풍읍을 되찾은 뒤에도 옹치의 저주는 이어졌다. 위표에게로 달아났다가 위표와 함께 패왕 밑에 들게 된 옹치는 한왕이 몰리던 지난 3년 내내 무슨 악몽처럼 곳곳에서 나타나 괴롭혔다. 한왕이 수수 가에서 쫓길 때 초나라 장졸들을 이끌고 앞장서 뒤쫓은 것도 옹치였고, 패왕이 태공 내외와 여후를 사로잡으려 군사를 풍읍으로 보냈을 때 그 길라잡이 노릇을 한 것도 옹치였다. 한왕이 형양과 성고를 오락가락하며 어렵게 버티던 시절뿐만 아니라 광무산에 갇혀 보낸 지난 1년도 옹치는 얼마나 자주 악몽과도 같은 그 모습을 초군 선두에 나타내어 한왕의 가슴을 섬뜩하게 했던가.

"어떻게 할까요?"

한왕이 생각에 잠겨 말이 없자 왕릉의 사자가 기다리다 못해 그렇게 물었다. 퍼뜩 정신이 든 한왕은 무심코 주변을 둘러보았다. 살피는 눈길로 자신을 올려다보고 있는 장량과 진평의 모습이 먼저 들어왔다. 다른 장수들도 궁금하게 여기는 눈치로 자신의 대답을 기다리는 듯했다. 그런 그들을 보자 그때까지의 격렬한 감정과는 전혀 다른 자각이 한왕을 일깨웠다.

'나는 저들의 임금이다. 이 세상 모두의 것[公器]이라는 천하를 다투려 한다. 사사로운 감정을 앞세워 어찌 공변된 천하를 얻을 수 있겠는가.'

하지만 그런 자각이 그동안의 치열한 원혐과 분노까지 한꺼번에 씻어 내지는 못했다.

"옹치를 당분간 왕릉 장군의 진채에 머무르게 하여 과인의 눈에 띄게 하지 말라. 그리고 옹치에게도 일러라. 공을 세워 죄를 씻은 뒤에야 과인을 볼 수 있으리라고."

겨우 그와 같은 절충으로 옹치를 받아들였으나, 그때 이미 한왕에게는 왠지 환하게 밝아 오는 동녘을 마주하고 있는 듯한 느낌이 있었다.

범을 길러 걱정거리를 남기지 말라

관영이 설공을 죽이고 하비를 차지했다는 소식은 8월이 다하기도 전에 서광무에도 전해졌다. 그때 한왕은 며칠 전 옹치가 돌아온 일로 오랜 분원을 다 떨쳐 버리지 못한 가운데서도 은근히 기세가 올라 있었다. 그 소식을 듣고 한왕이 장량을 불러 말했다.

"자방이 원하는 대로 일이 되어 가는 것 같소. 관영이 하비성을 떨어뜨렸다면 팽성 옆구리에 칼끝을 들이댄 것이나 다름이 없소. 관영에게 사람을 보내 팽성을 들이치라고 재촉하고, 다시 항왕에게 사람을 보내 달래 보는 게 어떻겠소? 부모님을 과인에게 돌려보내고 화평을 맺은 뒤 각기 군사를 거두어 봉지로 돌아가자고 하면 아무리 항왕이라도 이제는 듣지 않을 수 없을 것이오."

"대왕께서 바로 보셨습니다. 신도 막 대왕께 그 일을 권하려던 참입니다."

이번에는 장량도 그렇게 선선히 대꾸했다. 그때 한왕이 무엇을 생각했는지 문득 이맛살을 찌푸리며 물었다.

"하지만 누구를 사자로 보냈으면 좋겠소? 원래 이런 일은 역(酈) 선생 이기(食其)나 수하 같은 사람들이 잘했지만, 하나는 과인을 위해 나섰다가 이미 죽었고 다른 하나는 지난번에 관중으로 가서 아직 돌아오지 않았소. 또 구변 좋은 육가(陸賈)조차 달포 전에 항왕을 달랜답시고 갔다가 욕만 보고 돌아왔으니, 이번에는 누굴 보내야 될지 모르겠구려. 그렇다고 자방 선생이나 진(陳) 호군을 보낼 수도 없고……."

장량이 이미 생각해 둔 바가 있었던 듯 별로 망설이는 법 없이 한왕의 말을 받았다.

"신이 한 사람을 천거하겠습니다. 마치 이 일을 하기 위해 지금까지 군중에 붙들어 둔 것 같은 사람입니다."

"그게 누구요?"

한왕이 한편으로는 반갑고도 다른 한편으로는 믿어지지 않는다는 듯 그렇게 물었다.

"막빈으로 있는 후공(侯公)입니다. 틀림없이 항왕을 달래 낼 수 있을 것입니다."

"후공이라, 막빈으로 있는 후공이라……. 아, 후성(侯成), 그 비쩍 마르고 눈빛이……."

한왕이 그러면서 여러 막빈 중에서 후공을 따로 기억해 냈다.

그러나 그 얼굴빛은 별로 밝지 않았다. 이름에 이끌려 나온 인물을 머릿속에서 한참이나 살피는 듯하더니 별로 탐탁잖아 하는 목소리로 다시 장량에게 물었다.

"자방은 어째서 후성이 이 일을 잘할 수 있다고 보시오?"

"후공은 지난번 육가가 우리 진채를 떠날 때 이미 일이 잘되지 않을 것임을 알아보았습니다. 육가가 공연히 숲을 헤쳐 뱀만 놀라게 할 것이며, 어깨 위에 머리가 남아 돌아오면 다행일 것이라고 공언했다고 합니다."

"남이 하는 일을 두고 등 뒤에서 이러쿵저러쿵 함부로 말하기는 쉬운 일이오. 또 그의 말이 용케 맞아떨어졌다 하더라도, 그게 반드시 후성의 성사를 보장하는 것은 아니잖소?"

"그렇지 않습니다. 후공이 그렇게 엄중한 일을 군중에서 공공연하게 떠들어 댄 것은 나름대로 그 일에 자신이 있었기 때문이라 여겨집니다. 정히 못 미더우시면 그를 불러 물어보신 뒤에 사자로 보내셔도 늦지 않을 것입니다."

그 말을 듣자 한왕도 후공을 불러 보아 밑질 게 없다는 생각이 든 듯했다.

"그렇다면 후성을 불러들여라."

한왕이 좌우를 돌아보며 그렇게 명을 내리자 곁에 있던 군사들이 달려가 후공을 찾아왔다. 후공이 비쩍 마른 몸에 후줄근한 차림으로 불려 오자 한왕이 더욱 탐탁잖아 하는 눈길로 내려다보며 따지듯 물었다.

"과인이 듣자 하니, 공은 지난번 육가가 항왕에게 사자로 가려고 우리 진중을 떠날 때 이미 일이 이루어지지 않을 것임을 여럿 앞에서 잘라 말한 적이 있다고 했소. 그 까닭이 무엇이오?"

마치 이제껏 후공과 그 얘기를 해 왔던 사람 같았다. 후공이 불길하게 느껴질 만큼 검고 깊은 눈길로 그런 한왕을 마주 보며 대답했다.

"주고받을 것이 있는 두 진중을 오가며 사자 노릇을 하는 것은 사고팔 물건이 있는 두 물주 사이를 오가며 거래를 성사시키려는 거간꾼의 일과 같습니다. 주고받을 것에는 반드시 값이 있게 마련이며, 수단 좋은 거간꾼이 하는 일은 양쪽이 모두 흡족해하는 값을 찾아 서로에게 권하여 거래가 이루어지게 만드는 것입니다. 지난번 육가를 보내실 때 대왕께서 사고자 하신 것은 태공 내외분과 여(呂) 왕후였고, 그런 기화(奇貨)를 군중에 가두고 있는 항왕은 진작부터 높은 값을 불러 왔습니다. 그런데 미련하고 덜떨어진 선비 육가는 대왕께서 항왕에게 치르실 수 있는 값도 물어보지 않고, 실속 없이 요란스러운 유가의 인의효제(仁義孝悌)만 앞세우고 갔습니다. 곧 치러야 할 값도 알지 못하면서 귀한 물건을 거간하러 간 셈이니, 어찌 그 거래가 성사될 수 있겠습니까?"

한왕도 포의 시절에 장터 바닥을 오래 헤맸으나, 사사롭게는 부모와 처자의 생사가 걸린 일이요, 크게는 천하의 형세를 결정할 수도 있는 일을 후공이 오직 거간꾼이 물건 사고파는 일에 비유해 말하자 적지 아니 기분이 상했다. 애써 성난 기색을 감추고 다시 후공에게 무슨 다짐이라도 받듯이 물었다.

"그럼, 공이라면 그 거간을 성사시킬 수 있겠는가?"

"대왕께서 넉넉한 값만 치르시겠다면, 반드시 못할 것도 없습니다."

한왕의 심사가 별로 좋지 않음을 아는 것 같으면서도 후공은 조금도 움츠러드는 기색 없이 받았다. 그 음침하리만치 어둡고 표정 없는 얼굴에 더욱 심사가 뒤틀린 한왕이 이제는 완연히 알아들을 만큼 거칠게 물었다.

"그럼 공은 과인이 얼마를 주면 과인의 부모님과 한, 초 두 나라의 화평을 항왕에게서 사 올 수 있겠는가?"

"홍구(鴻溝) 이동(以東)의 땅을 주십시오. 대왕께서 그 땅을 항왕에게 값으로 내놓으시겠다면 이 거래를 성사시켜 보겠습니다."

후공이 이번에도 움츠러드는 기색 없이 그렇게 대꾸했다. 한왕이 문득 알 수 없다는 눈빛으로 후공을 보며 물었다.

"홍구 이동이라고? 그 땅이 어떻게 되는가?"

"홍구는 형양 동쪽 20리 되는 곳에서 동남쪽으로 이어져 회수와 사수로 들어가는 사람이 만든 물길[溝渠]입니다. 대량성을 가운데 두고 남북으로 나뉘는데, 그 북쪽은 시황제가 판 것으로 하수의 물을 끌어들여 대량에 물을 대는 홍구이고, 남쪽은 동쪽으로 이어지다 양무현 남쪽에서 관도수(官渡水)가 됩니다."

"그렇다면 홍구 동쪽은 이미 초나라 땅이거나 항왕이 힘으로 차지하고 있는 땅이다. 과인이 그 땅을 준다고 항왕이 비싼 인질을 내놓고 과인과 화평을 맺겠는가?"

한왕 유방이 들을수록 의심쩍다는 듯 그렇게 물었다. 후공이 오히려 차분해진 목소리로 한왕의 물음을 받았다.

"얼른 보아서는 대왕의 말씀과 같지만 가만히 따져 보면 꼭 그런 것도 아닙니다. 그 동북의 조나라, 연나라, 제나라는 모두 대왕께서 세우셨거나 대왕께 항복한 왕들이 다스리고 있고, 가운데 양 땅은 팽월이 휘젓고 다니고 있으며, 남쪽 구강도 경포(黥布) 때문에 시끄럽습니다. 거기다가 동쪽 하비에는 또 관영이 팽성을 엿보며 기세를 떨치고 있으니 결코 항왕의 온전한 다스림 아래 있는 땅이 못 됩니다. 대왕께서 홍구 이동의 땅을 내놓겠다는 말에는 곧 제왕 한신과 조왕 장이를 홍구 서쪽으로 불러들이고, 연왕 장도와 위(魏) 상국 팽월, 회남왕(淮南王) 경포를 단속하겠다는 약조가 담겨 있는 셈이라 항왕도 무시하지는 못할 것입니다."

"그래도 그 땅은 애초부터 항왕이 차지하고 있던 것이었다. 항왕의 끝 모를 자만으로 보아, 겨우 원래의 제 것을 되찾기 위해 두 번 다시 잡기 어려운 귀한 볼모까지 내놓고 화평을 맺는 것이 가당키나 하겠는가?"

한왕이 무슨 심술이나 부리는 것처럼 후공에게 다시 그렇게 따져 물었다.

"그래도 군왕의 체면을 지킬 만한 구실은 될 것입니다. 거기다가 거간꾼에게는 거간꾼의 수단도 있지 않겠습니까?"

"거간꾼의 수단이라……. 그래 후공은 거간으로 어떤 수단을 부릴 작정인가?"

그제야 한왕도 조금씩 기대하는 눈빛을 드러내며 물었다. 후공이 서두르는 기색 없이 대답했다.

"속임수나 감추고 부풀리는 것만이 거간꾼의 수단은 아닙니다. 올곧게 알려 주고 일깨우는 것이 가장 좋은 수단이 될 수도 있습니다."

"올곧게 알려 주고 일깨운다고?"

"그렇습니다. 항왕이 반드시 대왕의 홍정을 받아들여야 함을 일깨워 줄 작정입니다."

"그게 무엇인가?"

"항왕이 지금 같은 형세로 이곳에 머물기를 고집하면 죽을 길밖에 없고, 대왕의 홍정을 받아들여 동쪽으로 물러나면 살길이 열릴뿐더러 다시 대왕과 천하를 다투어 볼 수 있는 기틀을 마련할 수 있습니다. 곧 초나라 군사가 여기서 억지로 버티다가는 천천히 말라죽어 갈 뿐이지만, 돌아가 대오를 정비하고 양도(糧道)를 확보하면 이내 옛날의 눈부신 전투력을 회복하여 홍구 서쪽의 땅을 다시 노려 볼 수 있을 것입니다. 신은 그 일을 항왕에게 일깨워 주려 합니다. 아무리 우직한 항왕이라도 그 뜻을 알아들을 것입니다."

후공의 그와 같은 말에 한왕은 갑자기 가슴이 섬뜩하였다. 패왕 항우가 후공의 말을 따라 물러났다가 다시 힘을 기른 뒤에 관중으로 밀고 든다면 그때는 정말로 당해 낼 수 있을 것 같지 않았다. 그러나 당장 급한 일은 볼모로 잡혀 있는 태공 내외와 여후(呂后)를 되찾고 코앞에 들이닥친 듯한 패왕의 칼날을 피하는 것이었다.

한왕은 후공만이 그 일을 해낼 것 같아 마지못해 사자로 삼았으나, 마음 한구석은 왠지 개운치 못했다.

"부모님을 구하고 화평을 끌어내는 일이 급해 후공을 사자로 쓰기는 하지만 왠지 마음은 어둡기 짝이 없구려. 후공이 항왕에게 해 주려는 말은 바로 항왕에게 훌륭한 헌책이 될 수도 있소. 항왕이 그대로 따르면 우리 한나라는 지금보다 훨씬 더 어려워질 수도 있으니, 그 올곧음이 참으로 과인을 위해 부리는 수단인지 이쪽저쪽에 양다리를 걸치려는 것인지 도무지 분간이 가지 않소. 틀림없이 후공은 그가 사는 나라를 평안케[平國] 할 수도 있지만, 기울게[傾國] 할 수도 있는 사람일 것이오."

한왕은 후공이 군막을 나가기 바쁘게 장량을 보고서 탄식처럼 말했다. 장량이 그런 한왕을 위로하듯 말했다.

"후공이 항왕을 달랠 수만 있다면 우리 한나라로 보아서는 나라를 평안케 한 사람이 분명합니다. 그때는 평국군(平國君)으로 세워 그 공을 기려야 할 것입니다."

한편 사자로 뽑힌 후공은 길을 떠나기에 앞서 상복부터 한 벌 마련했다. 그리고 그 상복에다 상장(喪杖)까지 갖추고 비루먹은 나귀 한 마리를 골라 비쩍 마른 몸을 실었다. 그런 후공이 시중꾼 하나만 딸리고 동광무의 초나라 진채로 찾아가자 파수를 보던 초나라 군사가 괴이쩍어하는 눈길로 앞을 막았다.

"누구요? 어디서 왔소?"

"서광무에서 왔느니라. 가서 패왕께 전하여라. 산양의 후성이 문상을 드리러 찾아왔노라고."

후공이 나귀에서 내리지도 않은 채 그렇게 대답했다. 무언가 함부로 막아설 수 없는 기품 같은 것을 느낀 초나라 군사가 그런 후공을 진문 곁에 머무르게 한 뒤 패왕의 군막으로 달려가 알렸다.

"한나라 진채에서 다시 사람이 와서 대왕께 뵙기를 청하고 있습니다."

"한왕 유방이 보낸 사자라더냐?"

패왕이 별 생각 없이 물었다. 그런데 그 대답이 괴이쩍었다.

"사자가 아니라 대왕께 문상을 왔을 뿐이라고 합니다."

"무어라? 문상을?"

"예. 상복을 입고 상장을 짚었는데, 그 정상이 자못 구슬픈 데가 있습니다."

그 말에 잠시 어리둥절해하던 패왕이 이내 굳어진 얼굴로 좌우를 돌아보며 말했다.

"세객이 온 모양이로구나. 여봐라, 어서 군막 앞에다 큰 솥을 걸고 물을 채운 뒤 불을 지펴라. 제 놈이 괴이쩍은 복색으로 왔으니 과인도 별난 자리를 마련해 맞아야겠다."

이윽고 상복을 갖춰 입은 후공이 패왕의 군막으로 불려 왔다. 패왕이 먼저 서슬 푸른 어조로 물었다.

"너는 어디서 온 누구며, 무엇 때문에 과인을 찾아왔느냐?"

"신은 비루먹은 나귀 한 마리로 천하를 떠도는 후(侯) 아무개란 서생입니다. 오늘 특히 대왕의 장례가 가까운 걸 보고 그냥 있을 수 없어 이렇게 문상을 왔습니다."

후공이 천연덕스러운 얼굴로 그렇게 대꾸했다. 험한 눈길로 후공을 쏘아보던 패왕이 갑자기 목소리를 높여 겁을 주었다.

"진중에서는 장졸의 사기를 해치는 죄가 그 어느 죄보다 크다는 것을 너도 알 것이다. 그런데 너는 불길한 상복에 상장까지 짚고 와서 요망한 소리로 우리 장졸들의 사기를 해쳤다. 허나 비록 네 말이 요망스럽다 해도 이치에 닿으면 살려 주려니와, 다만 유방의 세객으로 우리 군심(軍心)을 어지럽히러 온 것일 뿐이라면 저 가마솥에 삶기게 될 것이다. 말하라. 어째서 과인의 장례가 가까웠느냐?"

그러나 후공은 눈도 깜짝하지 않았다. 오히려 검고 깊은 눈을 크게 부릅떠 패왕을 보다가 목소리를 가다듬어 말했다.

"신은 여러 대를 산양 땅에서 살아온 옛 초나라의 유민으로서 부조로부터 물려받은 간절한 염원은 초나라가 망국의 한을 씻고 다시 일어나 번성하는 것을 보는 것이었습니다. 그런데 대왕께서 일어나시어 진나라를 쳐 없애시고 서초를 일으키시니 일생의 한이 풀리는 듯했습니다. 비록 몸은 구차한 식객으로 한왕의 막하에 빌붙어 지내면서도 마음은 언제나 조국 초나라가 천하를 제패하는 날이 오기를 빌었습니다.

그런데 이 몇 달 가까이서 살펴보니 초나라의 군사는 장마철 길 위의 수레바퀴 자국에 사는 미꾸라지 같은 신세가 되고, 대왕께서 위태롭기는 불붙은 섶 위에 취해 잠드신 것이나 다름없었습니다. 비가 그치면 수레바퀴 자국의 물이 마르듯, 그때그때 겨우 대던 군량마저 끊어지면, 범 같은 강동 용사들의 의기도 아무 쓸모가 없어질 것이기 때문입니다. 또 한신과 팽월, 경포가 지른 불길은 이미 오래전부터 대왕의 섶에 옮아 붙어 이대로 두면 머지않아 대왕까지 살라 버릴 것이기 때문입니다."

후공이 거기까지 말했을 때 패왕이 벌겋게 달아오른 얼굴로 소리쳤다.

"닥쳐라! 그 무슨 무엄한 소리냐? 곱게 삶기기가 싫어 혀까지 뽑히려 드느냐?"

벽력같은 고함이었지만 후공은 몸 한번 움찔하지 않았다. 오히려 더 깊게 가라앉은 목소리로 패왕의 말을 받았다.

"신의 말이 틀렸으면 무사들을 수고롭게 할 것 없이 스스로 가마솥에 뛰어들 것이니, 대왕께서는 부디 신이 하는 말을 마저 들어 주십시오.

대왕께서는 어찌하여 하루빨리 한왕과 화평을 맺으시고 팽성으로 돌아가 뒷날을 기약하지 않으십니까? 기름진 오초(吳楚)의 땅으로 군사를 물려 오래 굶주린 그들을 배불리 먹이면 저 거록을 구하고 함곡관을 깨뜨릴 때의 투지와 기백을 되찾기는 어렵지 않을 것입니다. 그런 다음 진나라의 원교근공을 배워 먼저 가까이 있는 경포와 팽월부터 잡아 죽이고 다시 동북으로 한신을 쳐부수면 홀로 남은 한왕 유방을 사로잡는 일은 손바닥에 침 한 번 뱉는 것으로 넉넉할 것입니다.

그런데도 대왕께서는 쌀 한 톨 없는 동광무 꼭대기에 굶주린 대군을 묶어 놓으신 지 벌써 열 달이 넘습니다. 한왕이 자리 잡은 서광무는 오창이 멀지 않을 뿐만 아니라 그대로 큰 뒤주 같은 혈창(穴倉)을 품고 있어 군량을 걱정하지 않아도 됩니다. 거기다가 한왕은 관중과 산동뿐만 아니라 북맥(北貊)에서까지 군사를 끌어와 한군은 머릿수로도 초군보다 훨씬 더 많습니다. 또 신이 알기로 한왕은 사방으로 제후들을 꾀어 초나라의 양도를 끊고, 대왕의 근거가 되는 팽성까지 위태롭게 만들고 있습니다.

따라서 대왕께서는 굶주린 군사로 배부른 군사를 에워싸고 계시며, 적은 군사로 많은 군사를 에워싸고 계시며, 돌아갈 땅마저 위태로운 군사로 든든한 제 땅을 등지고 싸우는 군사를 에워싸고 계신 꼴입니다. 하지만 그나마 이제 대왕의 날은 얼마 남지 않았습니다. 초군의 군량이 다하고 구원하러 올 우군도 없다는 것은 한왕도 잘 알고 있습니다. 팽성이 떨어지기를 기다려 대군으로 동광무를 에워싸고 거꾸로 쳐 올라오면, 굶주린 데다 돌아갈 곳 없어 의기마저 상한 초나라 군사가 어떻게 그들을 당해 내겠습니까? 아무리 천신 같은 대왕의 무용인들 겨드랑이에 날개가 돋지 않는 바에야 어찌 이 높은 광무간을 뛰어내려 빠져나가시겠습니까? 이에 신은 감히 대왕의 장례가 멀지 않았다고 아뢰는 것입니다."

말을 마친 후공은 패왕의 대답을 기다리지도 않고 상복을 훌훌 벗어던지며 이제 막 끓기 시작하는 가마솥 앞으로 성큼성큼 다가갔다. 그런 후공을 오히려 다급한 목소리로 불러 세운 것은 패왕이었다.

"멈춰라. 너는 아직도 과인에게 할 말을 다 하지 않았다."

패왕은 그렇게 소리쳐 그냥 두면 곧장 가마솥 안으로 뛰어들 것 같은 후공을 멈춰 세운 뒤에 다소 누어진 목소리로 물었다.

"너는 한왕의 세객으로 과인을 달래러 오지 않았느냐? 분명 얻고자 한 것이 따로 있었을 터인데, 어찌 그것도 밝히지 않고 죽음만을 그리 서두르느냐?"

그러자 이제 막 속옷까지 벗으려고 가슴을 풀어헤치던 후공이 하늘을 쳐다보며 껄껄 웃다가 말했다.

"신은 목숨을 걸고 대왕과 초나라 군사를 문상하러 왔을 뿐 한왕의 세객은 아닙니다. 그러나 대왕께서 이곳을 벗어나 뒷날을 도모하고자 하신다면, 신도 잠시 구차한 목숨을 살려 대왕의 사자가 되어 드릴 수는 있습니다."

"네가 과인의 사자가 되어 주겠다고? 그건 또 무슨 소리냐?"

패왕이 알 수 없다는 눈길로 후공을 쳐다보며 물었다. 후공이 천연덕스러운 얼굴로 받았다.

"한왕의 군막에서 여러 해 식객 노릇을 한 인연이 있으니 대왕을 위해 한왕에게 화평을 권해 보겠습니다. 홍구를 경계로 하여 서로 화평을 맺고 각기 군사를 돌리기로 하면, 대왕께서는 팽성으로 돌아가시어 재기를 꾀하실 수 있을 것입니다."

"홍구를 경계로 한다?"

"그렇습니다. 홍구는 대략 천하를 동서로 나누고 있으니, 그것을 경계로 서쪽 땅은 한왕이 차지하고 동쪽은 대왕의 땅으로 삼는 것입니다."

"그렇다면 이미 홍구 동쪽에 깊게 뿌리를 내리고 있는 한신이나 장이, 팽월, 경포 등은 어찌 되느냐?"

"그야 당연히 그들을 그리로 보낸 한왕이 불러들여야겠지요.

또 한왕이 약조를 어기더라도 대왕께서 한 번 팽성으로 돌아가시기만 하면, 한신이나 팽월, 경포 따위는 등에나 쉬파리 떼에 지나지 않습니다. 이미 말씀드린 대로 한 번에 하나씩 가까이 있는 것부터 쳐 없애시면 오래잖아 홍구 이동은 쥐죽은 듯 조용해질 것입니다."

그러자 패왕이 다시 의심쩍은 눈으로 후공을 쳐다보며 꾸짖듯 물었다.

"네 말대로라면 과인은 이미 외로운 군사로 죽을 날만을 기다리는 신세요, 한왕은 느긋이 기다리기만 해도 머지않아 우리 초나라를 쳐부수고 천하를 차지하게 되어 있다. 그런데 무엇 때문에 천하의 절반을 내놓고 과인과 화평하려 들겠느냐?"

"하지만 대왕께는 한왕이 비싼 값을 물고서라도 화평을 맺고 사들이지 않으면 안 될 기화가 있습니다."

"그게 무엇이냐?"

"대왕께서 군중에 데리고 계시는 한왕의 부모와 그 처인 여씨입니다."

그 말에 다시 패왕이 잔뜩 이맛살을 찌푸리며 받았다.

"하지만 한왕 유방이란 작자는 천하를 홀로 차지하려는 욕심에 눈이 멀어 부모처자를 지푸라기보다 못하게 여긴다. 과인은 지난번에도 저희 부모를 삶아 죽이겠다고 겁을 주며 항복을 권해 보았으나, 유방은 되레 과인에게 아비어미를 삶은 국물이나 한 그릇 나눠 달라며 야유만 보냈다."

"그것은 한왕이 비정해서가 아니라 어쩔 수가 없었기 때문입니다. 그때 한왕이 항복했다고 해서 대왕께서 과연 한왕의 부모 처자를 돌려주고 한왕을 살려 주셨겠습니까? 항복해 봤자 양쪽 모두 죽게 되리라는 걸 알고 있었기에, 한왕은 오히려 부모처자를 하찮게 여기는 척함으로써 양쪽을 모두 살릴 수 있었던 것입니다. 그러나 이제는 다릅니다. 화평을 맺고 서로 군사를 물려 돌아가는 것이라, 자신도 살고 부모처자도 구하는 길이 되는데 한왕이 어찌 마다할 수 있겠습니까?"

후공이 그렇게 말하자 패왕 항우도 잠시 입을 다물고 생각에 잠겼다. 그러다가 이내 사람이 달라진 듯 무겁고 차분한 목소리로 말했다.

"과인이 보니 그대는 틀림없이 한왕이 보낸 사자이다. 방패와 창을 맞대고 있다 해도 사자를 함부로 죽일 수는 없는 법, 그대는 잠시 객사에 머물며 과인의 결정을 기다리라."

그리고 한 식경이나 홀로 생각에 잠겼다가 다시 후공을 불러들이게 했다.

"돌아가 한왕에게 전하라. 초나라와 한나라는 화평을 맺고 홍구로 천하를 나누어 앞으로는 서로 침범하는 일이 없도록 하자고. 또 태공 내외와 여후는 우리가 동광무를 내려가는 날 돌려보낼 터이니 그대를 보내 화평과 바꾸어 가라고. 그리고 그대도 알고 있으라. 만일 한왕이 터럭만큼이라도 약조를 어기면 그대는 바로 임치성의 역이기 꼴이 날 것이다."

패왕은 그런 말과 함께 후공을 돌려보냈다. 그때 패왕을 그와 같은 결정으로 몰아간 것은 후공이 말한 대로 패왕을 도와주러

올 우군이 없는 데다, 동광무 초나라 진채의 군량이 떨어져 가고 있었기 때문이었다. 그러나 그보다 더 큰 걱정은 용저를 죽인 한신이 초나라로 밀고 드는 일이었다. 패왕은 조참과 관영의 군사를 제왕 한신의 별대로만 보고 있었다.

후공이 한군 진채로 돌아가 화평이 이루어진 것을 전하자 한나라 장졸들은 아래위를 가리지 않고 환성으로 그 일을 반겼다. 육가를 비롯한 막빈들도 후공의 유세 수완에 진심으로 갈채를 보냈다. 그러나 한왕은 왠지 기뻐할 수만은 없는 느낌이었다.

"저잣거리의 흥정에서는 양쪽 모두가 이문을 남기는 수가 있지만, 싸움터에서는 양쪽 모두가 이기는 법이 없다. 병진을 오가는 사자의 교섭도 싸움의 일부인데, 이번에 후공이 성사시킨 것은 양쪽 모두가 좋아하니, 후공은 패왕과 과인 중에 누군가를 속이거나 우리 둘 모두를 속이고 있음에 틀림이 없다. 그를 평국군에 봉하지만, 그의 능변은 자칫 그가 거처하는 나라를 망하게 할 수도 있을 것이다."

후공에게 상을 주고 작위를 내리면서도 그렇게 마뜩지 않은 심사를 드러내었다. 그 말이 귀에 들어간 것인지 하루아침에 제후에 오른 후공도 전혀 기뻐하는 기색이 없었다.

화평의 약조를 다짐하며 서로 사자가 오가는 며칠 사이에 8월이 다하고 9월로 접어들었다. 패왕이 마침내 사자로 온 후공을 초나라 군중에 남기고 태공 내외와 여후를 한왕에게로 돌려보냈다. 그때 태공 내외와 여후를 돌보다가 함께 패왕에게 사로잡혀 있던 패현 사람 심이기(審食其)도 그를 따르던 약간의 사졸과 함께 놓여났다.

태공 내외와 여후가 수레를 타고 한군 진채로 돌아오자 한나라 군사들이 모두 만세를 외쳤다. 한왕도 맨발로 달려 나가 태공 내외를 맞고 눈물로 불효한 죄를 빌었다. 팽성에서의 낭패가 있고 이태를 훨씬 넘긴 뒤의 일이었다.

한편 패왕 항우는 태공 내외와 여후를 한왕 유방에게 돌려보낸 다음 날로 군사를 거두어 동쪽으로 떠났다. 그때 초나라 군사는 형양에 있던 종리매의 대군까지 끌어와 겉으로는 10만 명을 일컫고 있었으나 실제로는 5만 명 남짓했다. 그나마 시양졸에 행궁의 시중이 또 만 명에 가까웠다. 남장을 한 우(虞) 미인이 패왕의 군막에 함께 기거하게 된 것도 그때부터였다.

초나라 군사의 긴 행렬이 반나절이나 걸려 광무산을 벗어나자 패왕은 그때껏 군중에 데리고 있던 후공을 불러오게 했다.

"과인이 그대를 군중에 머물게 한 것은 결코 태공이나 여후에 갈음하는 볼모로 쓰기 위해서가 아니었다. 그대는 한왕의 사람이지만 과인을 밝게 깨우쳐 주고 어려움에서 건져 냈다. 우리 초나라가 다시 크게 기세를 떨치게 되고 마침내 과인이 천하를 얻게 된다면 그것은 모두 그대의 가르침 덕분이다. 허나 그대의 주인인 한왕은 다를 것이다. 당장은 부모와 처를 되찾은 기쁨에 그대에게 재물과 벼슬을 내리겠지만, 뒷날 그대가 오히려 과인을 깨우쳐 어려움에서 구해 주었다는 것을 알게 되면 두고두고 그대를 미워할 것이다. 어떠냐? 한왕에게 돌아가지 말고 차라리 과인과 초나라를 위해 그 능란한 언변과 빼어난 주책(籌策)을 펼쳐 보지 않겠는가?"

패왕이 그렇게 달래자 후공이 어둡게 웃으면서 말했다.

"신에게 감사하기는 아직 이릅니다. 여기서 팽성까지는 1천 5백 리가 넘는 길, 대왕께서는 외로운 군사를 이끌고 적지나 다름없는 그 먼 길을 헤쳐 나가셔야 합니다. 거기다가 이미 한신의 군사가 하비에까지 이르렀다 하니, 대왕이 이르실 때까지 팽성이 버텨 낼 수 있을지는 하늘만이 아실 것입니다. 저는 다만 대왕의 과분한 지우(知遇)만 가슴에 새겨 길이 간직하겠습니다."

그 말에 패왕도 가슴이 섬뜩해 더는 후공을 붙들지 않았다. 그 길로 후공을 한나라 진채로 돌려보내면서 좋은 말과 많은 금은을 내려 고마워하는 뜻을 드러내려 했다. 후공이 이번에도 어두운 웃음으로 사양하며 말했다.

"이 또한 신이 감당할 수 없으니 다만 대왕의 두터운 정만 거두어들이겠습니다."

그러고는 늙은 말 한 마리만 얻어 타고서 한나라 진채로 돌아갔다.

후공을 보낸 패왕은 곧 계포를 불러 말하였다.

"장군에게 날랜 군사 1만 명을 떼어 줄 터이니 밤낮을 가리지 말고 달려 팽성으로 돌아가시오. 가서 주국(柱國, 항타)을 도와 팽성을 지키되 과인이 이를 때까지 버티기만 하면 되오."

아무래도 팽성을 지키는 족형 항타가 못 미더운 듯했다. 계포가 명을 받고 물러나자 패왕은 다시 종리매를 불러 말했다.

"장군은 군사 5천을 이끌고 인근을 뒤져 곡식을 거둬들이도록 하시오. 이제부터 팽성으로 돌아갈 때까지 우리가 먹을 군량은 그때그때 민가에서 거둬들여야 할 것이오."

그만큼 초군(楚軍)은 군량이 급했다. 달포 전 계포가 싣고 온 군량 5천 곡은 이미 바닥을 보여 대군이 한두 끼를 때울 양도 남아 있지 않았다. 거기다가 조참과 관영이 팽성을 위협하고 있어 팽월에게 빼앗길 위험을 무릅쓰고서라도 군량을 보낼 여유조차 없었다.

철은 늦은 가을 9월도 하순이라 벼농사가 많은 오초(吳楚) 땅이라면 한창 쌀이 넉넉할 때였다. 아직 벼농사가 그리 많지 않은 하남(河南)이지만 가을걷이가 끝난 뒤여서 어디든 뒤지기만 하면 군사들을 먹일 것이 넉넉하게 나올 것 같았다. 하지만 종리매가 아무리 군사를 풀어 부근 인가를 뒤져도 군량은 제대로 거두어지지 않았다.

초나라 군사들이 광무산 부근에서 곡식을 거두기 어렵게 된 것은 두 나라가 한 해 가까이나 거기서 대치하며 전투를 벌이는 바람에 백성들이 농사를 제대로 짓지 못한 데 있었다. 하지만 그보다 더 고약한 것은 민심까지 초나라를 떠나 곡식이 있는 백성들도 선뜻 내놓으려 하지 않는 일이었다. 군량이 넉넉한 한군에 비해 언제나 굶주리는 초군 쪽은 자주 무자비한 약탈로 군량을 해결하는 수밖에 없었는데, 그게 부근 백성들로 하여금 초군을 원수 보듯 하게 만든 탓이었다.

"가자. 조금만 더 참아라. 팽성에만 가면 쌀밥과 고기로 너희를 배불리 먹여 주겠다.”

패왕은 광무산을 내려와서도 여전히 굶주린 장졸들을 그렇게 달래며 군사를 동쪽으로 몰아갔다. 그러나 초나라 대군이 박랑(博浪)에 이르러도 군량다운 곡식을 거두지 못하고 팽월의 무리가 출몰하는 양 땅으로 접어들자 형세는 급속하게 나빠졌다. 무리를 지어 진채에서 빠져나가는 군사들이 갑자기 늘어났기 때문이었다.

초나라 군사들이 무리 지어 달아난 일은 광무산에서도 있었다. 처음에는 굶주림에 지친 군사들이 밥이라도 얻어먹기 위해 몇 명씩 한나라 진채로 넘어가더니, 나중에는 옹치 같은 장수까지 수십 명을 거느리고 항복해 가는 일도 생겼다. 그러나 양 땅에서처럼 하룻밤에도 수백 명씩 줄어드는 일은 없었다.

싸움에 져서 쫓기는 것도 아니고, 팽월이 대군으로 길을 막는 것도 아니었다. 그저 오래된 굶주림과 막연한 불안만으로 군사들이 초나라의 깃발 아래서 빠져나가고 있었다. 대개는 산동이나 하북에서 패왕의 위세를 보고 따라붙은 유민들이라 강동에서 따라온 용사들과는 견줄 수 없었으나, 아침마다 군사들이 눈에 띄게 줄어들자 패왕은 참을 수가 없었다.

“까닭 없이 진채에서 달아나거나 대오에서 빠져나가는 자는 모두 목을 벤다!”

패왕은 불같이 성이 나서 그렇게 엄명을 내렸으나, 마음 한구석으로는 불길한 예감도 없지 않았다. 초나라 장졸들을 재촉해 팽성으로 돌아가는 길을 더욱 서둘렀다.

그때는 한군도 관중으로 돌아가는 길을 재촉하고 있었다. 한왕은 패왕의 대군이 멀리 사라진 것을 확인한 뒤에야 광무산에서 내려와 서쪽으로 길을 잡았다. 광무산성에서 번쾌가 이끄는 군사들이 내려오고 따로 진세를 벌이고 있던 왕릉의 군사들도 한왕과 합세했다.

하룻밤이 지나자 다시 주발이 오창을 지키던 군사들을 이끌고 따라온다는 전갈이 왔다. 거기다가 관중에서 소하가 뽑아 보낸 군사 만 명이 다시 이르러 한왕의 군세는 며칠 사이에 10만으로 부풀어 올랐다. 아직 떠나지 않고 있던 북맥 기마대와 연나라 군사들이 그제야 머뭇거리면서 각기 제 땅으로 돌아갈 채비를 했다. 장량이 그들을 말려 놓고 진평을 찾아가 말했다.

"진(陳) 호군은 나와 함께 대왕을 찾아보지 않겠소?"

"그러지 않아도 자방 선생을 찾아 뵈려 하던 참이었습니다. 그럼 함께 가시지요."

진평이 기다리고 있었다는 듯 그렇게 말하며 자리를 털고 일어났다. 장량이 오히려 어리둥절해하는 눈으로 진평을 보고 물었다.

"그렇다면 진 호군도 나와 같은 뜻이었소?"

"예. 진작부터 대왕께 항왕을 뒤쫓자고 권하고 싶었으나 자방 선생께서 아무 말씀이 없으시기에 기다리고만 있었습니다."

그러자 장량이 손뼉을 치며 감탄한 듯 말했다.

"어질고 밝은 사람의 헤아림은 언제나 같다 하니, 진 호군께서 그렇게 보신다면 이제 나도 마음이 놓이는구려. 그렇소이다. 이제는 우리 대왕으로 하여금 항왕을 뒤쫓아 천하 형세를 결판 짓고 이 고약한 전란의 시대를 끝내게 해야 하오."

그러고는 어깨를 나란히 해 한왕의 군막을 찾아갔다. 그새 마음이 느긋해진 한왕이 마침 산과 바다에서 난 맛난 음식을 한 상 가득 받아 놓고 즐기다가 두 사람이 함께 들어오는 것을 보고 수저를 놓으며 물었다.

"어서 오시오. 오늘은 무슨 일로 두 사람이 나란히 과인을 찾아오셨소?"

장량과 진평 모두 얼굴이 굳어 있어 그런지 한왕도 왠지 긴장한 얼굴이었다. 장량이 먼저 나서서 말했다.

"대왕, 어서 빨리 대군을 내어 항왕을 뒤쫓아야 합니다. 이번에 항왕을 놓아 보내면 두 번 다시 그를 사로잡을 기회는 오지 않을 것입니다."

"그게 무슨 소리요? 자방 선생. 우리 한나라 군사들은 며칠 전까지만 해도 광무산에서 항왕의 군사들에게 에워싸여 곤란을 겪었소. 저들은 강하고 우리는 약한데 어떻게 저들을 뒤쫓고 사로잡는단 말이오?"

한왕이 어림없다는 얼굴로 그렇게 되물었다. 장량이 한층 상기된 표정으로 말했다.

"그렇지 않습니다. 지금 우리 한나라는 천하를 셋으로 나눈 것의 둘을 가졌고[太半, 三分有二] 제후들도 모두 대왕을 따르고 있습니다. 거기 비해 초나라는 군사들은 지치고 식량은 다했으니 이는 하늘이 초나라를 망하게 하려는 때입니다. 이 틈을 타 초나라를 쳐 없애지 않고 이대로 놓아 보낸다면 이는 바로 호랑이를 길러 스스로 걱정거리를 남겨 두는 것[養虎自遺患]이나 다름없습니다."

그 말에 한왕의 얼굴이 다시 굳어지며 잠시 생각에 잠기는 듯하더니 이내 장량 곁에 있는 진평을 돌아보며 물었다.

"진 호군도 그리 생각하는가?"

"그렇습니다. 대왕께서는 초군의 강함을 말씀하시나, 이미 초군은 지난 열 달의 피로와 굶주림으로 속 빈 강정이나 다름없고, 당장 강해 보이는 것도 꺼지기 전의 촛불이 오히려 휘황해 보이는 것에 지나지 않습니다. 지금 초군은 항우 한 사람의 기력과 무용으로 허장성세하고 있는 까마귀 떼에 지나지 않습니다. 대왕께서 전군을 들어 한번 힘주어 후려치시면 초군은 질그릇처럼 부서지고 말 것입니다."

진평이 그렇게 말하자 한왕은 다시 한번 생각에 잠겼다.

"좋소. 그렇다면 한번 해 봅시다!"

이윽고 한왕이 그렇게 말하면서 몸을 일으켰다. 그리고 칼자루를 움켜잡으며 좌우를 돌아보고 기세 좋게 소리쳤다.

"모든 장수들을 이리로 불러 모아라."

이에 군사들이 진채 여기저기로 내달아 장수들을 모두 한왕의 군막으로 불러들였다. 오랜만에 적의 포위 공격에서 벗어나 마음 느긋하게 쉬고 있던 장수들이 놀라 달려왔다. 그새 전포에 갑주까지 걸친 한왕이 그들을 맞아들여 큰 소리로 말했다.

"이제 항우를 뒤쫓아 쳐부순다! 동광무의 초나라 군사가 한 사람도 팽성에 돌아가게 해서는 아니 된다. 저들을 놓아 보내는 것은 다 잡은 범을 다시 산중으로 놓아 보내는 격이다. 범을 길러 걱정거리를 남기지 말라."

며칠 전만 해도 태공 내외와 여후를 구하고 탈 없이 광무산에서 빠져나가기만 하면 더 바랄 게 없다는 듯 패왕에게 화평을 빌던 사람 같지 않은 호기요, 과단성이었다. 장수들이 어리둥절해 바라보고 있는데 한왕이 다시 추격의 진용까지 짜 나갔다.

"선봉은 오창에서 돌아온 주발이 맡는다. 날랜 군사 만 명을 거느리고 앞서 항왕을 뒤쫓되, 함부로 초군과 싸움을 벌이지는 말라. 싸움터는 과인이 따로 정할 것이다. 번쾌는 예전처럼 중군에 남아 과인과 더불어 나간다. 장졸 3만으로 중군을 삼고 북맥과 연인(燕人) 효기(梟騎)도 모두 머물러 중군의 발톱과 이빨이 된다. 왕릉은 좌장군이 되어 중군의 왼쪽 날개가 되고, 역상은 우장군이 되어 오른쪽 날개를 맡으라. 어사대부 주창은 후군에 남아 치중과 병참을 돌보며 대군의 뒤를 지키라."

패왕 항우를 뒤쫓기로 마음을 굳힌 지 한 시진도 지나지 않았는데, 마치 전부터 생각해 둔 것처럼 짜임새 있는 진용이었다. 추격을 권한 장량과 진평까지도 속으로 혀를 내두를 지경이었다. 이어 한왕은 장량과 진평 쪽을 돌아보며 말했다.

"조참과 관영에게 다시 사람을 보내 돌아오기를 재촉하시오. 항우와 결판을 내려면, 그들이 거느린 두 갈래 군사에 못지않게 조참과 관영의 불같은 전투력도 꼭 불러들여야 하오. 제왕 한신에게도 다시 사람을 보내 어서 군사를 내게 하시오. 이제 더는 머뭇거려서는 아니 되니 제나라 정병을 모두 이끌고 서쪽으로 나오라 하시오. 양 땅으로도 사람을 보내 노관을 불러들이고, 팽월도 그 대군과 함께 우리 진중으로 끌어들여야 하오. 팽월이 초군의 양도를 끊어 준 것은 고마우나, 항우를 사로잡으려면 그것만으로는 아니 되오. 전군을 이끌고 과인과 힘을 합쳐 초나라 본진을 쳐부수어야만 이 싸움을 끝낼 수 있소. 또 남쪽으로 경포와 유가(劉賈)에게도 사람을 보내 잠시 구강 평정을 미뤄 두고 회수를 건너 북상하라 이르시오. 바로 항우의 등 뒤를 위협하면 구강 땅을 모두 회복하는 것보다 더 큰 위협이 될 것이오."

그러자 장량이 나서서 조심스레 말렸다.

"조참과 관영은 그대로 서초 북쪽과 팽성을 노리게 하는 것이 좋겠습니다. 그들이 지금과 같은 기세로 항왕의 본거지를 휩쓸면 항왕이 이끈 초나라 군사는 절로 어지러워집니다. 그들이 한 갈래 대왕의 군사가 되어 한바탕 용전(勇戰)하는 것에 비할 바가 아닙니다."

"그렇습니다. 조참과 관영은 그대로 초나라 군사들의 부모 형제와 처자가 있는 서초 땅을 치게 하십시오. 만약 관영이 팽성이라도 떨어뜨리게 되면 10만 정병이 대왕의 본진에 들어 항왕과의 싸움을 거드는 것보다 나을 것입니다."

진평도 옆에서 그렇게 장량을 거들었다. 한왕이 이내 그 두 사람의 말을 알아들었다. 깊이 생각하는 기색도 없이 조참과 관영에게 보낼 전갈을 고쳤다.

"우승상 조참은 그대로 산동을 휩쓸어 초나라 수장들을 제 성읍에 묶어 놓으라. 그리되면 항우에게 원병을 보낼 엄두를 못 낼 것이니, 항우는 언제까지고 외로운 군사를 이끌고 싸워야 할 것이다. 또 하비에 있는 기장 관영도 과인에게로 달려오느니보다는 있는 힘을 다해 팽성을 치게 하라. 항우가 이르기 전에 팽성을 떨어뜨릴 수만 있다면, 초군의 날갯죽지를 꺾어 놓는 것과 다름이 없다. 아무리 사나운 강동의 병사들이라 해도 돌아갈 곳이 없어졌는데 무슨 간담으로 싸우겠느냐?"

그러자 장량이 다시 말했다.

"팽월과 한신을 불러들이는 일도 기한과 장소를 정해야 합니다. 세 곳의 군세를 일시에 한곳에다 모아야 아직도 엄청난 항왕의 기세를 꺾을 수 있습니다."

"너르고 너른 땅에 제멋대로 내닫는 항우의 군사들이 언제 어디로 갈지를 어떻게 알 수 있소? 팽월과 한신이 먼저 과인을 찾아와 군세를 하나로 아우른 뒤에 항우를 찾아 뒤쫓는 수밖에 더 있겠소?"

"그렇지 않습니다. 수풀 속을 함부로 내닫는 토끼에게도 제 길이 있듯이 군사를 움직이는 데는 반드시 정해진 길이 있게 마련입니다. 이치에 맞게 헤아리고 사람을 풀어 그 뒤를 수소문해 보면, 지금 항왕이 잡고 있는 길을 알기도 그리 어렵지 않을 것입니다."

"자방이 보기에는 항우가 어디로 해서 팽성으로 돌아갈 것 같소?"

"신이 헤아리기에 지금 항왕에게는 어서 본거지로 돌아가 군사들을 배불리 먹이고 쉬게 하여 대군의 기세를 회복하는 일이 급합니다. 따라서 항왕은 팽월이 길을 끊고 있는 양 땅을 길게 가로지르려 하지는 않을 것입니다. 사람을 풀어 알아보니 항왕이 이끈 초나라 군사들은 박랑에서 홍구를 따라 남으로 내려갔다고 합니다. 아마도 곧장 남쪽으로 달려 대량을 지난 뒤에 양하쯤에서 동쪽으로 길을 잡으려 하는 것 같습니다. 그리되면 팽월이 가로막고 있는 양 땅을 단숨에 뚫고 지나간 셈이 되어, 팽성까지 남은 7백 리는 서초 땅만을 밟고 지날 수가 있습니다."

거기까지 듣자 한왕도 고개를 끄덕이기 시작했다.

"그렇다면 한신과 팽월을 양하로 부르면 되겠구려. 날은 언제쯤이면 되겠소?"

"서로 맞춰 봐야 되겠지요. 그게 어긋나면 큰 낭패를 당할 수도 있습니다."

장량이 그렇게 대답하고 잠시 생각에 잠겼다가 말을 이었다.

"내일모레면 겨울 10월로 접어듭니다. 겨울 행군이라 팽월과 한신 모두 채비에 시일이 걸릴 것입니다. 하지만 너무 늦출 수도 없으니 보름을 기약해 보시지요. 두 곳에 사자를 보내 보름 안으로 대군을 이끌고 양하에 이르라 하십시오. 항왕이 이끄는 초나라 군사가 서초 땅으로 들어가기 전에 뒤쫓아 쳐부수어야 합니다."

이에 한왕은 한신과 팽월에게도 장량과 진평이 시키는 대로 전갈을 보냈다. 그날 안으로 여섯 갈래 유성마가 사방으로 달려 나가고, 진채에 남아 있는 한군 장졸들은 패왕을 추격할 채비로

분주해졌다.

한왕 유방이 약조를 어기고 패왕을 추격하기로 결정한 바로 다음 날 아침이었다. 한왕의 군중에 참으로 알 수 없는 일이 벌어졌다.

"간밤에 평국군 후공이 없어졌습니다. 삼경 무렵 말 한 필에 올라 북쪽 진문을 빠져나갔는데 날이 밝아도 돌아오지 않는다고 합니다."

한왕이 잠에서 깨어나기 바쁘게 군막 안을 지키던 낭중 하나가 그렇게 알렸다. 파수를 서다가 후공을 알아보고 진문 밖으로 내보내 준 군사가 날이 밝아도 후공이 돌아오지 않자 제 발에 저린 나머지 새벽부터 달려와 알린 듯했다.

이름 없는 식객이었던 후공이 패왕을 달래 태공 내외와 여후를 구해 냈다는 소문은 한나라 진중을 우레처럼 떠돌았다. 그가 하루아침에 평국군에 올라 제후가 되고 만금을 상으로 받은 일은 한신이 제왕(齊王)에 오른 것 못지않게 휘황한 전설이 되었다. 그런데 그 후공이 깊은 밤에 갑자기 사라지고 말았으니 이상하지 않을 수가 없었다.

하지만 알 수 없는 일은 후공이 없어졌다는 말을 들은 한왕의 태도였다. 잠시 무언가를 생각하다가 고개를 끄덕이며 말했다.

"소란 떨지 말라. 원래가 그만한 헤아림은 있는 사람이었다. 후공은 제 갈 길을 갔다."

이 일에 대한 『사기』의 기록은 두 줄인데, 양의성(兩意性)과 애매함에 갇혀 아직도 뒷사람들을 혼란스럽게 만든다. 그 한 줄은 후공이 태공 내외와 여후를 구해 오자, '한왕은 이에 후공을 평국후에 봉하고, 다시는 만나려고 하지 않았다.'라고 기록한 것인데, 그 가운데 '다시는 만나려고 하지 않았다[匿弗肯複見].'란 구절의 해석은 두 가지로 나뉜다. 하나는 한왕 유방이 후공을 다시 만나고 싶어 하지 않아 피했다고 보는 것이고, 다른 하나는 후공이 상을 받지 않으려고 다시는 한왕 앞에 나타나지 않았다는 해석이다.

『사기』는 또 한왕이 후공을 두고 이르기를 '그는 천하의 변사로서 그가 거처하는 나라를 기울게 할 것이므로 평국군이라 일컫는다[此天下辯士 所居傾國 故號爲平國君].'라고 했다 전하는데, 이 말도 두 번이나 앞뒤가 맞지 않아 도무지 한왕의 참뜻을 헤아릴 수 없게 한다. 첫 번째는 '천하의 변사'와 '그가 거처하는 나라를 기울게 하는 것'이 논리적으로 잘 이어지지 않는 것이고, 두 번째는 또 '자신이 거처하는 나라를 기울게 할 사람'과 '나라를 평안케 한다'는 뜻의 평국군이란 호칭이 서로 맞지 않는 점이다.

흔한 해석은 후공이 초나라 사람으로 초나라를 망하게 했으니, 비록 한나라를 위해서는 공을 세웠으나 한왕이 그를 못마땅히 여겨 비꼰 것으로 본다. 뒷날 한왕이 위기에 몰린 자기를 살려준 초나라 장수 정공(丁公, 정고)을 오히려 패왕에게 불충했다 하여 죽인 일과 연관한 해석이다. 하지만 정공보다 훨씬 더 패왕에게 불충했던 셈인 항백(項伯)이나 몇몇 초나라 장수들까지 한왕이 감싸 안은 것을 보면 반드시 그런 대의 때문에 후공을 못마땅히 여긴 것 같지는 않다.

그보다는 차라리 후공이 패왕을 달랠 때 펼쳐 보인 이치가 실은 한나라와 초나라를 모두 벨 수 있는 양날의 칼과 같은 것이었다는 데서 후공이 그렇게 사라질 수밖에 없었던 까닭을 찾는 게 나을 듯하다. 곧 장량과 진평의 헌책으로 패왕을 그대로 놓아 보내서는 안 된다는 것을 알아차린 한왕이 뒤늦게 추격에 나서자, 수렁에 빠진 패왕에게 물러나 재기할 길을 일깨워 준 후공으로서는 한군 진중에 더 남아 있을 수 없었다고 보아야 한다.

촛불은 꺼지기 전에 한 번 빛난다

그해따라 겨울은 빨리 깊었다. 겨우 10월 초순인데 매서운 북풍이 몰아쳐 굶주린 데다 입성까지 신통치 못한 초나라 군사들을 괴롭혔다. 그렇게 되자 행군은 더 더뎌지고 그만큼 길은 늘어났다. 박랑에서 30리도 안 되는 곡우에 이르러 하룻밤을 지새운 초나라 군사들은 다시 이틀을 더 걸어서야 대량에 이르렀다.

"성안을 뒤져 곡식을 거두어 오라. 곡식을 숨기고 내놓지 않는 것들은 죽여도 좋다."

패왕이 그런 명을 내려 곡식을 거둬들이게 했다. 대량은 한때 위나라의 도읍이었을 만큼 큰 성읍이었다. 굶주림에 눈이 뒤집히다시피 한 초나라 군사들이 성안을 비로 쓸듯 긁어 모으자 비로소 전군이 며칠 배불리 먹을 수 있는 군량이 거두어졌다. 하지만 그러잖아도 별로 좋지 않던 대량의 인심은 그날 이후 패왕과 초나라에서 영영 돌아서 버렸다.

"자, 이제 진류로 가자. 진류도 작은 성이 아니니 거기 가면 다시 우리 대군이 배불리 먹을 곡식이 있을 것이다. 그리고 그다음부터는 옹구, 고양, 외황, 수양까지 하룻길로 큰 성읍들이 이어져 있다. 거기서 기력을 길러 우(虞), 탕(碭)으로 나아가면 그다음은 바로 팽성의 앞마당이나 다름없다."

대량성 밖에서 군사들을 배불리 먹이고 하룻밤을 쉬게 한 패왕이 다음 날 일찍 장수들을 모아 놓고 그렇게 말했다. 종리매가 나서서 그런 패왕을 말렸다.

"아니 됩니다. 대왕께서 말씀하시는 그 성읍들은 모두 근년 팽월이 휘젓고 다닌 곳입니다. 작년에 대왕께서 몸소 평정하셨으나, 그 뒤 다시 팽월의 입김이 닿아 근래에는 우리 양도마저 끊기고 말았습니다. 우리 대군이 지나간다는 것을 팽월이 알면 결코 그냥 보내지는 않을 것입니다."

"그렇다면 그 늙은 쥐새끼부터 잡고 가자. 숨은 곳을 뒤져 찾기라도 해야 할 판에 제 발로 과인 앞에 나타난다면 그보다 더 잘된 일이 어디 있겠는가?"

"그게 꼭 그렇지 못합니다. 지금 팽월은 작년 대왕께서 잡아 죽이시려고 뒤쫓던 그 팽월이 아닙니다. 우리 대군이 광무산에 묶여 있는 지난 열 달 동안에 다시 기세를 회복해 그사이 거느리고 있는 군사만도 3만이 훨씬 넘게 불렸다고 합니다. 거기다가 우리 군사 또한 작년 팽월을 쫓던 때의 그 정병 5만이 아닙니다.

머릿수는 아직도 5만을 일컫지만 그 실상은 추위와 굶주림에 시달리며 근거지로 내몰리고 있는 패잔군이나 다름없습니다. 팽월의 날카로운 기세를 전처럼 쉽게 꺾어 낼 수 있을까 걱정됩니다. 거기다가 우리가 팽월과 싸우는 동안 한왕이 대군을 몰아 우리 등 뒤를 들이치기라도 하는 날이면 대왕께서 팽성으로 돌아가 뒷날을 기약하기는 아주 어려워집니다."

그 말을 듣자 패왕도 속으로는 으스스했다. 그러나 타고난 기백이 그와 같은 종리매의 말을 그냥 참고 넘길 수 없게 만들었다.

"과인은 지난날 3만 군사로 한왕이 이끈 56만 대군을 깨뜨렸다. 사수(泗水)가 저들의 붉은 피로 물들고 수수(睢水)가 저들의 시체로 막혀 흐르지 못하던 것을 그대도 보지 않았는가? 더군다나 한왕은 과인에게 화평을 애걸하고 제 아비어미와 계집을 찾아갔다. 그런데 어찌 감히 약조를 어기고 과인을 뒤쫓는단 말이냐?"

그렇게 종리매에게 꾸짖듯 말했다. 워낙 처지가 고약하게 되어서인지 종리매가 움찔하면서도 할 말은 다 했다.

"대왕께서는 그렇게 속고도 아직 한왕 유방을 모르십니까? 자신이 불리하면 금방 숨이라도 넘어가는 것처럼 대왕의 발밑을 기다가도 돌아서면 대왕의 발뒤꿈치를 물려 드는 것이 바로 유방입니다. 거기다가 꾀 많은 장량과 엉큼한 진평이 곁에 붙어 있는데, 그 약조를 어찌 믿을 수 있겠습니까? 며칠 전에 돌려보낸 후공도 걱정입니다. 어쨌든 그도 한왕이 보낸 사람, 우리 진채의 사정을 소상히 보고 갔는데 그냥 모르는 척할 수 있겠습니까?"

그때 그런 종리매의 말을 뒷받침하기라도 하듯 환초(桓楚)가 나와서 말했다.

"오늘 새벽 후진으로부터 들어온 전갈에 따르면 어젯밤부터 수상쩍은 마필이 따라붙는 기척이 있다고 합니다. 한군이 보낸 탐마가 아닌지 모르겠습니다."

그 말을 듣자 패왕의 얼굴이 금세 분노로 벌겋게 달아올랐다.

"유방 이 아비 셋 가진 종놈이 이럴 수가 있느냐? 아니 되겠다. 모두 싸울 채비를 갖춰 서쪽으로 돌아가자. 내 이번에는 반드시 유방 그놈의 질긴 목을 잘라 멀리 팽성으로 돌아갈 것도 없이 천하대세를 결판 짓겠다!"

그러면서 칼자루를 움켜잡았으나, 오래 전쟁터를 누빈 터라 패왕도 격한 감정에만 휘둘리지는 않았다. 남다른 장수의 자질로 이내 평정을 되찾은 패왕은 한참이나 말없이 무언가를 헤아리다가 문득 좌우를 돌아보며 소리쳤다.

"군사를 남쪽으로 돌려라. 양하로 내려가 거기서 팽성으로 돌아간다!"

양(梁) 땅을 남북으로 짧게 가로질러 바로 서초 땅으로 접어들기 위함이었다.

양하는 진(陳) 북쪽에 있는 현으로서 팽월이 휘젓고 다니는 양 땅을 남쪽으로 막 벗어난 곳이었다. 거기서 팽성까지 5백 리는 서초 경내라고 할 수 있었다. 패왕 항우가 한나라 대군이 뒤쫓고 있는 것을 확연히 알아차린 것은 바로 그 양하 부근이었다. 멀리 북쪽 하늘에 아련히 먼지가 피어오르는 것을 보고 패왕이 좌우를 돌아보며 말했다.

"이미 떨쳐 버리고 가기 어렵다면 우리가 먼저 싸움터를 골라야겠구나. 여기서 적의 예기를 꺾어 두어야 서초 땅이 한군에게 짓밟히는 욕을 면하겠다."

그러고는 양하에 군사를 멈추게 한 뒤 사방을 돌아보며 크게 싸울 만한 곳을 찾았다.

오래잖아 패왕의 전투 감각에 꼭 들어맞는 싸움터가 나타났다. 양하 서남에 있는 고릉(固陵)이란 큰 마을[聚] 부근이었다. 그 고릉에서 홍구 쪽으로 대군을 끌어들이기 좋은 들판이 펼쳐져 있고, 또 그 들판 곳곳에는 숲과 야트막한 언덕이 있어 군사를 매복하기에도 좋았다. 패왕은 양하성 안에 주동(周彤)이란 장수와 5천 군사를 남겨 한군을 꾀어 들일 미끼로 삼고, 자신은 고릉으로 물러나 무시무시한 함정을 파 놓은 뒤에 한왕이 걸려들기를 기다렸다.

한편 대군을 이끌고 패왕을 뒤쫓던 한왕은 초군이 양하성 안에 머물자 한군도 양하 북쪽 30리 되는 곳에 멈추게 했다. 하지만 자신이 거느린 군사만으로는 싸움을 시작할 자신이 없었다. 한신과 팽월이 오기를 기다려 패왕과 결판을 낼 심산으로 진채를 든든하게 세우게 했다. 그때 번쾌가 한왕을 찾아와 말했다.

"제가 탐마를 풀어 알아보니 적의 대군은 어젯밤에 남쪽 고릉으로 내려가고 양하성 안에 남은 초군은 그리 많지 않다고 합니다. 거기다가 일껏 키워 온 우리 대군의 사기를 여기서 머뭇거려 꺾이게 할 수는 없습니다. 제게 군사 만 명만 주시면 내일 아침 양하성을 쳐서 적의 형세를 가늠해 보겠습니다."

한왕도 그 말을 듣고 보니 한번 해 볼 만한 일 같았다.

"그렇다면 번 장군의 뜻대로 해 보는 게 어떻겠소?"

한왕이 마침 곁에 있는 장량에게 물었다. 장량이 가만히 고개를 가로저으며 말했다.

"함부로 항왕과 싸워서는 아니 됩니다. 아직 제왕 한신과 상국 팽월의 군사가 이르지 않았습니다."

그러자 번쾌가 다시 우기고 나섰다.

"항우가 흉악하나 이미 막다른 골짜기로 몰리는 짐승입니다. 그렇게 두려워하고만 계시면 언제 때려잡으실 수 있겠습니까?"

"쥐도 궁지에 몰리면 고양이를 무는 법인데 하물며 천하의 맹장인 항왕이겠습니까? 막다른 골짜기로 몰리고 있기에 오히려 항왕이 더 두려운 것입니다."

장량이 한 번 더 말렸으나 한왕의 마음은 이미 번쾌 쪽으로 기운 뒤였다.

"하지만 여기까지 따라와 눈앞에 적을 두고 물러날 수는 없지 않은가? 전군을 들어 항우와 결판을 내는 것도 아니니, 한번 부딪쳐 보는 것도 나쁘지 않을 성싶다. 번 장군은 정병 만 명을 이끌고 양하현을 들이치되 뜻과 같지 않거든 얼른 군사를 물리도록 하라."

그리고 번쾌에게 군사 1만을 갈라 주었다. 장량도 그런 한왕을 더는 말리지 못했다.

"정히 그러시다면 본진이라도 굳게 단속하시어 만일에 대비하십시오. 항왕이 앞장선 초나라 대군의 돌진을 막아 낸 군대는 아직까지 아무 데서도 없었습니다."

그러면서 기세 좋게 달려 나가는 번쾌를 걱정스러운 눈길로 바라보았다. 하지만 장량의 그런 걱정은 쓸데없는 기우였다. 그날 해가 지기도 전에 번쾌가 보낸 군사가 달려와 알렸다.

"번 장군이 양하성을 떨어뜨렸습니다. 성을 지키던 초나라 장수 주동과 군사 3천을 사로잡고 대왕께서 이르시기를 기다립니다."

그 소식을 들은 한왕은 한창 진채를 얽던 대군을 거두어 양하로 달려갔다. 가 보니 정말로 들은 대로였다. 항복한 장수가 변변찮고 사로잡힌 군사들이 한결같이 노약한 것이 마음에 걸렸으나, 번쾌가 힘들여 싸워서 성을 뺏은 것만은 틀림없었다. 한왕이 주동을 장수로 거두어들이고 물었다.

"항왕은 어디로 갔는가?"

"전군을 이끌고 고릉 북쪽으로 갔습니다."

주동이 전날 들은 대로 대답했다. 한왕이 알 수 없다는 눈길로 물었다.

"항왕은 어찌하여 동쪽 팽성으로 달아나지 않고 오히려 서쪽 고릉으로 갔단 말이냐?"

"그것은 신도 알지 못합니다. 다만 장졸을 그리로 몰아갔다는 것만 알고 있을 뿐입니다."

그때 마침 한왕 곁에 있던 진평이 까닭 모르게 굳은 얼굴로 주동을 바라보며 물었다.

"항왕은 여기서 바로 고릉으로 갔소? 아니면 군사를 멈추고 이것저것 살피다가 땅을 골라 그쪽으로 갔소?"

"한나절 몸소 기마대를 이끌고 여기저기 살피다가 고릉을 골랐습니다."

이번에도 주동은 보고 들은 대로 대답했다. 그러자 진평이 문득 한왕을 바라보며 말했다.

"대왕, 이는 마음먹고 되받아칠 작정이란 뜻입니다. 항왕이 미리 쳐 놓은 그물로 뛰어들어서는 아니 됩니다."

"진 호군, 그건 또 무슨 소린가? 항우가 쳐 둔 그물로 뛰어들다니?"

한왕이 진평을 쳐다보며 물었다. 진평이 잠시 뜸을 들여 생각을 가다듬은 뒤에 말했다.

"항왕이 동쪽으로 가지 않고 오히려 서쪽 고릉으로 간 것은 서초 땅 밖에서 한 번 크게 우리 한군을 쳐부수어 추격의 기세를 꺾어 놓으려는 속셈 때문입니다. 그러려면 제왕 한신과 팽월의 군사들이 이르기 전에 우리를 꾀어내어 단 한 번의 싸움으로 여지없이 깨뜨려 버려야 합니다. 양하에 한 갈래 나약한 군사를 남겨 먼저 한 싸움을 내준 것은 우리를 방심하게 만들기 위함이요, 되도록 서초 땅에서 떨어진 고릉에다 싸움터를 고른 것은 우리가 한신과 팽월의 군사를 기다리지 않고 뒤쫓아 오기를 바라서입니다. 그런데 그곳으로 대군을 몰아가는 것은 항왕이 쳐 둔 그물 속으로 뛰어드는 것이나 무엇이 다르겠습니까?"

"하지만 항우의 군사는 우리 한군의 절반에도 못 미치는 데다 굶주리고 지쳐 있다. 그들이 서쪽으로 간 것은 정신없이 쫓기다 보니 그리된 것뿐이다. 무엇이 두려워 그들을 뒤쫓지 못한다는 말인가?"

"대왕께서는 벌써 수수의 싸움을 잊으셨습니까? 그때 우리는 56만 대군으로 편히 쉬고 있다가 천 리를 달려온 항왕의 정병 3만에게 대패하여 시체로 수수의 물길을 막았습니다."

진평이 그렇게 일깨웠으나 어찌 된 셈인지 한왕은 그 말을 귀담아듣지 않았다. 오히려 못마땅한 표정으로 진평을 나무라듯 말했다.

"그때는 그때고 지금은 지금이다[此一時 彼一時]. 어려웠던 옛일을 들추어 군중의 사기를 꺾는 것은 병가가 꺼리는 바임을 모르는가?"

그러고는 무슨 오기라도 부리듯 소리쳤다.

"오히려 그때 그랬으니, 이번에는 반드시 이겨 그 치욕을 씻어보자. 장수들을 모두 불러 모아라!"

그때 양 땅에서 달려온 비마(飛馬)가 한왕의 그런 오기를 돌이킬 수 없는 고집으로 키워 놓았다.

"상국 팽월이 군량 10만 곡을 보내왔습니다. 항우를 뒤쫓고 있는 대왕의 군중에 요긴하게 쓰이기를 바란다 하셨습니다."

그와 같은 전갈에 벌써 한왕의 호기는 천 길이나 치솟았으나 애써 내색하지 않고 되물었다.

"어찌하여 상국은 오지 않고 군량만 보내는가?"

"상국께서는 항우가 광무산에서 꼼짝없이 발이 묶인 뒤부터 크게 군사를 움직여 양 땅을 거두어들이기 시작했습니다. 그간 창읍을 비롯해 스무 개가 넘는 성을 회복하였으며, 이제 머지않아 옛 위나라 땅을 모두 거두어들일 수 있을 것이라 합니다. 하오나 아직 항복하지 않고 몰려다니며 틈을 엿보는 적병이 많아 선뜻 대왕께로 달려오지 못하고 있습니다. 뒤를 깨끗이 쓸어버리는 대로 대군을 수습해 대왕을 뒤따르겠다 했습니다."

"가서 상국에게 전하라. 지금 군량보다 급한 것은 상국이 대군을 이끌고 과인의 한 팔이 되어 항우를 잡는 일이다. 하루바삐 양 땅을 평정하고 과인의 군중에 들어 함께 항우를 사로잡을 수 있도록 하라 이르라."

입으로는 꾸짖듯 그렇게 말했으나 마음은 이미 팽월의 대군이 이른 것처럼이나 든든하였다. 이에 부름을 받은 장수들이 모두 한왕의 군막으로 불려 오기 바쁘게 바로 고릉으로 쳐들어갈 의논을 시작했다.

패왕의 움직임을 살펴보러 나갔다가 뒤늦게 한왕의 군막에 든 장량이 진평을 편들어 한왕을 말려 보았으나 소용이 없었다. 오기인지 호기인지 한왕은 장량까지 말려도 부득부득 싸우기를 고집했다.

"자방, 과인이 명색 한 무리의 장수가 되어 싸움터를 떠돈 지도 그럭저럭 여덟 해나 되오. 무릇 군사를 부리는 데는 놓쳐서는 안 될 전기란 것이 있소. 그런데 지금이 바로 항우를 잡는 데 놓쳐서는 안 될 그 전기요."

그러면서 기어이 군사를 냈다. 마침내 말리기를 단념한 장량이 진평에게 무언가 눈짓을 하더니 다시 한왕에게 말했다.

“그렇다면 진 호군과 저에게도 한 갈래 군사를 남겨 주십시오. 만약에 대비하여 고릉 동쪽에다 든든한 진채를 구축해 놓겠습니다.”

장량의 말이 간곡해서인지 한왕도 그것까지는 마다하지 않았다. 왕릉의 군사를 후군으로 남겨 장량과 진평에게 맡기고 자신은 나머지 장졸을 휘몰아 고릉으로 달려갔다.

이때 패왕 항우는 탐마를 풀어 한군의 움직임을 살피면서 고릉 북쪽에다 한바탕 무시무시한 복격전(伏擊戰)을 펼칠 채비를 서두르고 있었다. 양쪽으로 골이 깊은 구릉과 큰 숲을 끼고 있는 들판을 싸움터로 고른 패왕은 그 들판 끄트머리에 있는 작은 산기슭에 본진을 내렸다. 그리고 먼저 항양(項襄)에게 한 갈래 군사를 나눠 주며 말했다.

“대사마 항양은 군사 만 명을 이끌고 나아가 한군을 맞되, 구태여 죽기로 싸울 것은 없다. 한번 창칼을 맞대 보고는 그 엄청난 군세에 놀란 것처럼 되돌아서서 달아나면 한군은 겁 없이 뒤쫓을 것이다. 그때 잡힐 듯 잡힐 듯하며 달아나 한군의 본진까지 저 들판으로 끌어들이도록 하라. 그러다가 과인의 복병이 크게 일거든 돌아서서 과인의 뒤를 받치라.”

패왕은 이어 종리매와 환초를 불렀다.

“종리 장군은 날랜 군사 5천을 이끌고 저기 보이는 저 들판 왼쪽 숲속에 매복하라. 군사들을 단속하여 한군의 본진이 지나가도 들키지 않게 숨어 있다가 과인이 적을 받아치거든 군사들을 휘몰아 적이 물러날 길을 끊어라. 되도록이면 북소리와 함성을 크게 내어 앞서 나간 적을 겁먹고 혼란되게 해야 한다.

환초 장군은 날랜 군사 5천을 이끌고 들판 오른쪽 골 깊은 구릉에 숨으라. 역시 종리 장군처럼 조용히 숨어 있다가 과인이 적의 중군을 들이치거든 뛰쳐나와 적이 돌아갈 길을 끊으라. 하지만 적의 대군이 사나운 기세로 몰려들면 굳이 막아설 것은 없다. 잠시 한쪽으로 비켜섰다가 과인과 합세하여 적을 뒤쫓으며 죽이면 된다."

그리고 자신은 강동의 자제들만으로 된 군사 만 명과 함께 야트막한 산 뒤에 숨어 한나라 군사들이 거기까지 뒤쫓아 와 주기만을 빌었다. 패왕이 숨길 군사는 숨기고 미끼로 내보낼 군사는 내보내 대강 싸울 채비가 갖춰졌을 무렵 탐마가 달려와 알렸다.

"한군이 오고 있습니다. 양하를 떨어뜨리고 이리로 몰려오는 것 같습니다."

"군세는 얼마나 되더냐?"

양하가 떨어졌다는데도 패왕이 오히려 반가워하는 얼굴로 물었다. 그러나 정탐을 나갔던 군사는 무엇에 겁을 먹었는지 표정이 밝지 못했다.

"먼빛으로 보아 자세히 알 수는 없으나 엄청난 대군이었습니다. 누른 덮개를 드리운 수레[黃屋車]로 미루어 한왕이 몸소 이끌고 있는 것 같았습니다."

떨리는 목소리로 그렇게 말했다. 그 말에 패왕의 얼굴은 더욱 활짝 펴졌다. 솟구치듯 오추마(烏騅馬) 위로 뛰어오르며 소리쳤다.

"하늘이 우리 초나라를 영영 망하게 하지는 않을 모양이로구나. 내 오늘 반드시 유방을 사로잡아 그 흉물스러운 머리를 어깨에서 떼어 놓으리라!"

그리고 시퍼런 철극을 꼬나든 채 때가 오기만을 기다렸다.

오래잖아 동북쪽 하늘 가득 부연 먼지를 피워 올리면서 한왕이 이끈 10만 대군이 위세 좋게 밀려왔다. 벌판 가운데로 나가 있던 항양의 군사가 그런 한군을 맞아 달려 나갔다. 만 명이라지만 기병을 앞세운 날랜 군사라 그 기세가 자못 날카로웠다.

이내 항양의 군사들은 한군의 선봉과 부딪쳤다. 그러나 어찌 된 셈인지 항양의 군사들은 한번 제대로 싸워 보지도 않고 사람과 말이 모두 등을 돌리고 서쪽으로 달아나기 시작했다. 어찌 보면 벌겋게 들판을 뒤덮고 따라오는 한군 본진의 위세에 놀라 달아나는 것 같기도 하고, 또 어찌 보면 일부러 져 주어 적을 유리한 싸움터로 꾀어 들이는 것 같기도 했다.

하지만 선봉을 맡아 달려오던 번쾌는 그런 초군의 퇴각을 자신에게 유리하게만 해석했다. 골치 아프게 따져 볼 것도 없다는 듯 따르는 장졸들을 돌아보며 소리쳤다.

"저것들이 멋모르고 뛰어들었다가 우리 대군을 보고 겁을 먹었다. 뒤쫓아라! 머지않아 홍구가 앞을 가로막을 터이니 초군은 이미 독 안에 든 쥐다."

그리고 스스로 앞장서 항양의 군사를 뒤쫓기 시작했다. 부장 하나가 그런 번쾌를 말렸다.

"적의 속임수가 있을지도 모릅니다. 본진을 기다려 나아가시지요."

하지만 아직도 전날의 승리에 취해 있던 번쾌는 그 말을 귀담아듣지 않았다.

"속임수는 무슨 속임수냐? 이 허허벌판에다 대군을 숨기겠느냐? 불을 지르고 물을 가두겠느냐? 거기다가 우리 대왕께서 10만 대군으로 뒤따라오시는데 겁날 게 무엇이냐?"

번쾌가 핀잔하듯 그렇게 받으며 그대로 군사를 몰아 나갔다. 같은 일은 한왕의 황옥거 부근에서도 일어났다. 번쾌가 무턱대고 적을 뒤쫓아 가는 걸 보고 수레를 몰던 하후영이 한왕을 돌아보며 말했다.

"쇠를 쳐서 번 장군을 불러들이시지요. 적의 매복이 있을까 두렵습니다."

그러나 한왕은 느긋하기만 했다.

"과인은 벌써 다섯 해째 항우와 맞서 싸워 왔고, 예전에는 한편이 되어 싸운 적도 여러 번 있었다. 그러나 항우가 잔꾀를 쓰는 걸 한 번도 보지 못했다. 언제나 허허실실로 자신의 용력과 장졸들의 기세에 의지해 치고 들 뿐이었다. 범증이 살아 있고 한신과 진평이 곁에서 거들어 준다면 모를까, 저 혼자서는 결코 그런 계책을 꾸미지 못한다. 아마도 방금 나왔다가 달아난 것은 적의 선봉이 아니라 뒤를 끊는[斷後] 부대일 것이다. 항우는 형세가 불리함을 느끼고 달아난 것임에 틀림이 없다."

마치 싸움의 이치에 통달한 사람처럼 그렇게 말하면서 그대로 10만 대군을 몰아 들판을 덮듯 앞으로 나아갔다.

패왕 항우는 단기(單騎)로 산기슭에 나와 한군의 움직임을 살피다가 그 본진까지 들판 가운데로 밀고 드는 걸 보고 지금까지 쫓기던 사람 같지 않게 기뻐했다.

"만약 저 누른 덮개 있는 수레에 정말로 한왕이 타고 있다면 이 싸움은 이미 이긴 것이나 다름없다. 북소리가 울리거든 모두 과인을 뒤따라 벼락같이 한군을 친다. 먼저 본진 가운데로 쪼개고 들어가 한군을 두 쪽 내고, 종리매와 환초의 군사들이 일어 적이 어지러워지면 종횡무진 쳐부순다. 거기에 다시 항양의 군사들이 돌아서서 우리 뒤를 받치면 적은 사나운 사냥개에 몰린 양떼나 다름없다. 10만이 아니라 백만이라도 우리 3만 정병에게 으스러지고 말 것이다."

그렇게 말하고는 꼬나 쥔 철극을 높이 쳐들어 숨어 있는 장졸들에게 신호를 보냈다. 곧 요란한 북소리와 함께 크게 함성이 일며 얕은 산그늘에 엎드려 숨어 있던 초나라 군사들이 일시에 몸을 일으키고, 나무 그늘 아래 감추어 두었던 기마대도 분분히 달려 나와 패왕 주변으로 몰려들었다.

"모두 나를 따르라. 오늘은 반드시 한왕을 잡아 천하를 우리 것으로 만들자. 이 싸움만 이기면 모두 비단 옷을 입고 고향으로 돌아갈 수 있다. 그리운 부모처자와 다시 만나 함께 편히 살 수 있다!"

패왕이 앞장서 말을 달려 나가면서 그렇게 외쳤다. 초군 만 명이 한 덩어리가 되어 함성을 지르며 그 뒤를 따랐다.

패왕이 이끄는 초나라 군사가 먼저 맞닥뜨린 한군은 번쾌가 이끈 선봉 만 명이었다. 신나게 항양을 쫓던 번쾌는 갑작스러운 함성과 함께 뛰어나온 초군을 보고 은근히 놀랐다. 군사를 숨기기 마땅찮은 야산이었는데 길을 막고 나서는 걸 보니 자기가 이끈 군사들보다 훨씬 많아 보였다. 거기다가 앞장선 장수가 다름 아닌 패왕 항우임을 알아보자 번쾌는 독한 술에서 깨난 것처럼 정신이 확 돌아왔다.

"모두 멈추어라. 함부로 뒤쫓지 말고 대왕께서 이끄는 본진이 이르기를 기다리자."

번쾌가 말고삐를 당기며 그렇게 소리쳤으나, 달려온 기세가 있어서인지 한군 선봉은 얼른 멈출 수가 없었다. 놀라고 겁먹은 채로 멈칫멈칫 나아가고 있는데 패왕이 이끈 초군이 한 덩이가 되어 덮치자, 한군 선봉은 마치 쇠뭉치에 얻어맞은 질그릇마냥 산산조각이 났다.

얼결에 난군 한가운데 떨어지게 된 번쾌도 제정신이 아니었다. 허둥지둥 큰 칼을 휘두르며 초군에 맞섰으나 처음부터 어림없는 싸움이었다. 기세가 꺾인 사졸들이 거미 새끼마냥 뿔뿔이 흩어지는 데다 멀리서는 달아나던 항양의 군사들까지 되돌아서서 덤벼들고 있었다.

"속았다. 모두 물러나라! 본진으로 돌아가 대오를 가다듬고 다시 싸우자."

번쾌가 그렇게 외치며 말머리를 돌려 달아났다. 그러나 그런 번쾌를 따라 본진으로 되돌아간 한군은 몇 되지 않았다. 거의가 거세게 치고 드는 초군의 흐름 속에 휩쓸려 죽거나 항복하는 바람에 번쾌가 데리고 나간 한나라 선봉대 만 명은 잠깐 사이에 눈 녹듯 사라져 버리고 말았다.

패왕이 이끄는 초나라 군사들이 먼저 앞을 가로막는 한군 선봉을 쓸어버리고 나니, 바로 훤한 벌판이 열리고 한왕의 10만 대군이 한눈에 들어왔다. 사방이 탁 트여서 그런지 들판을 벌겋게 덮은 한군의 위세가 실제보다 훨씬 더 엄청나게 느껴졌다.

치고 들어가는 자기들보다 한군이 열 배는 많아 보이자 어지간한 초나라 군사들도 주춤했다. 그걸 보고 다시 패왕이 범이 으르렁거리듯 외쳤다.

"강동의 용사들이여, 저 거록을 잊었는가? 거기서 우리는 하루에 아홉 번을 싸워 아홉 번을 모두 이기고 왕리(王離)의 20만 대군을 쳐부수었다. 그때도 우리 군사는 3만을 크게 넘지 않았다!"

패왕이 이끌고 있는 만 명은 대개가 강동의 자제들이었다. 셋 가운데 둘은 직접 거록의 싸움을 겪었고, 그 나머지 하나도 귀에 딱지가 앉을 만큼 들어 자신이 겪은 싸움처럼 잘 알고 있었다. 그런 그들에게 패왕의 외침은 눈부신 전설을 재현하여 새로운 신화를 창조하자는 말이나 다름없었다. 모두가 갑자기 숙연해져 잠깐이나마 두려움에 흔들렸던 마음을 다잡았다.

멈칫했던 만 명의 초나라 군사가 다시 한 덩어리가 되어 뛰쳐나갔다. 그렇게 되자, 초군은 앞장서서 말을 달리는 패왕 항우를 첨단(尖端)으로 삼는 거대한 쐐기꼴이 되어 한왕 유방이 이끈

10만 대군 한가운데를 쪼개고 들었다.

멀찍이서 바라보고도 앞장선 패왕을 알아본 한왕 유방은 가슴이 섬뜩했다. 거기다가 믿고 내보낸 번쾌마저 데리고 간 군사 만 명을 그야말로 눈 깜짝할 사이에 모두 잃고 기마 여남은 기에 싸여 쫓겨 들어오는 것을 보자 비로소 장량과 진평의 말을 듣지 않은 것이 후회가 되었다. 얼른 하후영에게 수레를 멈추게 하고 소리쳤다.

"저 흉악한 도둑이 또 제 죽을 줄 모르고 날뛰는구나. 누가 나가서 항우를 잡아 오겠느냐?"

당장은 기죽은 꼴을 보이기 싫어 그렇게 큰소리를 쳤으나, 머릿속에서는 지난날 패왕에게 당한 갖가지 낭패가 주마등처럼 스쳐 갔다. 때마침 수레 주위에 와 있던 주발이 나서서 한왕의 말을 받았다.

"신이 한번 나가 보겠습니다."

한왕 유방이 패왕을 뒤쫓으려 광무산을 떠날 때 주발은 한군의 선봉이었다. 그러나 양하에 이르러 번쾌가 먼저 나가 공을 세우는 바람에 선봉을 빼앗기고 말았다. 그 때문에 실쭉해 있던 주발이 번쾌가 군사를 잃고 쫓겨 오자 호기를 만난 듯 제자리를 되찾았다.

주발이 오창을 지키던 군사 만 명을 이끌고 기세 좋게 말을 달려 나갔으나, 패왕의 강병을 막아 낼 수 있을지 걱정이었다. 역상과 근흡, 시무가 중군 3만을 모두 끌어내 한왕 앞을 겹겹이 막아섰다. 거기다가 번쾌가 다시 중군으로 돌아와 한왕의 수레 곁에 붙어 서자 한왕도 비로소 마음이 좀 놓이는 듯했다.

"큰 칼을 둘러매고 가서도 잡지 못하고 되쫓겨 온 걸 보니 항가(項哥) 성을 쓰는 개가 몹시 사나운 모양이구나."

벌겋게 달아오른 얼굴로 숨을 고르고 있는 번쾌를 보고 그렇게 우스갯소리를 했다. 번쾌가 옛날 저잣거리에서 개백정을 한 이력을 들먹인 놀림이었다. 하지만 그런 한왕의 여유도 오래가지는 못했다. 곧 함성과 함께 양군이 어우러지는가 싶더니 주발과 그가 이끌고 나간 군사들이 사태 나듯 뭉그러져 쫓겨 왔다.

한왕이 놀라 뒤쫓는 초나라 군사를 살펴보았다. 어느새 되돌아온 항양의 군사들까지 보태져 패왕이 몰고 오는 군사는 전보다 곱절이나 부풀어 있었다. 놀란 한왕이 부장들을 돌아보며 소리쳤다.

"무엇들 하느냐? 전군을 내어서라도 적의 예기를 꺾어야 한다. 모두 나가 적을 막아라!"

그 소리를 들은 역상과 근흡, 시무 등이 이끌고 있던 장졸을 꾸짖어 주발의 뒤를 받치듯 앞으로 몰아냈다. 그 바람에 3만이나 되는 한군이 일시에 달려 나와 맞받아치니, 그때까지 기세 좋게 밀고 들던 초군도 일순 주춤하지 않을 수 없었다. 번쾌도 다시 기세를 되찾아 큰 칼을 휘두르며 달려 나갔다.

그 바람에 잠시 한(漢), 초(楚) 양군 사이에 어지러운 싸움이 벌어졌다. 한군의 머릿수가 원체 많아 그대로 가면 패왕의 맹렬한 공격을 버텨 낼 수 있을 것 같기도 했다. 그런데 그때였다. 갑자기 한군 왼편 숲에서 함성이 일더니 한 갈래 군사가 뛰어나와 대뜸 한군의 등 뒤를 돌았다.

"복병이다. 돌아갈 길이 끊겼다!"

한군 후진의 군사들이 그렇게 겁먹은 목소리로 외쳤다. 그때 다시 오른쪽 나지막한 언덕 사이에서 솟아오르듯 한 갈래의 군사가 뛰어나와 한군의 등 뒤를 돌았다. 조금 전에 숲속에서 나타난 군사들과 엇갈리게 도는 것이 꼭 몰이꾼들이 짐승을 모는 것 같았다.

"또다시 초나라 복병이 나왔다. 우리는 사방으로 적에게 에워싸였다!"

한군 후진에서 그렇게 한층 다급해진 외침이 들려왔다. 그러자 보다 많은 머릿수로 초나라 군사들의 날카로운 기세를 버텨 내던 한군 중군이 흔들리기 시작했다. 패왕이 그 작은 기미를 놓치지 않고 그곳에서 얽혀 싸우는 모든 군사들의 귀가 멍멍할 정도로 크게 외쳤다.

"항복하지 않는 놈은 모두 죽여라! 이번에는 한 놈도 살려 보내지 마라!"

마치 다 이긴 싸움을 마무리 짓는 것 같은 소리였다. 그러자 그 소리에 홀리기라도 한 듯 초나라 군사들이 전에 없던 기세를 올렸다. 커다란 쐐기처럼 한군 중군(中軍)을 쪼개고 나가 잠깐 동안에 한왕을 에워싼 중군마저 두 토막으로 갈라놓았다.

중군 한가운데가 돌파되자 한군은 더욱 큰 혼란에 빠졌다. 그때 다시 한군의 뒤를 돈 환초와 종리매의 군사들이 한군의 좌우 옆구리를 찌르고 들어왔다. 각기 5천밖에 안 되는 군사였지만,

이미 놀라고 겁먹은 한군에게는 둘 모두 몇 만 대군처럼 보였다. 한왕조차도 그 뜻밖의 대군에 놀란 듯 탄식하며 말했다.

"그사이 팽성에서 원병이 왔구나. 내 차마 이리될 줄은 몰랐다!"

그러고는 얼른 수레에서 내려 말로 갈아탔다. 그때 한왕의 등 뒤에서 커다란 구리종을 두드리는 것 같은 소리가 났다.

"유방은 달아나지 말라. 오늘은 네 목을 거두어 이 지저분한 싸움을 끝내리라."

한왕이 돌아보니 중군을 갈라놓고 되돌아온 패왕 항우가 한왕을 보고 내지르는 소리였다.

패왕의 시뻘건 눈길에서는 그대로 불길이 뚝뚝 듣는 듯했다. 뱃심 좋고 느긋하기로는 한왕만 한 이도 드물었으나 그런 패왕의 눈길을 보자 흉내로라도 맞서 볼 엄두가 나지 않았다. 허리에 찬 보검을 빼어 들 겨를도 없이 말머리를 돌려 달아나기 시작했다.

패왕이 그런 한왕을 곱게 놓아줄 리 없었다. 오추마를 박차 한왕의 뒤를 따르는데, 10만이 넘는 대군이 맞붙은 싸움터를 무인지경 가듯 하였다. 번쾌가 제때 돌아와 가로막아 주지 않았으면 패왕의 창끝이 한왕을 꿰어 놓았을지도 모를 일이었다.

하지만 한군 가운데 으뜸가는 맹장 번쾌도 패왕의 적수는 못 되었다. 큰 칼로 여남은 번은 패왕의 창을 받아 내었으나 이내 허둥대기 시작했다. 다행히도 시무가 어디선가 때맞추어 나타나 번쾌를 거들었다. 그러자 위태롭게 기울었던 싸움이 그럭저럭 볼만해졌다.

한쪽으로 비켜선 한왕이 겨우 한숨 돌리려 하는데 갑자기 또 다른 고함 소리가 들렸다.

"누가 감히 우리 대왕께 덤비느냐?"

한왕이 보니 우람한 몸매를 갑옷투구로 가린 종리매가 한 마리 가라말[驪駒, 검은 말]을 휘몰아 달려오고 있었다. 이번에는 주발이 돌아와 종리매를 가로막았다. 하지만 한왕이 안도의 한숨을 쉬기에는 아직 일렀다.

"서초의 대장 환초다. 유방은 어서 항복하지 못하겠느냐?"

또 한 갈래의 초군이 한군의 옆구리를 째고 중군 가운데로 뛰어들며 앞선 장수가 소리쳤다. 한왕의 군막을 지키던 젊은 도위가 얼결에 달려 나가 맞섰으나 오래 버텨 낼 것 같지는 않았다.

"아니 되겠습니다. 적이 대왕만을 노려 이 수레가 있는 곳으로 몰려들고 있습니다. 잠시 뒤로 물러나 계십시오."

수레를 몰던 하후영이 한왕에게 그렇게 말하고는 낭중기병들을 불렀다.

"내가 이 수레를 몰고 나가 적장을 막아 보겠다. 너희들은 대왕을 모시고 후진으로 가라."

그러고는 말고삐를 왼쪽 팔목에 감더니 방패를 찾아 들고 긴 창을 빼 들었다.

하후영이 바람처럼 수레를 몰아 환초에게로 달려가는 것을 한왕이 멍해 보고 있는데 낭중기병들이 재촉했다.

"대왕, 이만 물러나시지요. 저희들이 모시겠습니다."

그제야 겨우 정신을 가다듬은 한왕이 뒤늦게 보검을 빼 들며 허세를 부렸다.

"장졸들이 피 흘리며 싸우는데 어찌 과인만 피한단 말이냐? 저들과 함께 여기서 싸울 터이니 너희들이나 후군으로 처진 왕릉에게 달려가 얼른 이리로 군사를 내라 이르라."

한왕이 그렇게 말하면서 뻗대는데 갑자기 패왕 항우가 내지르는 기합 소리가 들렸다. 한왕이 놀라 보니 패왕의 철극에 어디를 맞았는지 병장기를 떨어뜨린 시무가 왼팔을 감싸 안고 말머리를 돌려 달아나고 있었다. 홀로 남은 번쾌도 더는 버틸 수 없었던지 오래잖아 큰 칼을 늘어뜨리고 말머리를 돌려 달아나기 시작했다.

"이놈 번쾌야, 네 어디로 달아나려느냐?"

패왕이 그렇게 외치며 번쾌를 뒤쫓으려다 문득 오추마의 고삐를 당기며 한왕이 있는 쪽을 노려보았다. 시뻘건 불길이 이는 듯한 패왕의 눈길과 부딪히자 억지로 쥐어짠 한왕의 허세도 바닥이 나고 말았다. 덜컥 겁이 나 말고삐를 당기며 주위를 둘러보았다. 당장 덮쳐 오는 패왕의 무시무시한 기세보다 더욱 한왕의 얼을 빼 놓은 것은 싸움의 형세가 이미 글러 버린 일이었다. 어느새 한군은 장졸을 가리지 않고 여기저기서 짐승처럼 내몰리고 있었다.

그때 다시 우레 같은 패왕의 외침이 들려와 한왕을 화들짝 놀라게 했다.

"저기 유방이 있다. 모두 유방을 잡아라. 유방을 목 베거나 사로잡는 자에게는 만금을 내리고 상장군으로 삼겠다!"

한왕은 그런 패왕의 고함 소리를 뒤로하며 말머리를 돌렸다.

유방이 달아나기 시작하자 그 길로 승패는 확정되었다. 고릉 북쪽의 벌판은 곧 무자비한 사냥꾼처럼 뒤쫓으며 죽여 대는 초나라 군사들의 함성과 힘없는 짐승처럼 내몰리며 죽어 가는 한나라 군사들의 신음으로 뒤덮였다. 뒤쫓는 초군은 고작 3만이요, 쫓기는 한군은 10만이나 된다고는 아무도 믿을 수 없을 만큼 어이없고도 처참한 패배였다.

그렇게 한 10리나 쫓겼을까? 싸움터가 된 그 벌판을 겨우 벗어난 한왕이 한 산 밑에 이르렀을 무렵이었다. 이제는 어지간히 추격을 따돌렸다 싶어 한숨 돌리려는데, 갑자기 초나라 기마대 수십 기가 한왕의 앞을 막았다. 한왕을 호위하며 달아나던 낭중기병 대여섯이 돌아서 그들을 막았으나 워낙 머릿수가 모자랐다. 두세 갑절로 한나라 기마대를 맞고도 남아도는 초나라 기마대 여남은 기가 틈을 타 달아나는 한왕에게 따라붙었다.

다급해진 한왕이 보검을 뽑아 그들의 창칼을 쳐 내며 달아나는데 다시 오금을 저리게 만드는 호령이 들렸다.

"이놈 유방아, 어서 말에서 내려 항복하지 못할까?"

한왕이 움찔하며 소리 나는 곳을 보니 오추마가 빨라서인지 어느새 앞을 가로막는 한나라 군사들을 흩어 버리고 다시 한왕을 따라잡은 패왕이 저만치서 한왕을 노려보고 있었다. 자신을 둘러싸고 있는 기마대를 뿌리치기도 어려워 진땀을 흘리는데, 패왕까지 이르자 한왕은 온몸에서 힘이 쭉 빠졌다.

'역시 패현 저잣거리를 떠난 것이 잘못이었던가. 터무니없는

꿈을 꾼 대가를 이렇게 치르는 것인가…….'

점점 어지러워지는 손놀림으로 겨우겨우 한 몸을 지키며, 한왕이 속으로 탄식했다.

그때 가까운 산기슭에서 한 떼의 인마가 뛰쳐나오며 앞장선 장수가 소리쳤다.

"누가 우리 대왕을 핍박하느냐? 어서 무례한 손길을 멈추지 못하겠느냐?"

그리고 달려와 한왕을 에워싸고 있던 초나라 기병들을 쫓아버린 장수는 뜻밖에도 왕릉이었다. 장량과 진평이 졸라 왕릉을 후진(後陣)으로 남기고 어려울 때 대군이 의지할 진채나 얽게 하였는데, 때맞춰 구원을 나온 셈이었다. 한왕이 너무 반갑고 고마운 나머지 자신도 모르게 소리쳤다.

"왕 형, 고맙소. 실로 옛적과 다름없이 무리의 큰형다운 식견과 짐작이오."

옛날 패현 저잣거리에서 왕릉을 형으로 모시던 때의 말투였다. 늙은 어머니가 죽어 가며 한 당부 때문에 한왕을 섬기게 되기는 했으나 어딘가 겉도는 것 같은 데가 있던 왕릉의 눈길에도 일순 감동의 빛이 어렸다. 하지만 왕릉에게는 그 감동을 드러낼 겨를이 없었다.

"이놈 왕릉아, 네 감히 과인의 앞을 가로막으려 드느냐? 어서 유방을 내놓지 않으면 그 목을 베어 죽은 네 어미 곁에 나란히 묻어 주겠다."

멀리서 왕릉을 알아본 패왕이 그렇게 외치며 더욱 힘차게 오추마를 박차 뛰쳐나왔다. 그 소리를 듣자 패왕을 노려보는 왕릉의 두 눈에서도 불길이 철철 흘렀다. 날이 뱀처럼 길고 구불구불한 창[蛇矛]을 움켜잡고 말 배를 차며 맞받아 소리쳤다.

"원수는 외나무다리에서 만난다더니 항적(項籍), 이 모질고 독한 종놈아, 너 잘 만났다. 내 오늘 너의 간을 씹어 돌아가신 어머님의 한을 풀어 드릴 것이다!"

그러면서 한왕도 못 본 척하며 패왕 항우를 향해 달려 나갔다.

곧 벼락 치듯 하는 소리와 함께 패왕과 왕릉이 단기(單騎)로 부딪쳤다. 왕릉은 원래 무용으로는 패왕의 적수가 못 되었으나, 워낙 골수에 맺힌 한이 깊어 그게 힘이 되었다. 패왕과 단둘이 맞붙어서도 밀리지 않았다.

하지만 그때는 이미 한군의 전세가 기운 뒤여서 거기까지 뒤쫓아 온 초나라 장수가 패왕 하나만이 아니었다. 몇 번이고 한군 사이에 뛰어들어 짐승 몰듯 한군을 흩어 버린 종리매가 패왕을 뒤따라 한왕을 추격하기 시작했고, 항양과 정공도 그 뒤를 따라왔다. 그 바람에 왕릉은 곧 외로운 처지로 내몰리고 한왕도 다시 위태롭게 되었다.

그때 왕릉의 부장 하나가 기마 여남은 기를 이끌고 달려와 소리쳤다.

"대왕, 신을 따라오십시오. 진채가 멀지 않습니다."

다급한 가운데도 목소리가 귀에 익어 힐끗 건너보니 그 부장은 바로 옹치였다. 옹치를 알아보자 한왕은 일순 숨이 멎는 듯했다. 목숨이 오락가락할 만큼 위급한 순간에도 옹치가 일생 저지른 밉살맞은 짓들이 한꺼번에 떠올랐다. 풍읍을 들어 바쳐 위나라에 항복한 뒤에 저지른 온갖 몹쓸 짓들뿐만 아니라, 그 이전 건달 시절에 속 썩이던 일들까지 한꺼번에 눈앞에 떠올랐다.

그 바람에 한왕은 고맙기는커녕 들고 있던 보검으로 단칼에 베고 싶은 충동을 억누르느라 쩔쩔맬 지경이었다. 하지만 옹치는 태연하기만 했다. 어쩔 줄 몰라 하며 굳어 있는 한왕 곁으로 다가와 여느 장수들과 다름없는 어조로 한 번 더 재촉했다.

"어서 신을 따르십시오. 형세가 몹시 위태롭습니다."

그러고는 손을 내밀어 한왕의 말고삐를 잡아당겼다.

"너, 이놈 옹치……."

못 이기는 척 말고삐를 잡혀 끌려가면서도 한왕이 옹치를 노려보며 꾸짖었다. 너무도 오랫동안 벼르고 이를 갈아 와서인지 그렇게 위급한 마당에서도 선뜻 그를 따라나서고 싶지 않았다. 그때 왕릉을 에워싸고 있던 초군 한 갈래가 왕릉을 놓아주고 다시 한왕을 뒤쫓아 왔다.

뒤쫓는 초나라 기병 선두가 창을 길게 내지르며 한왕에게 닿을 만한 거리로 따라붙자 옹치가 문득 곁에 있는 병졸들을 돌아보며 말했다.

"너희들은 대왕을 모시고 먼저 진채로 돌아가거라. 내가 뒤를 끊어 보겠다."

그러고는 홀로 뒤처지더니 따라오는 초나라 기병들을 막아섰다. 옹치가 힘을 다해 그들과 맞서는 걸 보자 한왕도 비로소 그가 자기 밑으로 돌아왔음을 조금씩 실감하기 시작했다.

'이 마당에도 나를 위해 선뜻 온몸을 던지는 것을 보니 옹치같이 영악한 놈도 필경에는 내가 이길 것이라고 믿는구나. 이제 천하는 내게로 다가오고 있는가.'

그런 느낌과 함께 무언가 눈앞이 훤해 오는 듯한 느낌까지 들었다. 그때 번쾌가 어디선가 군사 약간을 이끌고 달려와 옹치를 에워싼 초나라 기병들을 흩어 버리고 소리쳤다.

"먼저 대왕을 모시고 진채로 돌아가시오. 뒤쫓는 적병은 내가 맡겠소!"

이어 하후영이 맹렬하게 수레를 몰고 적을 가르며 뛰쳐나오더니 다시 옹치를 보고 외쳤다.

"앞서 길을 이끄시오. 대왕의 뒤는 내가 지켜 보겠소!"

그 말을 들은 옹치가 앞장서서 길을 잡으니 한왕은 앞뒤로 호위를 받으며 큰 어려움 없이 싸움터를 빠져나올 수 있었다.

한 20리나 달렸을까? 한왕이 한군데 산굽이를 돌아서자 산을 등지고 세운 진채 하나가 나타났다. 녹각과 목책을 빽빽하게 두르고 다시 그 안으로 방벽(防壁)과 보루(堡壘)를 잇다시피 한 것이 어지간한 성곽에 못지않을 성싶었다. 장량과 진평이 그 원문 앞에 서 있다가 한왕을 맞아들였다.

진채 안으로 들어간 한왕이 한숨을 돌리고 있는데 흩어져 쫓기던 한나라 장졸들이 하나 둘 진채로 돌아왔다. 먼저 왼팔을 감싸 쥔 시무와 갑옷이 찢긴 역상이 쫓겨 오고, 이어 주발과 번쾌가 왕릉과 함께 패군을 수습해 돌아왔다. 장수들은 그럭저럭 몸을 빼 나온 셈이었으나 사졸들은 절반으로 줄어 있었다.

"항왕이 곧 대오를 정비해 무섭게 들이칠 것이다. 모두 녹각과 목책을 닫고 방벽과 보루에 의지해 적을 막을 채비를 하라."

장량과 진평이 진채 안을 뛰어다니며 그렇게 소리쳤다. 원체 든든하게 얽은 진채가 있어서인지 한군은 방금 형편없이 지고 온 패군 같지 않게 기력을 되살렸다. 저마다 병장기를 매만진 뒤 방벽과 보루에 붙어 서서 초군이 쳐들어오기를 기다렸다.

(9권에서 계속)

초한지 8

밝아 오는 한漢의 동녘

개정 신판 1쇄 발행 2020년 11월 5일
개정 신판 2쇄 발행 2022년 11월 15일

지은이 이문열

발행인 양원석
펴낸 곳 ㈜알에이치코리아
주소 서울시 금천구 가산디지털2로 53, 20층(가산동, 한라시그마밸리)
편집문의 02-6443-8842 **도서문의** 02-6443-8800
홈페이지 http://rhk.co.kr
등록 2004년 1월 15일 제2-3726호

ISBN 978-89-255-8966-4 (04820)
978-89-255-8974-9 (세트)